只想悄悄
對
你說。

序曲　當風吹起

寒假即將結束，下星期就要開始上課了，我漫不經心地走在聖仁大學校園裡。

學校已從寒假的死寂中恢復生機，大樓旁的草地，冒出了好多株黃色蒲公英花朵，沒多久，這些黃色花瓣就會凋落，長出一團團毛茸茸的白色小球。

那些有羽絨翅膀的種子，是春天和希望的象徵，但是，我只感覺到自己腳步好沉重，不管春天、春色還是春光，通通與我無關了。

「喲，白苡茵，妳來這裡做什麼?」一陣清冷的女聲打斷我的思緒。

我抬起頭，眼前一雙黑色滾珠般的眼瞳，冷冷瞪著我。

是黃玉清。

原來不知不覺間，我走到了研發大樓四樓的實習電臺辦公室。

黃玉清是廣電系二年級的優秀學生，三個學期的書卷獎得主，也是我在學校實習廣播電臺「聖仁之聲」的同儕。上學期的最後一天，她在實習電臺副臺長選舉中，風風光光高票當選，所得票數，是另一位候選人的六倍。

另一位候選人，出身應用外文系，卻妄想染指實習電臺實際領導者的副臺長大位，最後只得到可憐兮兮的三票，包括她自己投給自己的一票。

為什麼我這麼清楚?因為那位不自量力的候選人，就是我，白苡茵。

黃玉清和身旁的幾名同學，在大大的海報紙上畫圖，海報上面寫著斗大的「聖仁之聲實習電臺，新學期開播」。

其實，我是要去五樓的應外系辦公室，才不是要來實習電臺自討沒趣，都是我這雙不重用的腳，自動把我帶到這裡——直到上學期末前，我可是天天來這裡報到，我的頭腦企圖忘了這裡，身體卻忘不了。

現在該怎麼辦？怎麼想個完美藉口開溜？

見我愣在原地，黃玉清牽起一抹清冷的笑，「妳該不會忘了，妳已經從 DJ 名單中除名了吧？沒選上實習副臺長就離開電臺，這可是妳自己說的，想出爾反爾嗎？」

我想反脣相譏，卻發現我的好學妹，廣電系一年級的小愛也在埋頭做海報，她的好同學阿任，則前胸後背各有一塊珍珠板看板，頭上戴著小丑帽，看起來像夾在三明治中間的飽滿漢堡肉……

「喂，阿任，開播遊行就交給你和小愛了。」另外一名廣電系的同學彭祈雅下了指令，阿任一臉悲苦，其他同學推他一把，「誰叫你們兩個叛徒，在副臺長選舉時，投票給外人？」

我忍不住拔刀相助，「喂喂，投票是不記名的，你們有什麼證據說阿任和小愛投給我？」

彭祈雅冷笑一聲，「想也知道，他們平日就跟妳特別要好，而且啊——」

她稍微頓了頓，雙手叉腰，「腦袋正常的廣電系同學，才不會胳膊向外彎，把票投給妳咧，哈哈哈哈！」

我氣極，正想發起一場脣槍舌劍，把彭祈雅狠狠撂倒，卻看到其他同學，一邊幫阿任調整背板，一邊取笑他肚子太大。

我意識到，就算把彭祈雅罵哭，圖了一時痛快，小愛和阿任恐怕就更像被我和黃玉清壓扁的三明治夾餡了。

我苦笑，咬緊牙關，不再多說，轉身遠離實習廣播電臺前的人群，只求背影優雅不要失態，一步上樓梯，我加快腳步上五樓，走進應用外文系系辦。

這學期開始，我不必再去廣播電臺，大二下學期，沒有一個社團會歡迎這麼老的新生，因此，空出來的時間，我只能用打工填補。

「喲，我們的白大 DJ，怎麼有空來小小的應外系啊？」拿工讀生申請書時，助教特別問我，「這學期妳的節目是哪個時段啊？我是妳的忠實聽眾欸。」

呵呵乾笑應付了助教，我發現旁邊有兩位應外系女同學正冷冷地看我，我記得她們和我同一屆，大一英文口語訓練同班過，我趕緊和她們打招呼。

「嗨，Britney，哈囉，Victoria，妳們第二外語是修西班牙文吧？好玩嗎？」我揮手打招呼，聲音甜美，就像在廣播節目中訪問來賓的開場白，我睜大眼睛，用力咧開嘴笑，期待她們也用愉快而有朝氣的聲音回應我。

「我們學的是法文喔，綳啾啊白大 DJ，妳忙著電臺的事，從來沒空參加系學會的活動，會記錯我們這些小角色的事也是當然的。」

Victoria 說畢，拉著 Britney 迅速旋身走出系辦，我默默看著她們兩人的背影，心裡一陣酸楚，剛才在黃玉清面前忍下的屈辱與怒氣，這會兒，複雜的情緒好像迅速發酵的麵團，在我心裡膨脹再膨脹。

剛才我看阿任像三明治的夾餡，裡外不是人，而我呢，考進應外系，人和心卻一直在實習電臺，到頭來，雖然兩邊都沾過一點，卻沒有一個地方願意把我當內餡夾住。

我離開系辦，一步一步走出大樓，握緊拳頭，在心裡對自己精神喊話：白苡茵，不准哭，不准哭，大二上學期期中考成績揭曉，妳的語言學概論不及格，但做直播節目時，還是播了好幾首振奮人心的歌曲，和聽眾歡歡喜喜慶賀期中考結束，妳可以的，妳可以的……

走著走著，眼前出現一片水澤和成排的矮灌木，原來我不知不覺走到了心誠湖。

這裡很少人來，何況今日天氣微寒，我放心坐在草地上，一旁七里香冒著小白花。

終於，可以不再硬撐，我感覺熱熱的眼淚，從眼角滑到下巴。

期中考不及格，我可以撐著不掉淚，是因為我還有最愛的廣播電臺。

沒有廣播電臺，我不知道接下來的大學生活要怎麼辦？畢竟，我當初是為了實習廣播電臺，才進聖仁大學就讀的啊！

我所居住的縣市，唯一有廣電系和實習電臺的大學就是聖仁大學，我的學測和指考成績都進不了廣電系，只能硬擠進應外系，再申請傳播學程，好不容易在大一下學期進了實習電臺，大二上學期開始主持節目，後來被票選為最受歡迎DJ……

我讓眼淚奔流，淚眼朦朧中，我看見包包上醒目的紅色護身符。

那是爸媽特別去新港天后宮求來的平安符。

「媽祖廟有順風耳，順風耳不就是管廣播電臺的嗎？」副臺長選舉前一個星期，老媽一邊解釋，一邊擅自幫我把平安符掛上包包。

想起老爸老媽不顧自己的身體情況，舟車勞頓跑去嘉義新港一趟，我更想哭了，不，反正這裡沒人，我還矜持什麼？乾脆直接大哭一場！

我雙手靠在脣邊，用力向心誠湖喊：「順風耳！沒有電臺，我以後該怎麼辦啦！千里眼！你能告訴我嗎？」

突然間，灌木叢另一端傳來窸窸窣窣的聲音。

我嚇了一跳，猛然站起身探看。

一個穿著深藍色大衣的男孩迅速站起身跑走，他頭髮及肩，卡其色斜背信差包掛在他削瘦的身軀上，他踩著白色帆布鞋的雙腿特別修長，轉身的一瞬間，我瞥見他的臉。

心。

那是一張比一般男孩略小的臉，長長的眼睛，五官好精緻，但烏黑渾圓的瞳仁看來似乎不太開心。

欸，該不會被我的哭聲給嚇走了吧？

草地上躺著一本小小的《雅思必考單字 A-Z》，我彎腰撿起，應該是那位男孩落下的。

「欸欸，你的書掉了，同學！同學！」我用盡肺活量大聲喊叫，但那深藍色身影頭也不回，變得越來越小……

我想拔腿追他，但是……雖然我講話超快，一分鐘內可以清晰地連續播報兩百個字，跑一百公尺卻得花上三十秒，永遠是全班最後一名，比倒數第二名還多三秒，根本不可能追上這位長腿同學。

我翻翻書本，企圖找尋主人的名字，只見書本正文每一行文字下方，都有工整的劃線，好像沿著尺描過，重點則用各色螢光筆標注，筆記的字體纖秀整齊，好用功的同學，好想跟他修同一堂課，然後向他借筆記！

我翻到封底──歷史四，黃傑冰。

果然是本校同學無誤，有系級名字就好辦，我拍拍書本上的草屑，對這本書說：「待會兒啊，我拜託小愛和阿任在電臺播失物招領消息，別擔心，你很快就會回到主人身邊。」

我親切地安撫這本被主人扔下來的書──跟誰都可以講話，哪天邀請一盆盆栽當節目來賓，節目也不會冷場──這是小愛對我的評語，我就是這樣一個話癆型的歡樂 DJ。

不過，黃傑冰這名字，怎麼有點耳熟？

我拚命回想，卻想不起來，這時，我的手機鈴聲響起。

我接起電話，是小愛。

「苡茵學姊！妳在哪裡？學務長找妳！」她聲音急切。
我摸不著頭腦，反問她：「學……學務長？誰啊？找我幹麼？」
「學務長姓薛，叫薛悟方啦！」小愛回答。
「欸，學務長叫這名字嗎？感覺好陌生。」我記得學務長是個阿伯……
小愛的聲音頻頻催促我回到現實，「學務長是這學期才從業界挖角來的，妳知道嗎？妳有機會重回電臺了！」
我心中一陣雀躍，但還是抓不太到小愛話中的前因後果，「為什麼啊？」
小愛急了，她以略遜於我的每分鐘一百八十字的語速解釋，「我們系助教說，他把實習電臺副臺長選舉結果送到課外活動組，最後送到學務長那兒簽核時，被退回來了！他看到黃玉清的節目表，說歷屆節目表長得都一樣，要親自把實習電臺帶起來，發揚光大，讓電臺成為我們聖仁大學的招生利器。」
小愛一口氣講完，一點也不喘，我忍不住讚歎，「妳怎麼那麼清楚？太厲害了！」
「學姊，我可是活動的廣播電臺啊！」小愛得意洋洋。
「不過……學務長要整頓電臺，和我有什麼關係？我說小愛啊，報新聞時要把重點濃縮成一句，妳的廣播電視實務要好好修啊！」
小愛嘆了口氣，「學姊，重點不是這個，妳猜不出來嗎？他覺得黃玉清的節目規劃不怎麼樣，而妳的政見不比她差，決定重辦電臺副臺長選舉！他擔任過飛碟電臺的 DJ，還拿過廣電金鐘獎，所以特別看重我們實習電臺！」
聽到這樣的消息，我反而傻住了，「這……這……可以這樣搞嗎？黃玉清到手的副臺長職位，就這樣飛了？」

「黃玉清也是這樣嚷嚷，但根據實習電臺設置辦法，學務長就是臺長，臺長說了算！總之，妳快點到學務長辦公室找他的祕書就對啦！好像要交代妳們準備一些資料……」

我看著包包上的媽祖廟平安符，難道順風耳真的聽到我的呼喚，顯靈了？

「喂喂，學姊，妳到底有沒在聽啊？」

「有有有，我馬上去找學務長！」

「就是這樣，用跑的！動作快！」小愛說完，我立馬將《雅思必考單字 A-Z》塞進包包，一邊跑一邊抹眼淚，我好喘好喘，卻覺得背上好像要長出翅膀讓我飛起來。

拜託拜託，親愛的順風耳，請讓我重回電臺，我一定好好做，好好把我的聲音，傳播到您的耳朵也聽不到的遠方！

❀

（「人生海海」和「黃傑冰」的 LINE 對話紀錄）

人生海海：「新年快樂！來給你拜個晚年，二〇一八狗年旺旺旺！」

黃傑冰：「現在都快元宵節了，這種罐頭祝賀訊息，還是免了吧。」

人生海海：「我是真心的欸，你爸今年年夜飯……還是沒回來吃嗎？」

黃傑冰：「留在上海了，說工作太忙……匯給我和我妹一人一六八八八的紅包。」

人生海海：「你爸該不會……你不是有讀心術？」

黃傑冰：「這哪需要讀心術？一定是有小三，絕對。」

人生海海：「需要安慰就來找我。」

黃傑冰：「怎麼可能需要你的安慰？」

人生海海：「快開學了吧，趕快來我店裡，幫你剪個帥氣招桃花的新髮型！」

黃傑冰：「是該剪了……簡單剪就好，下週一有空吧？」

人生海海：「本店紅牌阿海，竭誠為您服務！」

黃傑冰：「剪頭髮以外，你哪天放假，陪我去一個地方。」

人生海海：「哪裡？和護理系聯誼嗎？」

黃傑冰：「愛心寵物天堂。」

人生海海：「去看你家小小黃啊……好快，也一年了吧？要帶什麼去？」

黃傑冰：「帶你的 Black Orchid 牛仔褲啊，整件燒給牠吧，牠可喜歡咬了。」

黃傑冰：「幹麼已讀不回啦，你根本不愛小小黃嘛！」

第一章　其實，我是摳打

我深吸一口氣，對著化妝室的鏡子檢查妝容，就在今天，接到小愛報喜電話的一星期後，就是我白苡茵翻身的日子，我要重新回到聖仁之聲實習廣播電臺。

明亮的鏡子裡，閃進一道有些刺眼的黃色身影——是黃玉清。我趕緊再次從化妝包裡掏出脣釉，用力幫自己塗上一層華麗迷人的脣彩。

「喲，白苡茵。」黃玉清刷著睫毛膏，乾燥玫瑰色的嘴脣微啟，「妳擦大紅色的口紅，是怕別人不知道妳的招牌大嘴巴、長舌頭嗎？」

哼，黃玉清打招呼的方式依舊惹人厭。

我打量她的裝扮，不甘示弱，「黃玉清，黑洋裝搭黃西裝外套，穿得像果肉爛掉的黑心香蕉，妳等著被我剝皮吧。」

「妳這全校最毒舌的女人，死後火化撿骨時，恐怕只有舌頭怎麼燒也燒不掉。」黃玉清又刷了一層睫毛膏，語調持平優雅，卻句句含有劇毒。

「修俐修俐。摩訶修俐。修修俐。薩婆訶。」我收起脣釉，雙手合十，故作虔誠狀。

黃玉清睜大了眼，「妳說什麼？詛咒我嗎？」

我向她鞠個躬，口氣瞬間變得溫柔慈悲，「施主，這是淨口業真言，今天我就會重新回到電臺，勸妳早點習慣這件事，不要日夜咒罵我，會給自己積業障的，還不趕快用這真言淨化自己的內心，早晚念一百次，願一切功德迴向給妳。」

黃玉清氣得翻了個大白眼，我內心暗笑，她正要回嘴，一陣宏亮的男聲從門外傳進來：「黃玉清、白苡茵！妳們兩個好了沒啊？動作快一點！」

是上一屆實習電臺副臺長，孟勝學長。

我們趕緊小跑步離開女廁，學長已經板著臉等我們，「快點快點，妳們快去會議室準備！唉，我這個第十七屆副臺長，明明早就卸任也交接給第十八屆了，為什麼還要被叫回來，重新處理副臺長選舉……」

學長沿途碎碎念，我和黃玉清低著頭不敢抗辯。

走進會議室時，廣電系同學們不約而同望向我，他們投注在我身上的敵意好灼熱，我選擇忽略他們的眼神，趕緊在小愛和阿任身旁落座。

「學務長還沒來嗎？」我低聲問小愛，她還沒回答，一陣叩叩叩的高跟鞋聲打斷我和小愛的談話。

一位穿豹紋上衣和桃紅短窄裙的熟女逕自走進會議室，她一頭蓬鬆長鬈髮像棕色貴賓狗，戴著玳瑁粗框眼鏡，提著好大一個 LV Speedy 包包，我媽有一款仿冒的，長得有點像。

這位姊姊踏上講臺，在講桌上重重放下那咖 LV 包包。

「她誰啊？教授？博士班學姊？家長？」我低聲問小愛，小愛聳聳肩表示不知。

孟勝學長出聲阻止貴賓狗熟女，「這位小姐……我們在開會，待會兒學務長要來，請妳先離開。」

熟女扶了扶眼鏡，「我是 Elsa。」

「Elsa？但妳的妹妹安娜不在這裡喔。」學長沒好氣地回嘴，臺下頓時哄堂大笑。

熟女嘴角一勾，「我是 Elsa Hsueh，薛悟方。」

「薛悟方……您、您是學……學務長？」孟勝學長倒抽一口好長的氣。

我推了小愛一把，聲音壓得超低，「妳不是說，學務長三十幾歲當電視公司製作人時，還和一位早期的名模傳緋聞？被妳形容得好像大帥哥，怎麼來了一位棕色貴賓狗熟女？」

「我哪知道？」小愛聳聳肩，「助教沒說學務長是個大姐，學務處網頁上沒有照片也沒有性別資料，祕書沒跟妳說嗎？」

「沒啊。」我搖頭。

小愛身旁的阿任也發話：「這麼說，那位名模是男模喔？叫什麼名字啊？」

我忍不住羨慕起來，「男模耶，一定有胸肌、腹肌、巧克力肌，好棒喔。」

大家看著這位模樣火辣的學務長，低聲討論起她非典型的外表，然而，比起外表，更吸引我注意的，其實是學務長的聲音。

她的嗓音不特別甜美，還有點沙啞，但中氣十足，隱隱透露她直爽的個性，而且總覺得有點熟悉。

是在哪裡聽過這個聲音呢？我努力回想，卻想不出個所以然。

薛學務長不理會臺下的議論紛紛，直接打開 MacBook 筆電，「現在，我們來重新討論實習電臺和副臺長人選。兩位候選人，黃玉清和白苡茵，我請祕書交代妳們準備的資料，都準備了嗎？」

她幾句話就把會議室的氣氛冷卻下來，我和黃玉清同時點點頭。

「那……從黃玉清先開始嗎？我們準備好投影機，兩位候選人也做好簡報了。」孟勝學長戰戰兢兢地問。

學務長重重拍桌，「做什麼簡報！廣播電臺節目有簡報畫面給聽眾看嗎？做廣播的，要從聲音敘事的力量去決勝負！」

所有人倒抽一口冷氣，這位 Elsa Hsueh 和《冰雪奇緣》的艾莎一樣，有讓人瞬間結凍的本事。

「那……我們要如何進行？」孟勝學長硬著頭皮提問。

學務長環視四周，又拍了一下桌子，大家往後一縮。

「傳播學院是本校的招牌，學生實習廣播電臺未來的副臺長，就是本校的扛霸子之一，實習電臺副臺長這個位子，和一般社團的社長不一樣，所以我不能任由同學自己亂選而不加以監督。」學務長解釋了再次改選的理由，所有人默不作聲，她看了看我們，手指敲敲桌子。

「因此，我們一起聽聽看，對我要求的帶狀節目規劃，兩位候選人有什麼看法。黃玉清，妳先來。妳之前交的節目表，根本完全照抄上一屆的，我看看妳有多少實力。」

黃玉清一秒站起身走向講臺，從她起身的速度，堅定的眼神，我相信她有備而來。

「我規劃的帶狀節目，叫做『香城忽然一週』，這是一週大事的預告和精彩回顧，名字叫做『香城忽然一週』，而不是『聖仁大學忽然一週』，是因為我把聖仁大學實習電臺定位為整個香城區的地區電臺，因為校園電臺放送區域，包括校園外三公里，正好涵蓋了整個香城區，還有和我們毗鄰而居的兩所學校，包括以理工科系聞名的永漢大學，和以醫療相關系所為主的思牧科技大學。」

黃玉清長篇大論，語調沒有強烈起伏，聲音卻充滿不容忽視的魄力，我感覺心臟一沉，不祥的預感襲來。

媽啊，我早該想到，黃玉清一認真起來，政見怎可能不專業？我都想投她一票了。

黃玉清明亮的黑瞳掃視全場，「我會帶領實習電臺走出聖仁大學，和永漢大學、思牧科技大學的系所、學生社團、特約商店合縱連橫，強化節目的豐富程度，也拉攏更多聽眾。」

「看來妳知道自己之前交的那份節目表，缺點在哪裡。」學務長點點頭，「立意很好，但是節目本身的細部內容規劃呢？」

「我知道我播音比較平板，反應也不那麼靈活，不是個好 DJ，但我是個好的管理者，我可以負責規劃，由其他富有聲音表情魅力和創意的同學，來擔任節目DJ。」

學務長看起來很滿意，她看了看臺下，「很好。那副臺長改選中只得到三票的白苡茵同學在哪裡？」

三票的光榮敗績惹來廣電系同學們一陣訕笑，稍稍軟化會議室中肅殺的氣氛，我站起身，走向講臺，黃玉清和我錯身而過，但她眼睛直視前方，看都不看我一眼。

「大家好，我是白苡茵！」我吸了一口氣，用最甜美愉悅的聲調開場。

在黃玉清氣勢萬千的發表之後上臺，很不容易，我再次深吸一口氣，開了口，盡量讓聲音充滿感情，好和黃玉清的絕對理性形成對比。

「我堅信，好的節目內容是聽眾願意收聽的唯一考量，打出DJ的個人特質能強化聽眾印象，就像光禹、朱衛茵、黎明柔，還有我個人最喜歡的，早期飛碟廣播電臺的 DJ 莎莎，這些DJ 用他們的聲音，陪伴我們一起成長。」

學務長似乎有點驚訝，的確，光禹、朱衛茵和黎明柔近年還有在廣播界活動，莎莎的節目卻已停播多年，只有鐵粉如我才知道。

我繼續闡述自己的理念，「我認為聖仁大學的實習電臺，要做出年輕人特有的青春活力，不能只是放放音樂，播報一些校園大事，我想做的是一個有深度的訪談節目，邀請校內風雲人物當節目嘉賓，例如《聖仁大學新聞報》舉辦過的校花校草排行榜人物，校花排名第一的表演藝術系鄧佩玲，和校草排名第一的歷史系黃傑冰，是我一定要邀請的對象。」

我微微一頓。

說到黃傑冰這名字時，發現黃玉清臉上閃過錯愕的神情，不知是不是我的錯覺。

上回在湖邊撿到黃傑冰的書後，我向小愛打聽黃傑冰這個人，才想起他是傳說中的校草，於是構思出了這個企劃。

我繼續用昂揚的語調，勾勒心目中的理想節目，「我想和他們聊聊過往的經歷、夢想、趣事，我曾在上學期的 DJ 歡迎度調查中得到第一名，我相信我可以做出吸引聽眾的節目，這個新節目，我叫它『苡茵信箱』。」

我滿心期待看著全場，同學們噗哧一聲笑出來，這名字果真有梗，可是學務長皺著眉，一臉不置可否。

怎麼是這種反應？這個節目名稱我想了一整晚欸，「語音信箱」的臺灣國語，和「苡茵信箱」一模一樣。

我期待地望向學務長，她卻翻了個白眼，板著臉開口，「坦白說，這次討論會，我可能傾向維持原本的改選結果。」

我的心頓時涼了半截，臺下的黃玉清則微微勾起嘴角。

學務長看向黃玉清，「黃玉清說得很對，聖仁之聲不能只定位在校內，如果能將永漢大學和思牧科技大學納進收聽範圍，對聖仁之聲的未來是好的，黃玉清具備了實習副臺長的高度和企圖心，白苡茵比較像節目組小組長。」

她轉頭，銳利的目光對向我，「白苡茵，妳說說看，為什麼選擇進廣播電臺？為什麼不去實習電視臺，穿得漂漂亮亮當主播？是因為進不了實習電視臺，所以想打擦邊球，碰一下廣播電臺也好，增加以後求職的機會嗎？」

連珠炮的重擊，臺下廣電系同學們一臉看好戲的神色，黃玉清的嘴角揚得更高了，她在心裡可能已笑倒在地。

「我……」向來伶牙俐齒的我，非常罕見地舌頭打結。

「白苡茵？妳有沒有在聽？上節目播音可以發呆不回答問題嗎？」學務長好犀利，根本不打算放過我。

「我不是因為進不了電視臺，才來廣播電臺……」我搖頭否認。

她繼續追打，「那是為了什麼？妳在政見中寫『我熱愛廣播，這是我最大的優勢』，妳能說服我嗎？」

我捏緊拳頭，看來只好放大絕了，就像學務長說的，要用聲音和敘事打動人群！

我覺得小宇宙燃燒起來，讓我來個動人的開場吧——

「我選擇修傳播學程，不是為了好找工作，而是因為從七歲起，我就只想在廣播電臺工作。」

學務長揚起細細的柳眉，我慢慢解釋，輕輕地吊大家的胃口。

「七歲生日的時候，我爺爺奶奶送我一臺 SONY 手提 CD 音響，從此，我的家庭生活不再是靜音模式。」

我學黃玉清以眼神掃視全場，捏緊拳頭，繼續自爆身世。

「其實，我是摳打，C——O——D——A——，Child of Deaf Adults。我的父母都是聾人，他們聽不見聲音，也沒辦法講話，我第一個學會的語言甚至不是國語，而是手語，我除了白苡茵這個名字，還有一個手語名字叫做『白風』，我是在這樣一個家庭出生長大。」

臺下一片靜默，我知道我攫獲所有人的注意力了。

「爺爺奶奶怕我學不會說話，親自教我說話，我也很愛講，七歲生日之後，爸爸媽媽帶著我搬到香城區開店，下課的時間，只有收音機裡的廣播陪我，我甚至要聽著廣播才能入睡，我還常常打電話 Call-in，和 DJ 講講話，反正我爸媽聽不見，不會阻止我三更半夜使用電話。」

我降低語速，放進感情，「所以，廣播是我的一切，不管電視、網路、手機、平板搶走多少聽眾，有很長一段時間，廣播是唯一說話給我聽，也聽我說話的朋友。我熱愛廣播，高中時選了有廣播社的香城高中，考大學時知道我進不了任何一所大學的廣電系，我大哭了三天，但是，我願意用盡一生的力氣和努力，只要能當個廣播人。」

學務長沉默了一會兒，細長的右手突然指向晾在一旁好久的孟勝學長，「你星期二下午有課嗎？廣電系有必修課嗎？」

「沒……沒有。」學長搖頭，學務長點點頭，威風凜凜下了指令，「我要緊急加開一堂『廣播節目企劃製作實務』，星期二上午九點到十二點，二月二十六日早上第一次上課，賴孟勝，你來當助教。」

孟勝學長唯唯諾諾說是，他深知自己沒有拒絕的權利。

學務長繼續說：「今天的會議，證明黃玉清和白苡茵各自還有不足的地方，都需要加強理論和實務的部分，這堂課，凡是在場的同學都要修，整個學期，我們一起學習做廣播，我把畢生功力傳給你們。」

同學們低聲哀叫，我的眼睛則亮起來，感覺學務長非常厲害，跟著她，一定可以學到很多東西，但是——

孟勝學長怯怯舉手，「請問學務長，實習電臺副臺長決定是誰了嗎？」

彭祈雅低聲開口，「那還用問嗎？一定是我們玉清啦。」

我垂下頭，感覺一顆心沉到海底，這場廣播戰爭，我真的輸得徹底。

學務長拍了一下桌子，「先聽我把話說完，誰是副臺長，學期末才見分曉。」

「蛤？」同學們騷動起來，我抬起頭，不敢相信，死巷裡竟然還有別的路。

學務長繼續解釋，「午餐時間是電臺收聽率最高的時段，黃玉清的『香城忽然一週』週一、週五中午播出，白苡茵的『苡茵信箱』在週二和週四播出，週三的節目先空下來，妳們兩位各自帶領一個小組，把對方今天的優點學起來，第一次上課時，提出更完整的系列節目規劃，還有節目片頭片尾。節目四月一日開播，當週收聽率最高的節目，得一顆星，由賴孟勝負責統計，四月底公布一次，五月份開始每個星期公布一次，看學期末哪一組的星星最多，就由誰當副臺長，以後副臺長改由大三的學生擔任。」

黃玉清表情平靜，迅速點點頭，我不禁感嘆，她的心理素質好強，如果是我，肯定覺得到手的副臺長位子飛了。

學務長望向我，「白苡茵，妳要加入嗎？還是就此放棄？」

現在不是讚歎黃玉清的時候，我趕緊舉手，大聲回應：「不放棄，我要加入！」

「很好，我今天就會寫好課程大綱送審查，現在，請大家分別選擇自己要跟的組長。」

學務長話剛說完，人群紛紛起身，湧向黃玉清，留在我身邊的，仍然只有小愛和阿任。

「人數太懸殊了，沒有人要去白苡茵那一組嗎？」

廣電系同學們紛紛驚恐地搖頭。

學務長嘆了一口氣，「黃玉清，妳選兩個人留下來和妳一起規劃節目，其他人，分成新聞組和音樂組，各選出一名組長。廣電系的同學們，你們最好不要被應外系的白組長給擊倒，否則，你們的成績會很難看。」

黃玉清抬起下巴，眼神堅定，彷彿無聲宣告：這是不可能的事。

看同學完成分組，學務長啪一聲闔上電腦，塞進 LV Speedy 包包，「白苡茵同學，就讓我們看看妳對廣播的愛有多少。各位同學，週二見。」

叩叩叩！高跟鞋聲音逐漸遠離會議室，Elsa 學務長離開後，室內的氣溫好像沒有回升，我渾身冷汗，癱在座位上。

小愛關心地問我：「學姊，妳還好嗎？」

我甩甩頭，揉揉額角，「我以為今天就能結束我和黃玉清的戰爭，沒想到只是個開始，戰爭規模比我想像的大……」

我轉頭看實習電臺辦公室另一頭的播音間和主控室，從會議室門口走過去用不到一分鐘，但是，回到播音間的路，隔著黃玉清和學務長兩個大型路障，似乎遠比登上玉山主峰的路還要艱難且漫長。

小愛和阿任仍擔心地看著我，討論是否要把像脫了一層皮的我送去保健室，我握了握拳頭，擠出最燦爛的笑容。

「你們兩個別擔心啦，我只有這條路，我一定一定要繼續走下去。」

從副臺長選舉到今天，已經將近一個月，我沒再進播音間，沒在那隔音板、絨布簾和厚地毯築成的安靜堡壘中，透過麥克風對世界發聲，我好想念聲音和麥克風微微共振的感覺，那總是讓我對於聲波的傳遞很有實感……

不管這場戰爭還要打多久，我一定一定要回到播音室，回到我的世界！

❀

（「人生海海」和「黃傑冰」的 LINE 對話紀錄）

人生海海：「安安，聖仁大學 EXO。」

黃傑冰：「安什麼啦，為什麼說我像 EXO？」

人生海海：「邊伯賢不畫眼線時，跟你滿像的……是說新髮型有沒有幫你招到桃花呀？」

黃傑冰：「桃花這種東西我不需要。」

人生海海：「都大四了欸，還沒交過女朋友，像話嗎？哥幫你設計這華麗燦爛的髮型，就是要你珍惜大學生活最後一個春天。」

黃傑冰：「還說咧，要不是我背單字太累睡著，怎麼會放任你把我頭髮染成這麼黃。」

人生海海：「要不是你醒過來，我還想打薄一點……這是你內在的樣子，你有自己都不知道的熱情，我只是把它挖掘出來，我可是有哲學思想的髮型設計師！」

黃傑冰：「大哲學家，我還真不知道，我的內在是一頭金毛獅……趕快幫我染回黑色，不然以後去臺北，我不找你弄頭髮了。」

人生海海：「臺大研究所放榜啦？」

黃傑冰：「還沒啦。」

人生海海：「這麼有把握可以去臺北？你幹麼剛考完研究所，就去考那個什麼……啊嘶？」

黃傑冰：「雅思啦！我英文聽力分數拉不起來，只能靠讀和寫，從現在開始拚，到我研究所畢業前，可以拉到足夠分數去英國念博士。」

人生海海：「你的人生真是拚。」

黃傑冰：「不然我還能做什麼？」

人生海海：「努力脫魯。」

黃傑冰：「根據科學研究，全世界的動物中，只有人類天天都可以是發情期，你就是一個最好的例子。」

人生海海：「幹，你最好都不會發情！我昨天看到一個超棒的片子，我不要分享給你了！」

人生海海：「又給我已讀不回！我真的不會分享給你喔！」

人生海海：「喂～黃傑冰！你下次找我剪頭髮，最好不要睡著，我一定幫你燙成黑人爆炸頭！」

黃傑冰：「我這裡有個熟女系列的，是你的菜吧？」

人生海海：「我要！我要！給我！」

人生海海：「連結哩？快把片子交出來啊！」

人生海海：「喂，不要不回我啦！以後不管你有沒有睡著，我一定都幫你剪得超帥，如果我亂燙頭髮，我就一輩子開不了自己的髮廊，不，我一輩子無法脫魯，你說好不好？」

第二章　冷感是病

「上課真是累死了。」

上完第一堂「廣播節目企劃製作實務」，小愛整顆頭顱靠在桌上，不肯起來。

第一堂課，學務長放了不下二十個廣電金鐘獎的節目片頭，要我們歸納整理它們的特色，我們也分別上臺報告了十四週的節目企劃，預定採訪的人選名單，以及試做的節目片頭，但是黃玉清小組，簡稱黃組，製作的節目片頭，被批評配音太乾，一點也沒有學生電臺該有的活力；而我這一組，簡稱白組，得到的批評是，過度使用配樂，一個片頭塞了三首歌，太吵，聽眾的耳朵壓力很大。

課堂上我和黃玉清還是彼此敵視，但全體同學倒是形成共識，那便是學務長薛悟方從此多了一個綽號——薛愛殺。

「組長，薛愛殺好嚴厲喔，我們真能撐到學期末嗎？」黃玉清那一組的陳允威表情很悲苦。

另一位組員彭祈雅堅定握拳，「跟著我們玉清，絕對沒問題的！」

黃玉清挺直腰桿，非常鎮靜，眼睛骨碌骨碌轉，似乎在研擬作戰計畫，好像她早就適應這樣嚴格的挑戰。

「學姊，這個黃玉清也太厲害，她說要在『香城忽然一週』做人物專訪，而且她已敲定傑出校友，音樂劇女神黎憶星上節目，她怎麼做到的啊？」阿任上半身掛在桌上，看起來也很疲累。

小愛勉強抬起頭來解釋，「根據我的打聽，黎憶星的婆婆和黃玉清的媽媽是堂姊妹，黃玉清說，她親眼見證過黎憶星在卡爾登飯店當婚禮歌手的無名時期呢。」

「但是學姊，我們約得到黃傑冰嗎？」阿任又丟出問題。

「為什麼約不到？他是《聖仁大學新聞報》票選的校草排行榜第一名，一定要他當學期末的節目壓軸來賓。我也聯絡上思牧科技大學和永漢大學的學生會，他們已經提供了名單，我會一個一個打電話去邀請，校花校草都是習慣受矚目的人類，不會拒絕的啦。」

我自信滿滿，但阿任的表情顯得很奇怪，他推推小愛，小愛面有難色。

「可是學姊，黃傑冰很特別……首先，他是歷史系書卷獎連續七個學期第一名得主。」

「就學霸嘛！校花校草級的學霸，又不只他一個人，哪裡特別？」我轉了轉筆。

小愛伸出食指一搖，「不不不不，他真的是個怪人。」

我豎起耳朵，小愛打開筆記本，把她收集到的資料念給我聽：「俊俏的五官，天然長睫毛，長髮打理得帥氣有型，身材又高又瘦，簡直像從漫畫裡走出來的完美男主角，也就是俗稱的『撕漫男』啦。」

我點點頭，我曾見過黃傑冰三秒，他完全符合這一點。

「有我帥嗎？」阿任摸摸自己的下巴。

「你還是當你的萬年工具人吧。」小愛踢他一腳，「我見過他本人，說實話，我很驚訝，一個男生可以保留男性特質又同時這麼漂亮，在廣播節目裡他不能露臉，太可惜了。」

我拍手叫好，「就是這樣，這種帥哥，我們一定要邀請他上節目！」

「但是……」小愛意味深長地看我一眼，「他走路永遠看地上，不接電話也不打電話，只接受簡訊、LINE、Email 聯絡。」

「咦？」我暗自思忖。這真的很奇怪欸……

小愛繼續念出筆記，「還有，他講話有點奇怪的口音，很多人推測他是外籍生，但不管是港澳僑生聯誼會、陸生聯誼會，還是外籍生聯誼會，都說沒有這個會員。」

「嗯……」我停止轉筆，如果他中文不夠好，上節目就不太妥當了。

小愛頓了頓，故意賣我關子，才緩緩開口，「他還有個怪癖，就是超痛恨別人拍他肩膀，只要有人拍肩叫他，他就一副像被鬼嚇到的樣子。」

「他有女朋友嗎？」我問，如果能從他的女友打聽這個人，一定可以得到最準確的情報。

「沒有，而且他拒絕過超多女生的告白，大二時的情人節，一位大一學妹從背後喊著：『學長，請收下我的巧克力。』他竟頭也不回，直接走人。」小愛用悲戚的語調，為我播報這個慘痛的故事。

我摀住嘴巴，心裡對故事女主角致上十二萬分的同情，「天啊——丟臉死了！那他登上校草排行榜冠軍，新聞臺的同學怎麼沒採訪他？」

小愛聳聳肩，「他們當然邀訪啦！但黃傑冰冷冷拒絕了。」

我嘆了一口氣，「往好處想，如果他接受我的訪問，就會是珍貴的獨家專訪了。」

「學姊，別擔心，我有辦法——」小愛得意極了，「我打聽到黃傑冰學長的課表，他有修星期二第六、七節的通識『表演藝術概論』，就、在、今、天！而且學姊妳還有兩學分的通識沒上，我陪妳去加簽，妳有一整學期的時間和他弄熟點，一箭二鵰！」

「太棒了！」我趕緊抄下上課地點，「表演藝術概論是吧？哪位老師的課？」

小愛用推銷員的熱情語氣介紹，「戲劇系創系系主任，一位人超好的老先生，分數又甜，不修可惜哦！」

「小愛，妳去播報新聞太可惜了，聽妳介紹，我都想鼓吹所有我認識的人一起選這堂課，妳將來可以主持一個賣藥節目，賣瘦身白咖啡、汽車防爆隔熱紙或是推銷全腦記憶課程。」

小愛得意一笑，「是不是，快稱讚我！」

我們三人繼續講笑話娛樂彼此，一個冷冷的聲音從背後竄出。

「別白費心機了。」

我猛一回頭，是黃玉清。

「黃傑冰是個冷漠，膽小，又自我中心的傢伙，他不會答應妳的，我好心勸妳，趁早想個備案，免得太丟臉。」黃玉清滿臉鄙夷和不屑。

我反倒覺得奇怪，「妳怎麼知道？妳認識他？你們都姓黃，該不會——他是妳哥？堂哥？黃氏宗親會成員？」

「我才沒有這種親戚！」一向冷靜自持的黃玉清，居然氣得跺腳，顯然「親戚論」讓她氣急敗壞。她垮著臉，踩著對於女大生而言過於端莊正式的黑色包頭高跟鞋，叩叩叩離去。

小愛撇撇嘴，「奇怪了，黃玉清有這麼好心嗎？只是來唱衰我們的吧。」

我握拳，「黃傑冰，不管你是格陵蘭冰河還是西伯利亞凍原，我白苡茵的溫室效應，都會讓你徹底融化！」

❀

我和小愛匆匆衝進教學大樓一〇五教室，屆退休之齡的老教授已經站在講臺上了，他沒斥責我們遲到，只叫我們快找位子坐，超佛心，我和小愛很安心地選了後排的座位。

「表演藝術作為通識教育有什麼意義呢？我們聖仁大學有表演藝術系和戲劇系，對於藝術的各種形式，本來就應該比一般大眾更加理解……」

老教授的聲音傳來，我心神飄忽，四處張望，「小愛，妳不是說黃傑冰有選這堂課，他在哪兒？」

「妳前面那隻啦！」小愛指了指我正前方穿藍色大衣的男孩。

真的欸，和上回在湖畔見到時一樣的大衣，不同的是，雖然頭髮還是蓋住耳朵，但修剪了不少，而且染成暖色調的棕黃色，介於金莎橘和蜂蜜茶之間的顏色好好看，頭上彷彿有一圈光暈，看起來比黑髮更有精神，只可惜，如果能打薄一點，應該會更清爽，更符合大學生年輕活潑的形象。

但是，不是說他個性低調嗎？怎麼突然變成一隻黃毛獅子啦？我邊想邊一手鑽進包包裡打撈加選單，一不小心，筆記本掉到地上。

我彎下腰伸長手，企圖在臀部不離座位的姿勢下撿拾筆記本，還差兩公分，再伸長一點——

「哎唷！」我低低悶哼一聲，頭碰撞到桌腳，小愛還沒來得及問我好不好，前方的黃傑冰卻從座位上跳了起來！

「怎麼回事？」

「那不是黃傑冰嗎？」

「他幹麼啊？」

四周竊竊私語，老教授渾然不覺，仍對著 PPT 照本宣科。

黃傑冰回頭瞪我，眼睛下方微微隆起的臥蠶，映著長長的睫毛，烏黑的大眼瞳彷彿會說話，加上高高的鼻子，全數鑲在一張比一般男孩略小的臉上，確實是上次心誠湖畔匆匆一瞥的男孩，但他的表情就像看到大野狼而受驚嚇的小鹿。

我不是大野狼啊，黃傑冰同學！正想低聲道歉，他已轉回頭。

我伸手探了書包，還好那本《雅思必考單字 A-Z》還在包包裡，小愛曾在電臺廣播好幾次失物招領訊息，並留下我的手機號碼，黃傑冰卻沒打電話給我，我決定待會兒下課，就用這本書和黃傑冰搭起友誼和獨家專訪的橋梁！

好不容易撐過令人昏昏欲睡的兩堂課，老教授宣布，「今天課就上到這裡，這堂課不點名，從下週開始，每個星期交一次小作業，缺交三次我只好當掉你嘍——要加選的同學來這裡簽名。」

「小愛，妳幫我加選，我去攔黃傑冰！」

我把加選單丟給小愛，自己忙著喊住往大門快速移動的黃傑冰。

「黃傑冰同學！黃傑冰同學！」海軍藍的身影兀自往大門移動，我只得加快腳步追上，伸手拉住黃傑冰的袖子。

黃傑冰轉向我，又是一臉驚恐如小鹿般的神情。

「你有必要嚇成這樣嗎？」我揮了揮手中的《雅思必考單字 A-Z》，「你的書，我請同學在實習電臺插播好幾次失物招領，你都沒聽到嗎？」

黃傑冰雙眼閃爍，搖搖頭，伸手接過書，「謝謝。」

總算聽到他的聲音！他的語調比較平，咬字確實有一點外籍生的感覺，但發音很清晰，聲音略低，非常有磁性，身為聲音專業的廣播人，我認證這絕對是一把具魅力的好聲音，不過，現在不是讚歎他的時候。

「我叫白苡茵。」考慮到他可能是外籍生，我秀出筆記本上的名字，「我是應用外文系二年級學生。」

他點點頭，打算抽回手，我更加用力攢緊他的袖子，「黃傑冰同學……還是我該叫你學長？學長好，我們這樣算認識了吧，我有話想對你說。」

黃傑冰又搖搖頭，「我要走了。」他抽離手，衝出教室，像是逃離洪水猛獸。

那速度讓我忍不住大喊——

「喂！你怎麼這麼容易受驚啊！我有這麼可怕嗎？」

四周同學爆出一片哄笑。

小愛湊過來，「學姊，注意一下形象，妳是小清新 DJ，把『受精』兩個字掛嘴邊，是要轉型深夜情慾 DJ 嗎？」

我沒理她，偏頭尋思，「黃傑冰為什麼這麼怕我？我身上有細菌嗎？」

小愛大笑，指著我的筆記本，「妳的字這麼潦草，他大概把妳的名字看成白苡『菌』了，以為妳身上有致命細菌！哈哈哈！」

「我帶菌？」我一股氣上來，「他才有病，冷感病啦！這種人遇到要小組報告時，該怎麼辦？」

「學姊，歷史系是小組報告最少的，而且，聽說他會主動包辦資料整合的工作，和他同組的組員只要把分頭查到的資料丟給他，就可以等著拿高分，有些女生想藉著同組拉近距離，結果學期末還是和他講不到十句話。」

我搖搖頭，這人真是重度冷感病兼少話症的末期患者，無藥可救啦！他不知道，能說話是一件多麼棒的事嗎？

看看我爸媽就知道。

揮別小愛，我牽出腳踏車，終於可以回家了，我小心翼翼穿過聖仁大學和永漢大學交界的小路，來到永漢大學前的永漢街商圈，在微暗的天色中，我看到鑲著一圈 LED 五彩燈泡的「蓉仁小館」，在街道盡頭絢麗閃爍，很是高調。

老爸說過，既然他不能盡情用口語表達，那麼，他的店招牌，一定要極盡炫目，眼球吸引力百分之兩百，絕對沒有低調內斂這回事。

一踏進「蓉仁小館」，熟悉的熬製高湯香氣撲鼻而來，打開的店門啟動店內的自動感應燈，燈光讓背對店門的爸媽回過頭，我伸出一隻手比成垂直的六，又手指併攏，雙手的中指輕輕相觸，讓手掌搭起一個小帳篷，而後，右手比九來回觸碰左手掌心。

這個手勢，從我上幼兒園起，已經比了將近十六年，這是手語「(我)／回／家／完了。」也就是，我回家了。

爸媽微笑，他們兩人各持一雙筷子，在一個最大尺寸的玻璃保鮮盒中翻攪白色方塊狀物體。

我右手比一往下指，而後右手比五，掌心向內，手掌抖動：「這／什麼？」

我內建的手語口語雙向翻譯機，始終高速運轉如反射動作，但今天我特別留意爸媽如何表達一字一句：「高／男／兩個禮拜／以後／家／來／玩／要。」

「高叔叔兩個星期後要來我們家玩？」我問。

「那／這／喜歡／吃。」老媽用手勢回答我。

我馬上自動翻譯，「他喜歡吃這個？」

老媽挾起一塊白色塊狀物，直接塞進我嘴裡，清脆酸甜而多汁，這是老媽的得意菜色——和風漬蘿蔔，已經好久沒做了，要醃漬冷藏至少三天，每四小時翻一次使其入味才能完成，很累的。

蘿蔔好入味，引得我肚子咕嚕咕嚕叫。

老媽笑了一下，前往煮麵檯，十分鐘後，端出一碗熱騰騰的湯麵。她聽不見我腸胃喊餓，卻總是知道我何時需要食物。

老爸雙手並用，臉部肌肉擠來擠去，他在跟我述說高叔叔這個人，是他在臺南啟聰學校的小學弟，長得很帥，很怕老媽被他勾引走。

老媽推了老爸一把，用雙手和表情告訴老爸，晚上滿足她，就不會被高叔叔勾引。

「你們夠了喔，我在吃麵耶！」我忍不住抗議，雖然如此，爸媽無聲的調情仍讓我想笑。

出生就是聾人，從未學習口語的爸媽都這麼愛「說話」，而那個奇怪的校草黃傑冰，怎麼會這麼惜字如金呢？

黃傑冰、傑冰、結冰、草木皆兵……這名字的諧音都不太好，他對人防禦心這麼重，我想只能怪他爸媽給他取了這麼奇怪的名字吧？

這時，感應燈亮起，代表又有客人進門。

老爸看著客人微笑，右手食指在額前直立又倒下，又捏了自己頭髮一下。

這是他為這位客人取的手語名字——紅頭髮。

我抬起頭，來者是一位留著酒紅色玉米鬚長髮的瘦高男生，他是附近髮廊「想方色髮」的設計師阿海，我的慵懶波浪長髮，就是拿著Hebe的照片請他幫我弄的，相似度百分百，超厲害的。

阿海指了牆上紅燒牛肉飯的牌子，食指比一，爸媽趕緊幫這位傍晚就得開始忙到九點的常客，弄一份早到的晚餐。

阿海打量我，眼神突然銳利起來，「小茵，這髮型好整理嗎？」阿海挑起我的髮尾，「跟妳說每週要護髮一次，怎麼都不聽？」

「髮質糾察隊，饒了我吧，我沒空啊……」我護著自己的頭髮。

「忙著交男朋友？」他瞇起眼，一副想挖八卦的表情。

「哪來的男朋友啦！」我吃了一口麵，沒好氣地回答。

阿海聳聳肩，「對啦，妳這麼聒噪，誰能當妳男朋友。第一次看到燙染髮客人，坐在椅子上四小時，全程嘰嘰喳喳，逼得設計師求妳安靜一點。」

我鄭重抗議，「我只是怕你整天剪頭髮染頭髮很無聊。」

老爸端來阿海的紅燒牛肉飯，阿海在我對面坐下來，抓起湯匙，狼吞虎嚥，嘴裡含糊不清地讚歎，「真好吃，我去臺北之前，一定要常常來吃，以後吃不到會想哭的。」

「你要去臺北哦？」我瞪大眼睛。

他點點頭，「我八月就要去臺北 EROS 了。」

「EROS？那間專幫藝人明星做頭髮的 EROS？你好厲害啊！」我忍不住稱讚，「到時你有機會看到真人 Hebe 吧？記得幫我要簽名！」

「沒啦，」阿海嘴裡塞滿紅燒牛肉，「我現在只是準師而已，到 EROS 我要從助理重新做起。」

「助理？那不是很辛苦？」

阿海綻開一朵微笑，笑容謙和真誠，「本來今年初就要去了，只是這裡有老客人要我服務，才又多待了半年，等到了那裡，我要在大師手下，把基礎打得更好更紮實。」

「你一定會出頭天的。」我真心對阿海說。

是嘛，正向積極，這才是年輕人該有的態度，我想起黃傑冰的驚恐和冷感，忍不住嘆了幾口氣。

他到底有什麼毛病呢？我好想好想了解這個人，我發誓，絕對不是因為他長得特別好看的緣故，真的。

老爸笑咪咪地看著我們談話，走向店內的收音機，打開開關，五月天的歌聲流洩店內空間。

在我的天頂，甘有人會看見，看到我不甘願這樣過一生，

在我的一生，我甘願來相信，每一朵花都有自己的春天，

在我的天頂，大雨落不停，也不能改變到我的固執……

這就是我愛廣播的地方，整個收音機就像一盒巧克力，你永遠不知道，DJ 會給出什麼口味，而大多數時候，我和 DJ 就像心電感應般，播歌永遠切中當下的心情。

我和阿海一邊吃飯，一邊跟著輕快熱情的音樂節奏點頭。

「收音機在放什麼歌？」老爸走過來用手語問我。

我手指翻飛，把歌詞翻譯給老爸看。

進入間奏時，阿海問我：「白伯伯怎麼知道收音機放出來的是音樂，而不是廣告或新聞？」

我聳聳肩，「可能他跟我有心電感應，血脈相連嘛。」

「原來是這樣。」阿海點點頭，「妳們這裡充滿正能量，我好想帶我那位老客戶來哦，他個性『高拐』，很不好相處，九月他也要換新環境了，我很替他擔心。」

我拍胸掛保證，「噢，隨時都歡迎，我們這裡是全球暖化特區，沒有我融化不了的冰山喲……」

突然，我想起下午課堂上的黃傑冰，口氣變得有點不那麼肯定。

下個星期的表演藝術概論課，別說邀請他上節目了，我有本事讓他多吐出幾個字嗎？

❀

（「人生海海」和「黃傑冰」的 LINE 對話紀錄）

人生海海：「最近有沒有試到什麼好餐廳呀？這可是你讀書以外唯一的興趣了。」

黃傑冰：「很久沒試到好餐廳了。最近的服務生流行很囉唆地解說，我受不了，餐廳大部分都很吵，有時我根本聽不清楚，幫我推薦好吃又安靜的店吧？」

人生海海：「我們店附近有家蓉仁小館，很家常，但是廚師手藝非常好，我可以天天吃也不膩。」

黃傑冰：「會不會很吵？服務生囉不囉唆？」

人生海海：「呃……老闆夫妻因為某些原因絕對不囉唆，可是服務生就……」

黃傑冰：「那個囉唆服務生有固定的值班時段嗎？快告訴我，我要避開。」

人生海海：「嗯……可是那服務生很正，我們店裡都叫她永漢街田馥甄。」

黃傑冰：「田馥甄什麼的，這就不需要了。」

人生海海：「好啦，我真心推薦那個很像田馥甄的妹給你，她絕對可以為你開啟一個新世界。」

人生海海：「還有，你真的不考慮剪個露出耳朵的髮型？」

人生海海：「喂～」

人生海海：「喂喂～」

人生海海：「喂喂喂～黃傑！」

人生海海：「尬的，你居然給我已讀不回！」

第三章　冰山初融

下課鐘響，我們終於從薛愛殺的「廣播節目企劃製作實務」中脫身。

「我要退選！薛愛殺太可怕了！」小愛將頭顱整個靠上桌面。

「上臺報告被罵的是苡茵學姊，又不是妳。」阿任踢了小愛一腳。

「學姊！」小愛倏地抬起頭來，上前抓住我肩膀，「妳怎麼挺得住啊？黃玉清那組不只邀到黎憶星，連黎憶星的老公都會一起上節目欸！我們的壓軸對談，校花 V.S. 校草，鄧佩玲 V.S. 黃傑冰怎麼辦？」

「鄧佩玲已經答應啦。」我聳聳肩，故作輕鬆。

小愛不相信事情那麼簡單，「鄧佩玲？她在電腦展、車展當 Show Girl，還登上好幾次雜誌，會答應是正常的，但是黃傑冰咧？」

我嘆了氣，狠狠咬一口御飯糰，「今天下午上課時，我一定會好好和他溝通一下。」

表演藝術概論課堂上。

我熱情地坐在黃傑冰右邊的位子，對他奉上溫暖親切的微笑，努力用最甜美有精神的聲線，同時加大音量以蓋過大樓外的施工聲，跟黃傑冰打招呼。

「傑冰你好，還記得我嗎？我是白苡茵。」

黃傑冰仍然不看我，還皺眉咳了兩聲。

我訕訕地收回打招呼的手，餘光打量了他的髮型。說真的，他的頭髮好多，嗯……是滿帥的啦，但我不喜歡這種遮頭蓋臉的髮型，我覺得他應該更適合露出額頭，抓成高高刺刺的髮型，才能突顯他精緻的五官。

「奇怪，教授怎麼還不來啊？」上課時間已經過了五分鐘，同學們開始騷動。

一陣叩叩叩的高跟鞋聲音傳來，聽起來鞋跟很高，腳步很急，感覺有點熟悉？

一位斑馬紋短窄裙女士踏上講臺……兩個小時前，我才從她的課堂中倖存下來，是薛愛殺！

我和右側的小愛，不約而同倒抽一口氣。

「各位同學，何教授昨天發生了小中風，人無大礙，但是他決定申請休假，所以這堂表演藝術概論，經緊急協調，改由我來上。」

薛愛殺凌厲的眼神從玳瑁鏡框後掃視全場，同學們一副「妳哪位」的表情。

唉，我內心為全班同學默哀，這些同學太單純了，到時候怎麼死的都不知道……

薛愛殺推了推眼鏡，「看來大家不知道我是誰，知道的話，歡迎在加退選期限內退出這堂課。白苡茵，妳來告訴大家我是誰。」

我站起身，把「薛愛殺」三個字吞入肚內，「您是薛悟方學務長，是我們聖仁大學文化創意學系專任副教授級專業技術人員，更是聖仁之聲校內實習廣播電臺臺長。」

「嘩！」一連串的名號讓同學們肅然起敬。

薛愛殺點點頭，我趕緊坐下。

「我想知道，大家來上這堂通識課是什麼原因？分數甜？好混？何教授人非常好，但是——」薛愛殺拍了桌子，「在座有沒有歷史系和中文系的同學？歷史系和中文系宣布停招了，各位知道嗎？」

有些同學垂下頭，隔壁的黃傑冰咬了一下嘴脣，我看了有點不忍，畢竟自己的系停招，是一件不開心的事情，但……這傢伙總算從面癱變成有點表情了耶。

薛愛殺一臉「愛之深，責之切」的沉痛，「我這堂課不是讓大家來混的。往後各位進入職場，那麼多的社會新鮮人，企業為什麼要用你？你如何讓主管同事們快速對你有印象？有時候開啟軟性的話題，會是很好的橋梁，表演藝術就是其中一種，所以這堂課，我要求大家分組報告，兩三人一組，四月一日開始，每週輪流上臺報告一個表演藝術領域的主題，下星期開始登記上臺報告的時間，先搶先贏。」

「蛤——」

老好人變成薛愛殺，書面簡短心得變成上臺報告，同學們哀號，我的心淌血，但薛愛殺絲毫沒有放下屠刀的意思。

「同學們，不要以為這樣是老師打混不上課，每個星期二下午，我仍會為各位介紹表演藝術各個範疇，報告時間是課堂以外的時間，四月一日開始，校內實習電臺在星期三中午會有個節目——『就是愛表現』，報告的同學就是節目來賓，可以和我約時間預錄節目，當然，也可以上現場節目，如果你膽子夠大的話。」

我的心跳瞬間加速。

太絕了！同時解決了星期三中午熱門時段的節目空缺，還能吸引更多人加入電臺活動，我好佩服薛愛殺。

但同學們顯然不這麼想，臺下的「蛤」更大聲了，我後面傳來一陣私語，「我要退選啦！」

「我也是！」

「碰！」薛愛殺再次拍桌，「現在社會新鮮人就職多不簡單，你們是知道的吧？你們畢業後，搞不好只能找到你現在很不屑的電話行銷工作！在沒見到面的情況下，單靠聲音自我介紹、推銷和取得別人信任，有多不容易知不知道？這就是你們練習的好機會！不想接受挑戰的同學，現在可以離開教室。」

有一位同學抄起包包，起身向薛愛殺鞠躬後走出教室，有了領頭羊，教室裡一半的同學跟著離開。

我偷瞄黃傑冰，果然是好學生，他並沒有起身離開，但他右手抓著包包……這是怎麼回事？他想退選嗎？啊，是想到要上廣播，有點緊張吧。

我趕緊低聲告訴他：「黃傑冰同學，我們可以一組，我和我學妹都是認真好咖，分組報告沒問題，你不會吃虧的。」

黃傑冰垂著長長的眼睫毛，看都沒看我一眼。

這傢伙是怎樣！我好想拉扯他閃亮黃髮下的耳朵，大喊：「老娘跟你講話，你有沒有聽到！」可能是我看起來太激動，小愛用原子筆蓋戳了戳我。

「學姊，冷靜。」她用極低的聲音對我說，「想想妳的節目……」

我收起伸手的衝動，把目光轉回講臺。

薛愛殺以凌厲的眼神目送退選同學，而後開始滔滔不絕講授「何謂表演藝術」，資訊量爆表，非常燒腦。

好不容易熬到下課鐘響，黃傑冰起身，我拉住他，他漠然地轉向我，一臉「妳有事嗎」的表情。

我再次努力端出最甜美的聲音表情，強力推銷我和小愛，「黃傑冰同學，你要不要和我們一組呢？我們兩個是電臺實習DJ，和我們同組，上廣播節目會很得心應手喔。」

「不必了，我會退選。」語畢，他面無表情地離去。

「學姊，恭喜，比起上星期的『謝謝』和『我要走了』……」小愛扳手指數一數，「妳多得到三個字，在學期末前，應該有機會和黃傑冰說超過一百個字。」

「莊愛潁。」我難得喊小愛的本名，「幫我跟阿任說，明天早上他值班的臨時音樂時段，替我點一首歌，指名送給黃傑冰。」

「好啊，哪一首？」

「謝和弦的歌，〈你媽沒有告訴你嗎〉。」只有這首歌的歌詞——就抖馬爹，金正是拍勢，你麻煩大了——才足以表達我的怒氣！

可惜，礙於校園暨社區電臺溫馨、清新、健康的風格，音樂組小組長不讓阿任放送這首帶點粗話的歌，最後，我選了一首黃明志〈冰的啦〉，也放棄指名給黃傑冰，以免讓他真的知道我對他很有意見。

而我選這首歌，絕不是因為我想在春寒料峭的季節吃點冰的食物，而是……老娘想要「冰的」啦！（臺語「翻桌」之意）

❀

「現在時間，中午十二點整。」

「香城之聲，讓愛相乘，愛在香城，心想事就會成，FM90.3……」

又一個星期過去，我已經習慣新的電臺節目表和自己的課表。

因為黃玉清將永漢大學和思牧科技大學納入收聽目標的提議，薛愛殺在校務會議中提案，將聖仁之聲改名為香城之聲，實習電臺辦公室門口換了新招牌，薛愛殺還分別請來三所大學的合唱團、熱音社、吉他社，錄製三種版本的臺呼，更邀請三校校長和師生錄製整點報時，而音樂組和新聞組也開始排班，我和阿任確定在音樂組輪值，小愛則同時軋了新聞組和音樂組。

香城之聲的轉型成為這個小小山城的熱門事件，校內的餐廳、便利超商，還有永漢街商圈，幾乎所有店家，只要店裡有收音機，都將頻道設定在 FM90.3。

連我家的蓉仁小館也不例外，雖然，爸媽根本聽不見我的聲音。

「給聽得見的客人，聽聽我們寶貝女兒的節目。」我爸媽始終這樣支持我。

而我和阿任、小愛終於完成節目「苡茵信箱」的節目片頭，聖仁、永漢、思牧三校的校花校草，除了黃傑冰，全都欣然接受我的邀訪，一切看似上了軌道。

只是，如果黃傑冰退選表演藝術概論，我要用什麼方法接近他、說服他？想到這裡，我垂頭喪氣地靠在桌上。

小愛問我：「學姊，要不要另外找一個重量級的人選啊？」

「不行，這樣企劃就不完整了，我白苡茵豈是輕易退縮的女子？」我不想放棄，我發誓，絕不是因為黃傑冰長得特別好看，行為又特別神祕，讓人真的很想一探究竟。

「妳知道廣電系同學背後怎麼叫妳嗎？」小愛問。

我把頭稍稍抬起來，搖搖頭。

「白蟻，死白蟻，還有打不死的白蟻。」小愛忍著笑。

「我就當作是稱讚吧。」我繼續把頭顱放回桌上，心裡暗自向順風耳祈禱。

親愛的順風耳，雖然我不知道這歸不歸您管，但求求您，讓黃傑冰不要退選就好，還是選課的事情，我該問文昌帝君或孔子呢……您可以幫我問問他們兩位嗎？拜託拜託……

祈禱詞很無厘頭，我知道，但有句話說「心誠則靈」，沒想到我的祈禱真的應驗了。

「學姊，不要再傻笑了，這樣很難看啦！」小愛戳了我一下，我們在教學大樓一〇五教室，在上課鐘響前兩分鐘，我克制不住想哈哈大笑的衝動，只好笑咪咪地盯著我左側戴著口罩的黃傑冰。

「我就知道！你這樣認真的同學，絕對不會聽到要上電臺就退選！」我努力稱讚他，希望能刷一下好感度。

「黃傑冰你感冒了嗎？我這裡有京都念慈庵川貝枇杷喉糖，很有效，你需要嗎？」

「這堂課的薛老師，我們電臺的人都私底下叫她薛愛殺，雖然很殺很累，但真的可以學到東西哦……」

我連續放送了三個句子，這樣總共超過一百個字了吧？

但黃傑冰只淡淡回我一句：「可以請妳安靜一點嗎？」

我聳聳肩，「沒辦法，我是電臺實習 DJ，最怕講話過程冷場。」

他無奈地看著我，「妳講話一定要這麼誇張嗎？」

我擺出最熱情的笑容，「對不起，誇張的聲音表情是我的專業。你就跟我們一組吧？」

他搖搖頭，「不好意思，我不想。」接著，他打開雅思單字默背。

我本想繼續獨角戲般的對話，薛愛殺進教室了，我只好閉嘴。

薛愛殺關掉教室前三排的燈源，放了不少影片，光線不明下，我隱隱看見黃傑冰似乎不太舒服，不停地用手揉眉心和太陽穴。

燈光亮起，薛愛殺宣布，「加退選已經結束，今天要確認分組名單了。黃傑冰、白苡茵、莊愛穎，你們三人還沒分組，就把你們分在同一組，報告時間……好的時間都被同學選走了，你們這組只剩期中考週。」薛愛殺說完，拎著她的 LV Speedy 包走出教室。

真是天助我也！

我興奮地轉頭看黃傑冰，「傑冰學長，以後我們就是同組的戰友嘍！」我伸出手要跟他握手，但他直接忽視，我只好揪住他的袖子，「黃同學，既然我們同組，交換一下 LINE 吧？」
「下次吧。」他低頭收拾包包。
我有點急了，「欸，我們總得討論一下要報告什麼主題吧？」
他站起，我也跟著站起，他卻突然軟了身軀，我本能地伸手扶住他，他整個身體癱在我身上，頭撞上我的肩膀，我臉頰一陣熱燙，這是我第一次感覺一個男孩的重量，一時之間，不知道手腳該往哪裡擺……
周圍響起一陣驚呼，周遭女同學嫉妒的眼光快把我燒死了。
黃傑冰站穩後，低聲道歉。
「你沒事吧？」方才近身接觸，我瞥見黃傑冰豐厚的頭髮中，左耳上方似乎夾了一個藍黑色的東西。
黃傑冰搖搖頭，「不好意思，謝謝妳。」
「真的還好吧？你得了A流還是B流？有沒有吃克流感或樂瑞沙？」
「都不是。」黃傑冰再次搖搖頭，穩住身體後，逕自拿著包包走出教室。
我目送他的背影，小愛左手包住握拳的右手，做出恭喜恭喜的手勢，「恭喜學姊，我幫妳算過了，妳今天總共得到黃傑冰開金口吐出四十幾個字，大躍進喔，再加上身體接觸，感情增溫啦。」
我戳了小愛一下，心裡卻無法真正高興起來。
小愛說過，就算我的節目嘉賓是盆栽，我也會說好說滿，讓節目毫不冷場。
但是盆栽不會讓室內空氣降溫，黃傑冰會。他話這麼少，如果真的上廣播專訪，同場嘉賓的鄧佩玲會很尷尬，整個節目大概只有我和鄧佩玲在對話，那邀請他上節目有什麼意思呢？
該如何讓他真心地願意上節目，說出心裡的話呢？

大二下學期，真是挑戰重重啊！

❀

（「人生海海」和「黃傑冰」的 LINE 對話紀錄）

人生海海：「你感冒好點沒？」

黃傑冰：「好多了。」

人生海海：「你上研究所後，會公開嗎？」

黃傑冰：「我也不知道……先順利畢業再說。」

人生海海：「你不是每學期都第一名？怎麼會不能順利畢業。」

黃傑冰：「有堂通識課，想換掉，我還差兩學分的通識，但是適合我的都已經不開放加選，我認識的同學和學弟妹太少，沒人和我換。」

人生海海：「通識？那是什麼？欺負我沒念大學啊。」

黃傑冰：「我哪敢。」

人生海海：「沒去問你妹？」

黃傑冰：「嗯……我試試看……」

人生海海：「你去新環境之後，還是要這樣神祕低調嗎？」

黃傑冰：「不然咧？」

人生海海：「我以前一直以為，你是那種很熱情的人欸。」

黃傑冰：「那個很熱情的黃傑冰已經不在了，你知道的。」

人生海海：「哪有！我覺得那個黃傑冰還好端端地住在你身體裡啊！就像之前你撿到小小黃的時候，每天晚上都抱著牠睡覺，牠被車子撞到時，從來不動手的你，居然氣得猛踹肇事者的輪胎，哥知道，你心裡是很有愛的！」

黃傑冰：「我怎麼不覺得？」

人生海海：「當局者謎啦，你只是需要一個人，打開你的心。」

黃傑冰：「是當局者『迷』啦，你滿腦子謎片。」

人生海海：「幹，我在跟你談心欸，你有空挑我錯字！氣死我了，是男人就出來打一架啊！」

黃傑冰：「怕你啊！要約哪一天你說啊！」

人生海海：「我只怕你一個激動，踹飛我機車的輪胎啦！」

人生海海：「你會付修車費吧！」

人生海海：「喂，黃傑，有本事不要已讀不回啊！」

人生海海：「快給我滾出來！不回答表示你只有五公分！」

人生海海：「喂～～～！」

第四章　帶你回家

揮別小愛，回到永漢街底的蓉仁小館，爸媽的幾位朋友在店內，大家的手翩然翻飛出各種手勢，安靜的蓉仁小館其實充滿話語。

在會講話的黃傑冰身邊覺得太過安靜，在沒有人聲的家裡，其實熱鬧不亞於夜店。人群中，我注意到一位生面孔的男士，年約四十幾歲，肩膀寬闊，體格保養得很好，濃眉大眼，長得有點像竹野內豐，我都不知道爸媽有這麼帥的朋友！

我趕緊比手語自我介紹：「叔叔您好，我是白胖和紅花的女兒，我叫白風。」

在聾人的世界，以手語名字互相認識，白胖就是我爸白大仁，紅花就是我媽方靖蓉。

「我是高個子。」竹野內豐比了手語，而後突然開口，講話很慢，但聲音清楚有力，「我是高義襄。」

「咦！」我倒退一步，「叔叔你會講話！」

一直以來，爸媽的朋友大多和他們一樣是聾人，一樣用手語溝通。

叔叔看我傻愣一旁，笑著解釋，「我也是聾人，但是我小時候有做語言治療，長大後又開了電子耳，還做了聽能復健，妳看。」

叔叔撥了耳際的頭髮，我這才看清，他一耳掛著助聽器，另一側的耳朵，有個銀灰色的……高階助聽器？兩側耳朵都有細細的電線往下延伸到襯衫口袋裡。

「這是電子耳，妳有看過嗎？」叔叔剝下電子耳，取出口袋裡一個小方盒，「這是麥克風、連接線、語音處理器，還有傳送線圈，這型號比較舊一點。」

電子耳……怎麼感覺似曾相識？

爸媽也想過開電子耳，他們曾幻想這別名「人工耳蝸」的手術，能讓他們擁有自出生就沒擁有過的聽力，但手術加上器材保養和復健，費用高昂，兩個人四隻耳朵，就要四百萬，我們家不富裕，卻又搆不著補助資格，只好打消這念頭。

「高個子以前是模特兒喔。」手語名字張大嘴的張阿姨告訴我。

「咦？高個子叔叔，你很久以前就開電子耳了嗎？」我忍不住進入採訪模式。

「沒有，電子耳是十年前開的。妳是不是在想，聾人要怎麼當模特兒？」

我點點頭。

哇，高個子叔叔的電子耳可以竊聽我心裡的話嗎？

他微微一笑，放送大叔熟男魅力，「走秀時，為了造型，我不戴助聽器的。雖然聽不見秀場音樂的節拍聲，但我感覺得到地板傳來的震動，所以可以跟著音樂節拍走秀。」

「既然您的模特兒生涯不需要靠助聽器或電子耳，為什麼想開電子耳呢？」我只差沒遞麥克風到他眼前。

高個子叔叔笑而不答。

張大嘴阿姨擠到我和高叔叔中間，眉飛色舞地比手語，「他啊，想讓女朋友的家人認可啦。」張大嘴阿姨手勢忙不迭地補充，「但是工作把兩人越拉越遠，加上一些誤會，高個子就遠離傷心地去美國了。」

張大嘴阿姨逕自爆料，但高叔叔沒有生氣，很有耐心地解釋，「我好不容易存了錢開電子耳手術，她以為我手術完就可以跟健聽人一模一樣，沒想到我的聽能復健進度很緩慢；再加上我的前庭導管有問題，一感冒就暈眩，她是健聽人，很難理解我們的辛苦。」

我點點頭，原來高叔叔有這麼一段艱辛的情史。

這時，像是為了緩和氣氛，老媽端出一盤白玉般的和風漬蘿蔔，原來她這道酸甜滋味的拿手菜，是為高叔叔準備的。

看著高叔叔把電子耳的耳機和語言處理器戴回右耳，拿起筷子享用漬蘿蔔，我突然明白，為什麼我會覺得看過電子耳這玩意兒。

今天扶黃傑冰時，他左耳上的東西，長得很像高叔叔的電子耳，不同的是，並沒有細細長長的連接線……

老爸走過來，雙手做出打麻將洗牌的動作，示意大家來打一場，我趕緊拍了他的手，用手語告訴他：「今天還要做生意，等打烊才能打！」

老爸笑嘻嘻縮回手，拿了他的白色廚師袍乖乖套上，手指翻飛回答我：「知道了，知道了，我會認真賺妳的嫁妝啦。」

❀

第二天，我找小愛和阿任召開緊急會議。

「為什麼要收集黃傑冰上過的課表和其他情報啊？」小愛和阿任一頭霧水，交出他們收集到的資料，我趕緊接過來看。

「我看看……我們學校從大一就可以自由選修體育課，他選過什麼呢？」我翻開筆記本，「太極一、太極二、氣功一、氣功二，沒了？他有參加任何球類活動過嗎？」

阿任說明，「沒有。我的歷史系朋友爆料，因為黃傑冰個子高，歷史系又陰盛陽衰，他大一時系籃就邀請他入隊，但他死也不肯去練習，系學會體育部學長要他系羽和系排至少選一個，他也不願意，連板凳球員都不肯當。」

我想起高叔叔昨晚告訴我的事——

「不是每個開電子耳的都會像我這樣，不能跳躍，小感冒就頭暈目眩，但是開了電子耳，運動時要更小心，不能碰撞摔倒，夏天流汗也會增加電子耳的保養次數，說實在挺麻煩的。」

「還有一個小道消息，我向歷史系助教問來的。」小愛很神祕，「黃傑冰是一中畢業的。」

「一中畢業？」黃傑冰真是個驚喜包，一直有讓我驚訝的消息，「他應該可以考到更好的學校吧，我們歷史系如果有厲害到讓他屈就，也不至於停招吧？」

小愛補充，「而且，他以第一志願推甄進我們聖仁大學歷史系。」

我拍了桌子，「一切要真相大白了。」

不和人互動，獨來獨往，神出鬼沒，就讀小組報告少的系，自願整理報告降低討論的機會；明明適合更俐落輕薄的髮型，卻留了一頭豐厚的中長髮；討厭別人拍他肩膀；拒絕任何球類運動；最重要的，很多人指出，他常常不聽別人的話，甚至還有學妹在背後叫住他要告白，卻被置之不理……

「不是開了電子耳從此就變成順風耳，手術後還要開頻和調頻，把聲音調整好，有的人雖然有電子耳，特定頻率的聲音對他們而言，還是很不清楚。」

我真心覺得黃傑冰的情形，和高叔叔的說明超級吻合。

看著小愛和阿任瞪大眼睛，巴不得直接挖開我的嘴聽到真相的表情，我不再賣關子，壓低聲音說：「黃傑冰應該是戴電子耳的聽障人士，而且，他極力掩蓋這一點。」

我把高叔叔的情況說給他們聽，並加上我推論。

「真的假的？」小愛驚呼，走廊上的同學紛紛回頭看我們。

我忍不住拍她，「小聲一點啦！」

阿任倒是鎮定，摸摸下巴，「學姊說得滿有道理的，我去特教中心為特殊生準備的資源教室查一下，看看黃傑冰是不是聽障生。」

❀

第二天，阿任在實習電臺辦公室拉住我，「學姊，他不是聽障生欸，我向資源教室的助教打聽，報到的身障生中，沒有黃傑冰。」

怎麼不是呢？

我抓抓頭髮，百思不得其解，明明線索都導向這個結論。

「難道我猜錯了嗎？但怎麼會有這麼巧合的事呢？」

阿任摸摸下巴，「不一定喔，還有一個可能，就是他不是以身障生身分報考，如果他考得上一中，確實不需要身障生加分就可以進我們學校……而且，如果他要掩蓋耳朵聽不見的事實，更不能用聽障生的身分去考試。」

我忍不住嘆氣，「真是辛苦你了，一個專訪，弄得好像刑警辦案，這年頭的電臺 DJ 還得身兼福爾摩斯嗎？」

「學姊是福爾摩斯，那我們就是華生，哈哈哈！」小愛和阿任嬉鬧。

我實在等不及想確認，與其彎彎繞繞，不如直球進攻。

如果確定，就像找到黃傑冰那高聳心牆的突破點。

如果誤判，而且讓黃傑冰不愉快，那他鐵定會以冰雪對我築起結界。

但……不試試看怎麼知道呢？就讓外號「白蟻」的我，蛀蝕掉黃傑冰的高牆吧。

❀

接下來一週，我無比期待薛愛殺的表演藝術概論課，卻也無比煎熬。

終於等到上課這一天。

薛愛殺在臺上口沫橫飛，我不時偷瞄黃傑冰，這是他第四次坐在第四排正中央的位置，我試著從他的角度觀看薛愛殺塗得豔紅的嘴脣，這個位置可以清楚看清她的脣形，但每當薛愛殺轉身在黑板上寫字時，黃傑冰便會皺起鬱結的眉，左手拇指不安地磨著食指指尖。

「雖然耳朵聽得見了，但如果不能讀脣，我還是沒有安全感，當年女友一生氣就轉身背對我，讓我讀不到脣，感覺非常受傷。」

我持續用 LINE 向高叔叔請教他的電子耳人生，他補充了這一點。

黃傑冰上課時的表現，是不是可以解釋成，他讀不到薛愛殺脣形而感到焦慮呢？

下課鐘響，人群散去，在我的纏人攻勢下，黃傑冰勉強交出他的 LINE 帳號，我乘勝追擊。

「我昨天看了一些資料，你覺得，我們介紹這個舞蹈家怎麼樣？特別一點的，而且比較聚焦的題材，在廣播節目上討論，效果會很好喔，像第一組報告的主題歌仔戲，範圍太大了，東講一點西講一點，顯得很亂……」我小心翼翼推送兩張列印下來的網路資料到他面前，並仔細觀察黃傑冰的反應。

這是一篇新聞報導——〈聽障美女林靖嵐聞心起舞，獲邀美妝品牌微電影代言〉。

黃傑冰神色一凜，俊美的臉垮了下來，眼神如心誠湖的波光閃爍，過了五秒，他才低低地用他好聽的聲音，緩緩吐出三個字，「我不要。」

和他先前平淡的語調不一樣，感覺刻意壓抑了沉重的情緒。

然後，他抄起包包，轉身加快腳步離去。

「喂喂！黃傑冰學長！那要報告什麼，你倒是說啊！」小愛有點生氣。

我按住她，附耳道：「我應該猜對了，所以他才會這麼抗拒。」

小愛不相信，「真的猜對了嗎？上星期黃傑冰還吐出四十個字，今天大退步到『我不要』三個字欸。」

我挑眉，「雖然只有三個字，但這是他對我說過的話中，最有情緒溫度的一次。妳等著，我快要拆掉這座冰雪城堡了。」

我和小愛收拾桌面，一邊討論「苡茵信箱」第一集的節目該如何才有石破天驚的效果，這時，一個男生拎著包包走進教室，似乎是來接女朋友下課，他走到我們前一排的女孩面前。

「怪了，我剛剛看到妳們系的黃傑冰，看起來好生氣，在停車場猛踹他的汽車輪胎欸。」

我和小愛驚詫地互看一眼，馬上衝上前問那個男生：「你說黃傑冰在哪裡？」

「在停車場啊……」他瞪大眼睛。

我趕緊抓起包包，「小愛，晚點聊，我去追黃傑冰！」我邁開步子往教室外衝。糟了，我只顧著想把節目做好，忽略了黃傑冰的感受，竟讓他這麼生氣……

氣喘吁吁地跑著，拖著快殘廢的雙腿和快爆炸的心肺，來到學校最高處的停車場，黃傑冰沒再踹車輪了，正扶著車子左側的後照鏡。

我走向前，看見他的側臉。一頭暖黃頭髮底下，一雙發紅的眼。

「黃傑冰……」上氣不接下氣的我，趕緊出聲喚他，但他似乎沒聽見我的聲音。

我氣喘吁吁地走到他面前，對他揮揮手，「黃傑冰！」

他望向我，眼裡除了悲傷，還有憤怒，他深吸一口氣，咬了咬脣，才開了口，「做什麼？」

「這是你的車？」我指了紅色的 Swift，外表冷傲的他，倒是選了一部火紅色的小車啊？

他點點頭，「我要回家了，再見。」

他按下車門把手，嗶一聲，打開車門坐進去，我不顧氣還沒喘過來，衝向副駕駛座，打開車門鑽進車裡，迅速綁好安全帶，覺得全身快要虛脫了。

「妳在做什麼？下車！」黃傑冰瞪著我。

我直直對上他比女孩還美的眼瞳，深吸一口氣，鼓起勇氣開口要求，「我有話要說，說完之前我不下車。」

他皺眉，看來似乎在忍耐，「妳要說什麼？」

「你為什麼生氣？」我的直球丟了過去。

「我沒有生氣。」黃傑冰別開臉不看我。

但我不放棄，「有人看到你在踹車輪，我才從教學大樓衝來這裡，累死我了，你得載我回家。」

「為什麼？」他終於轉過頭來。

我聳聳肩，故做癱軟狀，「我身體不舒服。」

他咬了咬嘴脣，狠狠吐出兩個字，「不要。」

「那我們就耗在這裡。」我發起狠來耍賴。

從小，在大賣場或商店買到過期食品，我爸媽沒辦法向客服人員要求退貨，都是我去維護自己的權益。

雖然對著帥哥耍賴需要恥力全開，但我豁出去了！沒有背景身家的孩子，哪有時間傲嬌矜持？

我抓著安全帶，摀著胸假裝痛苦呻吟，「唉喔……我真的好不舒服喔……」

事實上，剛才手刀衝刺上坡，真的讓我腳酸腿軟，我的演技只有百分之二十，有百分之八十是真心的。

黃傑冰不言語，緊閉的薄脣傳達他內心的倔強，他收起包包，手伸向車門，似乎打算棄車離去。

「黃傑冰，」我拉住他袖子，等他臉龐轉向我，我才慢慢地吐出一字一句，「本大學位置偏僻，如果沒開車的話，只能等一小時一班的公車，現在公車人龍已經排了一百公尺長，我不知道你家住哪，但肯定要比平常多花一兩個小時才到得了家，而且，如果你把車子和我丟在這裡，我暈死在車裡，明天早上校警發現我在車裡……天啊……我們實習電臺也有報導校園命案的一天嗎？」

我睜大眼睛，故作驚恐樣，黃傑冰翻了白眼，「妳家在哪裡？」

「很近啦很近啦，就在永漢大學前面，你十分鐘內就可以把我丟包解決。」我眨了眨眼睛，討好地看著他，黃傑冰不發一語，發動了車子，他開得很慢，非常謹慎小心，每五秒鐘就看一次後照鏡，車行十八分鐘後，終於來到我家門前。

比我平常騎腳踏車的速度還要慢！

「到了，請下車。」他嘴巴上冷漠，但似乎有點好奇地打量我家「蓉仁小館」閃亮亮的 LED 招牌。

「你也下來嘛。」我邀請他，但他臉上顯現千百個不願意，我已經做好最壞的打算，如果他不跟我一起下車，我就繼續死皮賴臉待在車上，但我還是先胡謅出一段說詞，「下來一下不會少塊肉，我家做吃的，為了答謝你載我回來，菜單上隨便選一項，打包讓你帶回家。我爸媽手藝很好，有客人天天來吃呢……」

沒想到，黃傑冰把車子熄火，解開安全帶。

咦咦，目的達成，我反而錯愕了，打動他的是什麼？食物嗎？

他下車幫我打開車門，「這是妳家開的？」我點點頭，溜出車外。

「除了妳以外，妳家有別的女兒，或是女店員嗎？」他看著我，我聳聳肩，「沒啊，就我一個。」

「所以，永漢街田馥甄就是妳？」他似乎有點吃驚。

我也很驚訝，「你看起來不食人間煙火，怎麼知道我的綽號？」

他小聲說了一句，「應該是永漢街聒噪版田馥甄才對。」

我正想反駁，他已經大步走向我家店門，我趕緊跟上，店門口的感應燈亮起，黃傑冰縮了一下，顯然嚇了一跳，我的鼻子迎向熟悉的自製高湯香氣，耳朵則迎來一陣……嘩啦嘩啦的聲音。

不會吧！

我看見黃傑冰張大了嘴，僵在原地，我知道，他也看見了——

老爸、老媽，張大嘴阿姨，和阿姨的老公李叔叔，正在打麻將，完全沒空留意店門的感應燈亮起。

老爸用力地敲桌子，激動地叫碰，李叔叔拍打老爸的手，想要阻止老爸；老媽和張大嘴阿姨，雙手狂熱揮舞，我知道她們正激動地討論最近上檔的韓劇。

整張麻將桌，雖然沒人開口發聲，卻又吵又亂。

我輕輕碰一下黃傑冰的手臂，他轉向我，我放慢說話速度，「那是我爸媽，李叔叔和張阿姨。我爸媽都是聾人，蓉仁小館，就是聾人白大仁和方靖蓉開的小館。」

他看著我，眼裡寫滿驚詫。

老爸總算注意到我們，他用手語熱烈表達歡迎，「白風，妳回來啦。」

而後，所有人的目光焦點，都擺在我和黃傑冰身上，十秒鐘後，老爸、老媽，張大嘴阿姨、李叔叔四個人八隻手同時狂亂飛舞，每個人的表情都超級興奮——

張大嘴阿姨：「白風，這帥哥是誰，妳男朋友嗎？」

老媽：「天啊，終於有人看上我們家白風了。」

老爸：「該不會是租來的臨時演員？」

李叔叔伸出雙手，手指抖動如鳥兒振翅，這是手語的鼓掌之意。

黃傑冰困惑地望著我，「他們在說什麼？」

我簡單翻譯道：「他們以為你是我男朋友，正高興的咧。」我趕緊用手語回應長輩們，「這是我們學校的學長，不是我男朋友。」還搭配同步口譯給黃傑冰聽。

黃傑冰點點頭，「可能聾人比較適合當妳男朋友，妳太吵了。」我白他一眼，但是——這是黃傑冰第二次吐我槽！我居然可以讓這座冰山吐槽！真是了不起的成就達成！

老媽用手語問我：「他說什麼？」

我翻譯給老媽聽，長輩們全部伸出雙手，如鳥兒拍動翅膀，用手語全數鼓掌表示贊同，還紛紛表示，他們聽不到白風的聒噪，世界好安靜祥和哩。

我更氣了。

黃傑冰問我：「他們手比牙齒，又比出風的樣子，那是什麼意思？」

我抬起下巴，哈哈，說到我最自豪的事情了，「那是我的手語名字，比牙齒是白的意思，你猜猜看，我的手語名字很美喲。」

黃傑冰撫著下巴思索，吐出他的答案，「白……吃？」

「喂！」什麼學霸，怎麼給出這麼爛的答案？

「白……目？」黃傑冰又吐出一個答案，怎麼都是罵人的話？我忍不住跺腳，「黃傑冰！」

我看到他抿起脣忍著笑意，彎彎的眼睛倒是完全洩漏他的心情，這樣的表情像是曙光乍現，他笑的樣子實在太好看，我愣住了……

不，現在不是發呆的時候，我第一次看見黃傑冰開心的樣子，恐怕也是全校第一個看見他這副模樣的人，該用頭條新聞來處理了，我好想打電話給香城之聲的新聞組組長——「插播即時新聞，本校校草歷史四黃傑冰同學，大學四年來首度展露笑顏，地點在永漢街……」

黃傑冰發問打斷我的思緒，「那到底是什麼？白爛？白日夢？白茫茫？」看來他真的很好奇。

「是『白風』的意思，聾人有個根據外表或特徵而取的手語名字，白風就是指我很會表達，能幫聾人爸媽和外界溝通。」我得意地抬起下巴，雙手叉腰，「很浪漫，很適合我吧？」

老媽揮揮手喚起我的注意，「白風，他叫什麼名字？」

我用手語告訴她，他姓黃，目前沒有手語名字。

黃傑冰突然如黃金鼠般皺皺鼻子，「你們家的高湯是自己熬的？不是高湯粉的味道，有……雞肉、洋蔥、紅蘿蔔、蒜頭……隱隱約約還有香料的味道，迷迭香和百里香？」

老爸：「他說什麼？」

我把黃傑冰的話翻譯給老爸聽，老爸很高興，「他說對了，終於有人欣賞我的用心。」

老媽雙手揮舞，「我幫他想到一個超棒的手語名字。」

「黃頭髮？」老爸打斷老媽。

我用手語打斷老爸，「不好啦，這樣會和想方色法的阿海搞混。」

老媽笑瞇了眼，雙手食指交錯成十字形，右手食指在額頭上舉起又放平，又雙掌打開，兩手拇指各自放在太陽穴上，其他四指抖動。

「小、黃、狗。」老媽滿臉得意，我趕緊阻止老媽，「什麼小黃狗，聽起來好像小狼狗，他會生氣啦！」

老媽嬉皮笑臉，「姓黃，鼻子敏銳，長得又可愛，很適合啦！」

「妳媽說什麼？」黃傑冰好奇地問我。

「呃……真的可以講嗎？」我渾身冷汗。

黃傑冰的眼神很堅持，「不講我馬上就走。」

「你聽了別生氣啊……」我只好趕緊翻譯給黃傑冰聽，預期他會臉色一凜，轉身就走。

他愣了一會兒，我縮起脖子，幾乎以為他就要爆氣了，只見他點點頭，嘴角揚起，綻放淺笑，比剛才忍笑的模樣，更加燦爛、更加溫暖、更加讓人無法移開目光。

我嘴角失守，眼神發直，看起來大概很呆吧。

除了一心只放在廣播的我，聖仁大學全校女生，大概都奢望自製巧克力、情書、卡片、不經意的肢體碰觸等各種小心機，能夠換來這燦爛至極的一抹笑容，我忍不住打了個冷顫，怎麼回事？大學四年都在冰河時期的校草黃傑冰，在我家竟然會笑又好相處！

「我媽叫你小黃狗，你不生氣嗎？」我問他。

他搖搖頭，「聽起來……很可愛，我喜歡狗，我以前養了一隻狗，叫做小小黃，可惜他陪我的時間很短……」黃傑冰有點害羞。

我的媽啊，害羞又有溫度的黃傑冰就在我眼前！順風耳真的顯靈了吧！不，這根本是整個天庭的大神都來幫我了啊！

老爸迅速煮了兩碗麵端上來，黃傑冰瞪大眼睛，嚥了一口口水，喉結上下滾動，老爸一放下湯碗，他就拋開禮貌和形象，大剌剌坐下來，拿起湯匙筷子，呼呼呼地吹開熱氣，大口吃起來。

麵條和湯一入口，他的眼睛微瞇，再次入口，長長的眼睫毛眨巴眨巴，眼神虔誠，彷彿正在賞玩一件藝術品。

不需透過言語確認，我能肯定黃傑冰不僅是肚子餓而已，他很愛吃，很愛美食。

他五分鐘就呼嚕呼嚕嗑完麵，喝完最後一口湯，放下湯匙依依不捨的表情，說明了一件事。

神祕、行跡詭異的校草黃傑冰，竟然……

是個吃貨！

太黯然了！太銷魂了！以後我吃不到怎麼辦——我看傻眼，忘了要吃麵，心裡只想幫他配上老電影《食神》的臺詞。

吃飽喝足的黃傑冰，綻開一朵心滿意足的微笑，毋需我為他將口語翻譯成手語，就能表達他有多滿意這碗麵。他舉起大拇指，送上大大的讚給我家大廚白胖師，老爸開心地直摸後腦勺。

不能言語的老爸老媽，收服了這株孤芳自賞的校草。

校草環顧四周，看到之前阿任幫忙做的「誠徵內外場工作人員」海報，他指了指海報，又指了指自己，老爸老媽以手語的拍手表示通過面試，我這位業餘全職手語翻譯員再次被晾在一旁，我更驚訝了，老爸老媽不只收服了這株校草，還成為他的雇主！

一向怕冷場，即使沒人在旁邊也要自言自語搭配旁白的我，驚呆到無法言語。

怎麼有這麼好的事？爸媽肯定在新港天后宮燒了十公斤的金紙，或是直接捐了一根柱子吧？

爸媽陸續端出一道道拿手料理招待黃傑冰，黃傑冰笑咪咪地掃盤。這麼能吃，怎麼身材還保持這麼苗條？

好不容易到了晚上八點，我送黃傑冰離開蓉仁小館——這是我老爸要求的。

「門在那裡，他可以自己走出去。」說真的，身為二十年資歷的獨生女，我感到有點吃味了。

「他是貴客，是二十年來第一個肯跟妳回家的男生，更是我們以後寶貝的工讀生。」老爸解釋。

我不服氣，「他是來吃飯來打工的，你們二老好像打算收他做乾兒子。」

「乾兒子好，這麼好的孩子，大概不肯做我們的女婿。」老爸嬉皮笑臉，我氣極，「爸！」

黃傑冰看我氣呼呼的樣子，肩膀不住抽動，拚命忍住笑。

我瞥他一眼，「你想笑就笑吧，不要忍了。親愛的『貴客』，這邊請。」

黃傑冰揮手向老爸老媽道別，二老瘋狂揮手，如同歡送一位王子般。

走出店門，黃傑冰眉眼還是彎彎的，他拍拍一點也沒鼓起來的肚子，神情輕鬆，「妳家人實在太有趣了。」

「不用這麼客套，你家人是有多無趣，竟然會覺得我家人有趣？」

他轉頭，定定看著我，無比真誠，「我家吃飯時從來沒這麼熱鬧過。」

我偏頭尋思，「熱鬧？我家的餐桌上，如果沒有客人，通常只有我的聲音欸！」

他搖搖頭，張著又黑又圓的眼瞳，睫毛顫動如蝴蝶翅膀，神情認真，「不，妳家真的非常非常溫暖又熱鬧。」

白苡茵，妳家是不是都冷冷清清啊？

白苡茵，妳爸媽都不會說話，妳是不是每天都很無聊？

白苡茵，妳爸媽不講話，妳是怎麼學會說話表達的啊？

成長過程中，我不斷聽到這些話語。

只有黃傑冰，說我家好熱鬧……

「嘿，白風小姐。」黃傑冰喚回我的思緒。

「嗯？哈——哈啾！」我打了個噴嚏，他也搓了搓自己的手，「有點冷，我有話想跟妳說，妳可以到車上嗎？」

我點點頭，他如同紳士般，為我打開車門。

黃傑冰似乎想說什麼，但晚間的永漢街還相當熱鬧，車聲、喇叭聲刺耳，黃傑冰臨停在店門口的車子，擋住行人去路，他望向我，我點點頭，「去其他地方吧。」

於是，車子沿著永漢大學外圍行駛，不知不覺來到學校附近的一條六線大道，這條路，別名景觀大道，黃傑冰看到路旁一處觀景臺，車子攀上觀景臺旁的坡道，停了下來。

車窗外，城市夜晚的繽紛燈火，像是一片星星組成的海。

車子熄了火，黃傑冰打開一點車窗，初春夜晚清風微寒，但我卻全身發熱。

「黃傑冰！」我內心焦急，「這，這不是景觀大道的情侶聖地嗎？你帶我來這裡幹麼？」

這裡又被稱作「失身大道」，多少情侶在這裡……

「什麼情侶聖地？」黃傑冰看起來很困惑。

「別裝了，很多人來這裡看夜景，外面黑漆漆的……你看，這裡，還有那裡！」

角落的確有一組一組互相依偎的情侶身影。

黃傑冰臉色一變，看起來也很緊張，「妳別誤會！我，我真的不知道，我基本上只認得學校到我家的路！」

看他拚命揮手，一張精緻的臉急得發紅，突然……很想笑。

不是冰河時期的黃傑冰，不是惜話如金的黃傑冰。

甚至緊張到臉紅，不是面癱的黃傑冰。

我今天竟然一次收集到了。

我笑了笑，化解他的困窘，「好啦，我相信你。」

黃傑冰定定看著我，眼神濡溼，像想獲得我的理解和共鳴，「白風小姐，妳應該看出來了，我是……裝電子耳的聽障生。」

我點點頭。

「這是妳帶我到你家的原因吧？」他謹慎地問，我再次點點頭。

他專注地望著我，而後用好聽的聲音輕輕吐出三個字，「謝謝妳。」

表達感激的黃傑冰……我想，這是全校女生都想抓到的寶。

我的大腦提醒我——白苡茵，妳是不是該趁這時候，邀請他上廣播電臺？

但話要出口，我又吞回去，在此時提這件事，會不會讓他覺得我在利用他？

我的心告訴我，這不是邀請他上節目的時刻，我的心口熱熱的，我只想先好好地聽他說話。

「黃傑冰……」

「嗯？」他仍然真誠地看著我，我拋出問題，像是輕輕丟出一個，他可以穩穩接住的球，

「你……為什麼不讓大家知道你戴電子耳？這樣不是很不方便嗎？」

他嘆了一口氣，「我受夠了人們用異樣的眼光看我……」

黃傑冰似乎話堵在喉頭，霎時間，我明白了。

他走過一條很艱辛很寂寞的路，才把自己冰封起來。

「白苡茵，臭耳人的小孩。」

「白苡茵，妳會不會突然哪天也耳聾啦？這不會遺傳嗎？」

「小妹妹，不要騙叔叔說妳爸爸媽媽不會講話，快去請大人聽電話！不然叔叔要生氣了！」

「這次全市語文競賽的演講比賽，我們還是派曾綺書代表本校……白苡茵，妳講得很好，可是……老師擔心妳爸媽沒辦法陪妳每天練習，曾綺書的爸爸是大學教授，媽媽是國文老師，可以幫她寫很棒的演講稿……」

我看著他的眼，感覺與他心意相通，「這是你為什麼明明可以考更好的大學，卻跑來我們學校的原因吧？你應該不想要那些知道你過去的同學，再次當你同學。」

「妳……怎麼知道這麼多？」他睜大眼睛，我才想起，唉呀，我說太多了，不只是黃傑冰撤下心防，我也差點自揭底牌，我趕緊揮揮手，「我……我沒有暗戀你喔！我跟學校其他女生不一樣，是我學妹小愛啦！和我們同組的莊愛穎，她超八卦的！」

「所以，妳沒暗戀我啊……」黃傑冰看起來有點失望。

我想，這大概是我的錯覺，趕緊呵呵乾笑幾聲，岔開話題，「我可以問你嗎……你是先天還是後天的？」

他苦笑一聲，「是後天失聰，十歲開始我常常聽不清楚老師、爸媽的話，老師和我爸指責我，別以為成績好，就可以上課不專心。」

我覺得心頭好像有點痛，他看了遠方，繼續訴說。

「我十二歲開始戴助聽器，以聽障生身分考上第一志願，上高中前的暑假開電子耳，我本來以為電子耳手術一結束，就可以馬上恢復到小時候發病前的聽力。」他稍微頓了頓，繼續說，「沒想到，調音、復健要花一年的時間……要常常請假去找調音師，調音師離職就得換一位重新開始……」

「但是，你說話說得很好啊。」我由衷地讚美他。

黃傑冰搖搖頭，「我還是無法接聽電話，尤其聽不清楚低頻的男性嗓音，我們班導師和我爸都是這樣的嗓音……」

我看著他紅潤的唇，感覺他有好多好多的話想說。

偶爾遇到口若懸河的節目來賓，我會進入噤聲模式，讓來賓發揮，我知道，就是現在。

我不再是想挖出來賓話語的主持人，這一刻，我只想好好傾聽他的聲音。

黃傑冰沉默了幾秒，而後，他的聲音自然地放送，我用我的耳朵和心來接收。

「那時候我的語言處理器是口袋式的，偏偏我們學校體育服沒有口袋，體育課時不能戴，高中男生熱衷的籃球，我根本沒辦法打，再加上我有大前庭導水管症候群，感冒、跳躍動作都會造成暈眩，體育老師對我從寬優待，同學就更討厭我。

「以前戴助聽器聽不清楚，開電子耳後，很多聲音對我來說都很陌生，一開始還被同學寫字的沙沙聲或桌椅搬動聲嚇到，惹得全班哄堂大笑。

「音樂課、合唱比賽、話劇比賽、打電動、班遊去六福村……我都沒辦法參與。

「高中時在補習班認識一個一女中的女孩，我們彼此互有好感，常常在下課時傳紙條聊天，但同班同學在補習班大聲告訴她，黃傑冰是聽障，她就打退堂鼓，再也不收我的紙條。

「原本考完大學，我要再開右耳的手術，但是我決定不開了，我不需要將人們的話聽得更清楚，這些年，我整個人已經變成一個巨大的耳朵，我的讀脣已經練得很好，可以從眼神和動作，聽見人們想對我說的話。

「親戚常跟我說，『可惜了，你長這麼帥，如果不是聽障，簡直可以進演藝圈。』我上大學後，收到很多情書，我想，那些女孩如果知道我耳朵不方便，也許會嚇得逃跑吧？」

我沒插嘴，也沒再拋出問題，徹底放下廣播節目主持人主導談話、活絡氣氛的習慣，讓黃傑冰盡情地講。

我知道我爸媽、高叔叔、黃傑冰讀人脣形時，神情專注，此刻，換我專心地盯著黃傑冰薄薄的脣。

他的脣，平常緊緊抿著，壓抑著想對人訴說的話語，他可能已經想不起來，上一次講這麼多話是什麼時候了吧？

黃傑冰轉頭看我，我趕緊別開目光，他沒在意，繼續說，「今天看到妳爸媽和朋友，看他們用手語歡樂地表達自己，互開玩笑，我覺得好羨慕……在我聽力開始出問題，影響到口語表達時，會有老師建議我和家人一起學習手語輔助，但我爸說——」

黃傑冰停頓一下，看著自己互握著的手，才緩緩吐出：「我爸說，學了就變成殘障，變不回來了。」

我彷彿心上被人重擊一掌，無法言語。

這是多麼重，多麼痛的一句話。

剝奪了他多少想表達出口的話……

黃傑冰沉默半晌，當他看向我時，表情卻從凝重瞬間轉為驚訝，而後解開安全帶，身軀湊近我。

「怎麼了嗎？」我的背脊往後貼向車窗，冷風拂著我的髮尾。

「妳……」黃傑冰距離我的臉，只有五公分。

他伸出手，我快要不能呼吸，時間彷彿凍結了，似乎等了一世紀，黃傑冰才開口，「妳頭上有隻小金龜子。」

他輕輕捏起迷路的小生物，從我這一側的車窗送牠出去。

我抬眼看黃傑冰，他目送小金龜子的眼瞳，好溫柔。

他的視線從車窗外回到車內，和我對上，似乎發現我們兩個的距離超越一般同學該有的，瞬時間，一抹紅暈飛上他的臉。

叭！車外好大一聲喇叭聲，對巨大聲響敏感的黃傑冰嚇得快跳起，我被他的反應嚇到，一把抓住他的臂膀。

「對不起！」我趕緊尷尬地放開手，雙眼對上他長長的睫毛和黑眼睛，心裡暗叫，天哪，他真的是非常好看的男孩子。

我想別開眼避開這尷尬的時刻，但是，我無法忽視眼前以男生而言太過紅潤的唇，他該不會有用唇蜜吧……

我知道我在胡思亂想，但，唯有胡思亂想，才可以終止我腦袋裡亂糟糟的粉紅色泡泡。

而黃傑冰沒有別開臉，他的眼神定定地看著我，我們誰都沒有從這太近的距離中撤退。

黃傑冰喉結上下滾動，我聽見自己的心跳，無比清晰。

叭——叭！

又一陣該死的喇叭聲音讓我們兩人清醒過來，黃傑冰別開臉，我故作開朗，「是誰啦，在這種地方一直按喇叭，嚇死人啦！」

我探出窗外，看見遠方停車場最角落，有輛熄了火暗了燈的轎車，不住地震動。

那該不會是……

我是清純乖巧且一心向學的女大生，雖然沒見過(只有在八卦雜誌看過照片)，我不想承認我知道那車裡的暗影在做些什麼。

黃傑冰也看到了。

「呼——」感覺車內的溫度升高，手邊卻沒有面紙或手帕，我將自己的手掌當扇子，沒想到越搧越熱。

黃傑冰臉色漲紅，他發動車子，把車窗降得更低，「謝謝妳聽我說這麼多，我送妳回去吧。」

每次遇到需要爭取權益時，我爸媽總是揮手表示算了，永遠是我衝向櫃檯或拿起電話，據理力爭、提出要求，我甚至深諳「會吵的孩子有糖吃」的潛規則。

此刻，我感到喉嚨緊繃，無法向黃傑冰提出內心真正的要求。

「黃傑冰，要不要……」我的聲音卡在喉嚨，好想說出口，卻又說不出口。

我應該要問他，有沒有意願上節目，但我現在更想問他一件事情。

「嗯？」

一陣音樂鈴聲傳來，是黃傑冰的手機響了，他食指一滑拒接，而後抬頭用那雙潤黑的眼瞳望著我，「要不要什麼？」

我搖搖頭，「嗯……哈哈，沒事啦。」

其實我是想說，要不要，別這麼快回去……

❀

（「人生海海」和「黃傑冰」的 LINE 對話紀錄）

人生海海：「推薦你一部新片～等下丟連結給你。」

黃傑冰：「不必了啦。」

人生海海：「你不是最喜歡看片？怎麼了？」

黃傑冰：「就……今天不太想看。」

人生海海：「該不會……心靈有了寄託，肉體不再空虛？」

黃傑冰：「別亂講。」

人生海海：「我們聖仁大學 EXO，終於要撕下『母胎單身』的標籤了。」

黃傑冰：「……」

人生海海：「對方是誰？我說的妹子還沒介紹給你咧。」

黃傑冰：「別鬧了，八字還沒一撇哩。」

人生海海：「你們系上的？」

黃傑冰：「通識課認識的。」

人生海海：「哇，大突破欸，我就說嘛，你是個內心熱情的傢伙！」

黃傑冰：「正確地說，是在學校湖邊認識的。」

人生海海：「快說，第一次見面是什麼情景？」

黃傑冰：「我在草地上躺著背單字背到睡著，隔著樹叢，突然聽到有人哭喊著順風耳，我嚇得跳起來，逃走，結束。」

人生海海：「就這樣？好不浪漫欸！讓我們聖仁大學 EXO 心動的女孩，應該很美吧！」

黃傑冰：「一頭波浪長髮亂亂的，哭到睫毛膏都掉了，還一直對我喊：『欸欸，你的書掉了，同學，同學！』」

人生海海：「……你確定你不是遇到湖裡的女鬼？學校不是都會有鬧鬼的傳說？」

黃傑冰：「是真人啦，後來在通識課又碰上了。」

人生海海：「女鬼也可以上課啊，你看過她的學生證嗎？學號不是日據時代的吧？」

黃傑冰：「什麼日據時代，我們學校歷史哪有那麼久！」

人生海海：「開個玩笑嘛！」

人生海海：「喂喂～」

人生海海：「幹！黃傑！一講到妹，你就常常給我已讀不回！新片我不幫你抓了！幹！你不是朋友！」

第五章　重返錄音間

走在聖仁大學校園裡，杜鵑花已經含苞，天氣漸漸變得溫暖，空氣中飄著春雨之後的潮溼氣息，有些比較不怕冷的女孩，已經穿起短褲短裙，解放封印了一整個冬天的美腿，情侶三三兩兩並肩而行，我忍不住回想起景觀大道觀景臺上，黃傑冰深黑的眼瞳和紅脣……

停，停，停！眼前最重要的，是邀請他點頭答應上廣播電臺當節目嘉賓，我在想什麼啦！

唉，看來我也該交個男朋友了，我白苡茵一直忙著聽廣播和進廣播電臺，二十年人生裡，唯一的告白對象，就是高中時的廣播社學長。

我向來不看顏值，最重視聲音，是個不折不扣的聲控，學長戴著厚厚的黑框大眼鏡，滿臉痘疤，但是他的聲線渾厚深沉好有磁性，像是微麻而香氣濃郁的熱騰騰牛肉湯，讓人低迴不已。

我點歌向他告白，他趁著值班放音樂前，把我找到播音室，淡淡地回了我一句話。

「苡茵學妹，抱歉，妳話太多了，我喜歡安安靜靜有氣質的女生。」

但我們都沒注意到，播音室麥克風已經開了，學長準備播放現場節目，於是全校都見證了我被甩的過程，並聽見我淒厲的哇哇大哭……

算了算了，我揮揮手抹去空氣中飄浮的不堪回憶。

是說黃傑冰的聲音不比學長差，又和他可愛俊秀的外表形成反差萌，啊，如果可以讓他在播音室講話，透過麥克風擴散他的聲音，不知道又要迷倒多少女生了。

不知道黃傑冰喜歡什麼樣的女生？

我發誓，這絕對是為了黃傑冰在節目中登場而發想的問題，是為全校女生謀福利，而不是我個人的私慾……經過昨夜詭異的蓉仁小館面試和景觀大道夜景，在爸媽無意的神助攻之下，我成功突破黃傑冰的心防，而黃傑冰和我，應該算成為朋友了吧？

從今天開始，黃傑冰每個星期三、四、五中午和傍晚，會到我家「上班」，我可以慢慢挖出他的故事，讓這座冰山露出原本的面目，讓他願意上廣播節目，為此，昨天我又發了一連串 LINE 訊息給高叔叔，向他討教不少電子耳的問題，他也知無不言，讓我稍稍感到安心。

我抱著滿肚子雜亂的思緒，踏進實習電臺辦公室，發現小愛躲在走廊柱子後面，鬼鬼祟祟。

「欸，妳在幹麼——」我壓低聲音趨近小愛背後。

「噓！學姊，小聲點，妳看……」小愛指著右前方，我看見一個穿著黑色西裝外套，一副外商公司實習生模樣的女孩，在走廊深處來回踱步，手上拿著一份稿子，正在朗聲背誦。

「批踢踢一位女性網友表示，超瞎的照片，讓人忍不住大喊，這是旋轉跳躍我鬼遮眼……」

是黃玉清。

我愣住了，「她在幹麼？」

小愛伸出食指抵著嘴脣，「小聲一點啦，她在背節目要用的笑話。」

「蛤？」意識到聲音有點大，我趕緊摀住嘴，「她不是知道自己的聲音表情乾澀沒有起伏，所以找了個性比較活潑的彭祈雅搭檔？」

「她想要改進自己在節目裡太嚴肅的缺點，還上批踢踢笨版搜集笑話哩。」

我躲在柱子後偷看，「其實，她很適合主持財經政治類的廣播節目，像環宇廣播電臺早上的醒報國際現場……這麼努力裝活潑扮可愛，真的為難她了。」

小愛拍了我一下，「好啦，白大DJ，妳該進錄音室了，我幫妳看看特別來賓來了沒，等下幫妳和來賓拍張照，上傳到香城之聲FB，大家一定很期待。」

我深吸一口氣。

我——白苡茵，香城之聲打不死的白蟻，今天要預錄「苡茵信箱」第一集，正式展開錄音室復仇記了！

「喂喂，摸西摸西，Hello——您撥的電話無法接聽，已為您轉入——苡茵信箱！哈囉，各位聽眾，歡迎在苡茵信箱，聽取愛與歡樂的留言，這裡是愛讓我們心想事成的香城之聲廣播電臺，我是節目主持人白苡茵！」

阿任幫我控機，我覺得全身每個細胞都興奮得想尖叫，一點都不僵硬緊張。

「苡茵信箱」第一集，我要訪問的是永漢大學校草，建築系四年級的雷正隆同學。

雷同學個子高大，肩背寬闊強壯，是籃球校隊中鋒，看起來有點靦腆安靜，說起話來聲音很淡定溫柔，不像他的名字雷聲隆隆。

他害羞地解釋，「叫我的綽號雷龍就好啦，校草什麼的，是大家對小弟太好啦。」

雷正隆試圖正經地和我對話，但他腮幫子卻鼓起來，看得出他正極力忍住即將爆開的笑聲。

我指著自己頭頂上的紅色耶誕帽，示意雷正隆千萬別笑場。

嘿嘿，這就是我讓自己心安、與來賓破冰的祕密武器，來賓再怎麼正經八百，或是緊張到說不出話，只要看到我戴著紅色耶誕帽一起錄音，就會卸下緊張或防備。

雷龍有一雙沉著冷靜的眼神，但是話匣子一打開，整個人很溫暖又樂於分享，我和他相談甚歡，節目進行得非常順利，簡直行雲流水。

時間過得很快，我問了倒數第二個問題。

「現在來問大家最想知道的問題——雷龍同學，有沒有女朋友呀？」

他搔搔頭，靦腆地笑了，「沒有。」

我知道，阿任後製時，應該會加入一段鼓掌歡呼的罐頭掌聲，效果一定很好，我趕緊繼續追問，「雷龍同學，你的理想型是哪一種？」

雷龍想都沒想，直接回答，「長頭髮，有文藝少女的氣質，外表像 Hebe 田馥甄，但是個性像 Ella 一樣活潑，有活力，聒噪一點沒關係，這樣生活才有樂趣。」

「這麼具體！那希望雷龍同學，早日找到心目中的 Hebe 和 Ella 的綜合體！」我在內心給自己和雷龍拍拍手。

但雷龍的單眼皮眼睛，閃著一抹期待的光芒，似乎不打算就此打住，他在我說出結語之前，搶了話，「最後，可以換我問苡茵 DJ 一個問題嗎？」

我點點頭，「請說！」

「請問……苡茵 DJ 是我們學校前面蓉仁小館的永漢街田馥甄嗎？」他的眼睛直直看著我。

我的紅色耶誕帽差點掉下來，我趕緊伸手扶住，「咦？你知道我？」

他微微一笑，「我在蓉仁小館見過妳好幾次，妳是我去拜訪蓉仁小館的理由……妳很忙，忙著比手語招待聾人客人，還要端盤子，老實說，是妳比手語活潑生動的樣子，引起我的注意……」

我一愣，高大安靜的雷龍，不是草食動物嗎？怎麼一出手就這麼有攻擊性？

為不讓節目陷入尷尬，還有避免我成為永漢大學女孩們的恐怖攻擊目標，我趕緊故作開朗地大笑三聲，而後趕緊澄清道：「各位聽眾，蓉仁小館絕對沒有下廣告，也絕非置入性行銷，為了避免公器私用的問題，我會強力要求蓉仁小館老闆，贊助香城之聲的活動，但因為老闆沒什麼錢，我一定會要他負責提供活動工作人員便當！」

敦厚的雷龍同學也笑了，我趕緊作結，「最後，自認有 Hebe 的外表或 Ella 的活潑的女同學們，請勇敢向雷龍同學示好嘍，記得多到永漢街的蓉仁小館吃飯，可以增加遇見雷龍同學的機會唷！」

阿任比了個讚，雷龍鬆了一口氣，綻開一個令人溫暖的微笑。

憑良心說，他不是顏值頂尖的美男，光看照片可能不會想像到他是校草排行榜第一名，但他渾身散發溫柔又穩重的氣質，大概是這樣的自體發光，擄獲了永漢大學女孩兒們的心。

我和身高一八三的雷龍一起走出電梯，送他離開研發大樓……哇，所有在走廊上、在教室前聊天滑手機的女同學，全都抬起頭轉過臉看我。

我最近好像常享受到這種忌妒眼神的掃視，那眼光蘊含高度的灼熱和敵意，滋滋滋，我快被雷射光燒死了。

走到研發大樓門口，「不好意思，只能送你到這裡……」正想向雷龍道別，一個高高瘦瘦，穿著米白色飛行外套的身影步入教學大樓，他縮著肩膀，斜背著郵差包，低頭走路，彷彿在躲避什麼。

「雷龍同學，不好意思，等我一下……黃傑冰！」我顧不得雷龍，衝向黃傑冰，在他面前猛揮手。

他停住腳步，一見到是我，我總覺得——他從低頭縮肩，變得抬頭挺胸，臉上好像曙光乍現，他的笑容，讓我有些發愣。

我身旁有個高大的身軀湊近，雷龍來到我身邊，黃傑冰抬眼看到雷龍，表情一怔。

雷龍倒是很高興見到黃傑冰，「你是……你是不是青湖國中畢業的？我是二班的雷正隆，你是一班的吧？」

黃傑冰往後一縮，又露出受驚小鹿的神情，他搖搖頭，匆忙地加快腳步離去。身軀龐大的雷龍，呆呆地望著黃傑冰迅速撤離的背影。

「雷龍，你認識他？」我趕緊追問。

雷龍的目光，仍然停在黃傑冰的背影，「他叫黃傑冰，沒錯吧？」

我點點頭，這下我不放雷龍回永漢大學了，我假借請他喝咖啡的名義，把他帶到學校裡的咖啡店，硬是在閒談中置入黃傑冰的話題。

我們啜著招牌冰咖啡，雷龍很坦率地告訴我，他和黃傑冰是國中同校同學，「他很搞笑，成績很好，人緣也很好。」

「搞笑？人緣好？」我差點被冰咖啡嗆到，「請問，我們認識的是同一位黃傑冰嗎？應該要核對一下身分證字號……」

「是真的。」雷龍表情認真，「我還記得他戴助聽器的樣子，因為他就在我們隔壁班，下課時他常常和他的好朋友拿自己的助聽器取樂，好友假扮總統，他假裝自己是保衛總統的特勤人員，把助聽器當成隨扈專用的耳麥，一邊走一邊說，『收到，收到，即將前往總統府，請第三小隊開始移動……』」

我的老天鵝，我無法想像黃傑冰有這麼搞笑的曾經！

「他這個好朋友，不像他那麼會念書，但是手很巧，後來去念高職美容科，現在在永漢街的『想方色髮』上班。」雷龍撥了撥自己的韓式斜瀏海，「我這頭髮就是他剪的。」

「想方色髮？那不就在我家附近？哪位設計師啊？那裡每位設計師我都認識呢！」我也撥了一下我的慵懶大波浪長髮，「我也是在那裡弄頭髮的。」

「阿海。」雷龍吐出一個讓我意外的答案，我再次驚叫，「我認識他！他也常來我家吃飯！」

霎時，我搞清楚這複雜的人際關係網絡了——阿海說想介紹我認識，甚至為了他延遲半年才去EROS報到的老客戶，該不會就是黃傑冰吧？一定是！黃傑冰心防這麼重，又不喜歡和人溝通，肯定不想向髮型設計師解釋自己的電子耳，一定會找阿海這樣可靠的老朋友來剪頭髮。

頭髮長度要遮住電子耳，這肯定是黃傑冰的要求，但將頭髮染黃應該是阿海的惡作劇吧。

雷龍的聲音將我喚回來，「感覺現在的黃傑冰和以前好像不太一樣，若不是那張男生看來也覺得很好看的臉，我一定認不出來。」

我點點頭，雷龍繼續說：「我們班有人是他的小學同班同學，他說，黃傑冰小學四年級開始漸漸聽不到聲音，丟了從一年級坐上去後就沒掉過的全班第一名寶座，但他的個性還是很活潑，常常笑嘻嘻的，他……」

我打斷雷龍，「等等，他怎麼發現聽力有問題？」

「教務主任廣播黃傑冰到教務處，他完全沒聽見，同學提醒他，他才發現自己聽不清楚廣播的聲音。」雷龍回答。

原來，黃傑冰，不是打從出生就結冰，看來冰河時期是從高中開始，昨天在景觀大道，黃傑冰提了一些，我好想挖出他到底經歷過哪些故事……

我兀自沉思，雷龍在我眼前揮揮手，「艾茵DJ，我覺得，妳對黃傑冰好像特別關心耶……」

我連忙揮手否認，「沒啦，我只是想邀請他上節目而已啦。」

他微瞇著眼，促狹地看著我，「還是艾茵DJ妳是考古系的？」

我挺起腰桿認真回答，「我是應外系的，我們學校沒有考古系。」

他的笑容變得更燦爛了，「那麼，妳在邀請我上節目前，也做了這麼多功課，挖出我祖宗十八代的歷史嗎？」

「呃……我也做了些功課，可是……」我想解釋，但雷龍的笑容，怎麼帶著一點點遺憾的神情？他很有紳士風度，搶著付咖啡錢，還把發票送給我，「祝妳中獎——嗯，看來永漢街田馥甄，心裡已經有別人啦。」

「不是，真的不是……」我不斷否認，但是我感覺自己的聲音，聽起來好心虛……

結束一天的課堂和實習電臺工作，回到家正好趕上晚餐時間，黃傑冰已經穿著圍裙，俐落地煮麵上菜，我向他打招呼，「嗨，黃傑冰。」

「嗨，白風小姐。」他冷冷地回一句。

黃傑冰神情嚴肅，爸媽則一臉欣喜地看他。

「他切菜速度很快，刀功不錯，看來是個喜歡做菜的好孩子。」

我擔心地以手語問爸媽：「外場部分他沒問題吧？他不喜歡和人互動欸。」

老媽微笑，「別擔心，來我們這裡的客人都習慣聾人老闆夫妻了，他已經比我們厲害多啦。」

到了打烊時間，他仔細收妥垃圾，倒了廚餘，爸媽不停比手畫腳，用他們想得到的手語詞彙來讚美他，然而，這四個小時，黃傑冰都沒看我一眼，沒跟我說一句話。

我沒再追著他，逼問他一連串的問題，我想，今天巧遇雷龍，他一定想起了以前的事，現在知道他結冰的原因，我也不急著暖化他，倒是他去倒垃圾時，他的手機鈴聲急促地響起，老爸老媽和張大嘴阿姨夫婦熱絡地討論待會兒要來搓牌，只有我聽見那令人沉鬱的命運交響曲旋律……

（「人生海海」和「黃傑冰」的 LINE 對話紀錄）

人生海海：「黃傑，你怎麼回事？昨天你媽打電話到我店裡，問你有沒有在我這。」

黃傑冰：「她去西班牙出差，又去地中海郵輪之旅，兩個月不在家，回來才發現一向在家的我竟然出了門，就開始恐慌症發作，擔心我在外會怎樣，拜託，我都要大學畢業了。」

人生海海：「令尊還問我，你是不是交女朋友了。」

黃傑冰：「我爸也打給你啦？」

人生海海：「不是你爸，是你媽啊。」

黃傑冰：「那你幹麼說『令尊』？」

人生海海：「『令尊』不是對方的母親嗎？」

黃傑冰：「『令堂』才是。」

人生海海：「我沒那麼有學問啦，總之，你交女朋友了嗎？」

黃傑冰：「你跟我媽講什麼？」

人生海海：「當然什麼都沒講。」

黃傑冰：「那就好，我開始打工了，在蓉仁小館。」

人生海海：「真的假的！黃傑，你踏出好大一步，我要哭了。」

黃傑冰：「夠了，受不了你。」

人生海海：「那你認識永漢街田馥甄了吧？」

黃傑冰：「那位很吵，話很多的白風小姐。」

人生海海：「很正吧，她頭髮是我弄的。」

黃傑冰：「話太多了。」

人生海海：「是真的很愛講話，我幫她燙頭髮時，她一個人嘰哩呱啦講了四小時，把店裡其他設計師和客人逗得很樂。」

黃傑冰：「他爸媽話也很多，雖然都是用手語。」

人生海海：「不過她真的很正欸，天氣變熱了，你下次看一下她穿短窄裙……身高中等，但比例不錯……」

黃傑冰：「誰要看啦。」

人生海海：「該不會……你上次講的女生，就是永漢街田馥甄？」

黃傑冰：「沒有啦。」

人生海海：「你是為了她去打工嗎？」

黃傑冰：「是為了學烹飪。」

人生海海：「也是，我記得國中時你不喜歡上工藝課，很羨慕女生可以上家政課做菜。」

黃傑冰：「問你一件事。」

人生海海：「說。」

黃傑冰：「永漢街田馥甄有男友嗎？」

人生海海：「她話太多了，誰受得了她？」

黃傑冰：「說得太好了。」

人生海海：「至少兩個星期前沒有，有的話，她爸媽應該會在店裡掛紅布條打七折慶祝。」

黃傑冰：「七折哪裡夠？應該要買一送一吧？」

人生海海：「快說，你幹麼問這個？」

人生海海：「喂，又已讀不回。」

人生海海：「你真的不是朋友啦！我明天就去臺北，看這半年誰要幫你弄頭髮！」

第六章 你的聲音，我的頻率

昨天半夜下雨，雨聲吵得我睡不安穩，沒課的星期三早晨，一早起來，我無神地啃著吐司，心想著昨天高叔叔回覆的 LINE 訊息，我告訴他，之所以對電子耳議題感興趣，是因為黃傑冰，高叔叔建議我，舉一位具聽障身分的英國打擊樂家的例子來鼓勵黃傑冰。

但我該如何開口呢……他最不需要的，就是自以為好意的鼓勵吧？

砰！老媽把一個重重的提袋放到我面前，她聽不見，所以不知道這聲音足以把我嚇得甩掉手中的吐司。

我撿起桌上的吐司繼續啃，「這是什麼？騎腳踏車載這很重欸。」

老媽：「外送。」

「一大早就外送？誰訂的餐啊？」我繼續啃著吐司。

老媽：「妳和小黃狗。」

「蛤？」我什麼時候訂的？

老媽解釋，「妳今天不是要補課嗎？妳和黃傑冰一起上的課？」

我才猛然想起，薛愛殺因為重要的會議，星期五時發 Email 通知，將星期二下午的課調到星期三上午十點到十二點。

「妳怎麼知道我要補課？我有跟妳講嗎？我自己都記不清楚欸。」我看著手機行事曆，確實記下了補課資訊，但是沒設定要提醒自己。

老媽笑咪咪地回答，「小黃狗傳 LINE 跟我們說的，所以他今天中午請假，傍晚才會來店裡，你們中午一起吃吧，別讓他又啃御飯糰當午餐了。」

是啊！有了便當，就有更多和黃傑冰聊天的機會，我高興地跳起來，撲上去抱住媽，「紅花女士，謝謝妳，我愛妳！」

我用力地在老媽臉龐上啾一下，老媽笑咪咪地送我出門，沉甸甸的便當提袋，躺在腳踏車籃子裡，多了這兩個豪華便當，我的腳得更費力踩踏，但我心情超輕快，一路哼著歌抵達學校，昨夜下過雨後，空氣好清新，春風拂著我短裙下的小腿，真舒服……

在補課的二〇八教室，黃傑冰已經在最中間的位子坐定，我大剌剌地坐進黃傑冰旁邊，「嘿，小黃狗先生。」

「嗨，白風小姐。」黃傑冰抬頭看我，看見我的短裙，一愣。

我拉了裙襬，不好看嗎？我腿太粗了嗎？

我正想仔細研讀他臉上的表情……

砰！小愛以投籃的姿勢將包包扔進我旁邊的位子，「呼，我差點要遲到了，你們在說什麼，妳公然叫學長小狼狗？」

「是小黃狗，白風和小黃狗，這是我們的手語名字。」我伸手比了個勝利手勢，能讓這位冰山校草有了手語名字，真的應該立個紀念碑。

黃傑冰僵硬地跟小愛打招呼，「妳好。」

小愛看著黃傑冰，「學長，你又感冒發燒了嗎？臉看起來好紅……」

「我……沒有啊……」黃傑冰的臉變得更紅。

小愛沒理會他，低聲在我耳旁碎念道：「他真的很帥，但是實在不是我的菜，男人有應有答才有趣，我們來打賭，今天可以從他身上撈到多少個字。」

我也低聲回答，「妳唷，只有阿任這種，妳說什麼都說對的工具人，最適合妳啦。」

小愛撇撇嘴，「當我是工具箱啊？阿任很無趣欸。」

「整天猜黃傑冰在想什麼，好像在當福爾摩斯，有趣吧？可是我好累。」我嘆了口氣，要不是有我爸媽助攻，哪能有這麼大的進展？

小愛沒回我，像是發現地板上有東西，視線從我的臉往下移，「等等……」

「幹麼？有蟑螂嗎？」我最怕蟑螂了，緊張地四處張望。

小愛把聲音壓得更低，「學姊，黃傑冰在偷瞄妳的腿……」

我低頭一看，原來一坐下，牛仔短裙往後滑，三分之二的大腿都露出來啦！

「不好意思啊，傷了大家的眼。」我尷尬地送上笑聲，拿外套蓋住大腿。

黃傑冰臉紅到耳根了，我正要試著判讀他的情緒，一陣叩叩叩的高跟鞋聲伴著殺氣迫近——薛愛殺來了。

我們看到她那貴賓狗般的捲髮，和玳瑁粗框眼鏡下，殺氣騰騰的眼神，不禁豎直背脊，全體安靜坐好。

果然，薛愛殺一開口，就讓大家倒抽一口氣，「各位，你們聽了『就是愛表現』的節目嗎？大家覺得，班上同學們的表現如何？」

有幾位同學已經心虛的低下頭。

薛愛殺沒有因為心虛的同學而心軟，她掃視全體同學後，鎖定了一位，「最後一排最左邊的同學，你說說看。」

被薛愛殺點名的同學傻愣愣地回答，「我覺得……很好啊。」

「怎麼個好法？」她挑眉。

同學結結巴巴地答，「就很有趣啊……同學上廣播很放鬆很專業啊……」

薛愛殺按下電腦，我閉上眼，為已經上節目的同學掬一把冷汗。在節目中表現不佳是一回事，在同學們面前一起重新聽一次表現不佳的節目訪談，又是另一回事，薛愛殺簡直把課堂變成公堂，把同學們變成重刑犯，一起公審。

好殘酷，但唯有這樣，課堂上的理論才會刻骨銘心。

電腦中傳來一段乾澀的聲音，「其實我們這一組要講的是……臺灣的歌仔戲，基本上其實就是……」

薛愛殺按下暫停鍵，「一句話什麼重點都沒講到，就講了三次其實，如果你現在塞在快速道路上聽廣播，你會不會想轉臺？第一排第三位同學，別笑，等你上節目，說不定你會講更多發語詞，自己都不知道。」

薛愛殺繼續播放。

「我們講的臺灣歌仔戲史，可以從明朝、清朝開始講起，當時跟著閩粵地區的移民……」

薛愛殺猛然按暫停鍵，「各位聽了這個開頭，是不是很想睡？報告的同學，你們以為上廣播是在朗讀碩士論文序言嗎？臺灣歌仔戲史，在戲劇研究所可以開一整個學期的課，想要在一小時的廣播節目中講完，可能嗎？」

那幾位同學頭垂得更低了。

「但是你們打頭陣先上節目，勇氣可嘉，越後面上臺的同學越要好好準備，我對你們的標準，會比早上臺的同學們更加嚴格。」

「Oh no——」臺下揚起一片哀號。

薛愛殺繼續說：「所以，你們要精煉報告的主題，把一個小題目弄得很專業，變成這個小題目的專家，才能在節目中談得深入又有趣。」她停了一下，翻翻手中的資料，「視覺傳達系大四，魏庭彰，你們這組下星期一就要錄音，你們要報告什麼主題？」

這位魏同學怯怯地舉手回答，「流行樂……」

薛愛殺又挑眉了，「西洋流行樂？臺灣流行樂？哪個年代的？哪種流行音樂？」

「臺灣的……現代的……五月天！」同學講完這幾個字，簡直要虛脫的樣子。

「好，但願你們能把五月天報告的更深入更有趣。下一個是——」薛愛殺看了報告順序表，全體同學剉著等待下一位待宰羔羊。

「歷史四，黃傑冰！」黃傑冰似乎抖了一下，薛愛殺伸出屠刀，「你們這一組錄音時間在四月十六日，也就是再下一個星期一，你們要報告什麼主題？」

我正要舉手代答，薛愛殺指著黃傑冰，「當然是你回答，你大四了，不是當兵就業，就是繼續念研究所，難道你要兩位學妹來擋我的箭嗎？」

黃傑冰站起來，他捏緊拳頭，看來有點緊張，但聲音沉著，聽不出畏懼，「我們要報告……聽障身分的表演藝術家。」

薛愛殺點點頭，「這個比上一組的『流行音樂』有趣，但是表演藝術那麼廣泛，你們要報告誰？」

黃傑冰答，「一位舞蹈家，她叫做……」

我趕快寫了一張紙條給黃傑冰，他趕緊接過去，念出聲音，「Evelyn Glennie……」

「Evelyn Glennie 是舞蹈家？你有沒有搞錯？」薛愛殺挑眉質問。

「她是……不是舞蹈家，」黃傑冰迅速瀏覽紙條，口吻鎮定，字字清晰，「她是世界上第一位以打擊樂為專業的音樂家，還受英國女皇冊封為爵士。」

薛愛殺點點頭，「難得你們知道這一位，我可是 Evelyn Glennie 的粉絲，我聽過她在臺北聽障奧運的表演，你們這組應該會看到我在表演藝術雜誌寫的專文介紹，這個題目很好，好好表現，我很期待。現在，我們開始上課。」

黃傑冰坐下，他擦擦額上的汗，只有從這小動作能看出來，他好像剛從恐怖的殺戮戰場返回，僥倖生存。

但同學們紛紛向他行注目禮，這是因為不說話的校草，第一次在人們面前說這麼多話，而他的鎮定表現，又為他的魅力增加幾分。

薛愛殺先前點名回答的魏庭彰同學舉手，「報告教授，我覺得錄音時間太趕了，來不及準備，可不可以多給我們一些時間？」

薛愛殺冷笑，「同學，一個星期算多了，你在職場上，會有很多臨時活動，這叫應變力，不想這麼趕著上電臺的話，你可以選擇期中退選。」

魏同學訕訕地坐下。

接下來，這堂課氣氛顯得更肅殺。當下課鐘響，全體同學像已經氣絕卻忽然被灌下神奇的救命仙丹，重重吐出一口氣，活了過來。

黃傑冰單手慢慢地抄起背包，站起身，「那……兩位學妹，再見了。」

「小黃狗，一起吃午餐吧！」我把沉重的提袋，咚地一聲放到桌上。

「豪華便當欸！」小愛興奮地翻開提袋，「咦，怎麼只有兩個！學姊，沒帶自己的啊？電臺聽眾又看不到妳，妳幹麼不吃午餐，維持身材？」

「我是沒帶妳的，妳不是要去電臺值班？」我推了小愛一把。

她大聲抗議，「學姊！妳怎麼這樣！」

「哪樣？阿任一定已經幫妳買好午餐了，快去電臺找他吧。」我這是幫阿任製造機會，他苦追小愛已久，學姊我一定要幫一把的。

小愛扁嘴，「哼，苡茵學姊，我要點一首歌送給妳。」

「什麼歌？」我伸手保護著便當，深怕小愛聲東擊西，分散我的注意力，而後把便當搶走。

小愛拎起自己的包包，「SpeXial，〈愛這種離譜感覺〉。」

「怎麼唱啊？」我好像聽過這首歌，但不太確定旋律。

小愛拿起洋傘當作麥克風，故作誇張地唱起來，「Girl girl girl……為你精疲力竭……委曲求全你累不累，見色忘友我跟你ㄘ、ㄟ……」

我作勢要追打小愛，她抄起包包，奔出教室前，丟下一句：「黃傑冰學長，如果這是苡茵學姊自己做的，我勸你不要吃！」

被我們晾在一旁的黃傑冰，比平常更加僵硬地吐出一句：「便當……真的是妳自己做的？」

「怎樣，我自己做的不行嗎？」我雙手叉腰，目送小愛離開。

黃傑冰訕訕地解釋，「白胖師說，妳常常把糖當成鹽……」

我轉頭看他，「怪了，我爸不會說話，你們怎麼能講這麼多我的壞話？」

黃傑冰回答，「就……比手畫腳加上筆談……」

我拿起提袋，「別擔心，是紅花女士和白胖先生的聯名作品。他們兩位知道你午餐都吃學校便利商店，心疼你，又知道我今天和你同一堂課，特別做了便當要我帶來，我上大學後，他們就沒給我帶過便當，對你可真好。」

黃傑冰肩頭放鬆，綻開笑顏，「我幫妳拿便當袋。」

我看著他彎起來的眼睛和嘴角，長長翹翹的睫毛，覺得一股暖流入心。

黃傑冰伸手拿起我的提袋，修長的指尖輕輕掠過我的手背，感覺一陣酥酥麻麻的輕微電流，我迅速抽回我的手。

「怎麼了?」他察覺我的異樣。

我趕緊揮手否認，「沒……沒事……」

我們一起走出教室，聽覺敏銳的我，接收到身後一陣細碎的竊竊私語。

「我有沒有看錯，黃傑冰竟然會跟女生走在一起?」

「那女的是誰?」

「應外系的白苡茵，學校電臺的DJ。」

「好好喔，跟黃傑冰同組……」

「這真的是四年來第一次看到黃傑冰和女生走在一起……」

我看了一眼黃傑冰的背影，他，應該沒聽見吧?

教學大樓的休憩區，被啃御飯糰和薯條的同學們占領，座無虛席。

「去湖邊吧?」我提議，黃傑冰點點頭。

但是，昨天半夜下過雨，草地和心誠湖邊的長椅都還染著一層水氣，

「去學校餐廳吧?那裡有永遠不會滿座的座位。」我再次提議，黃傑冰點頭同意。

學生餐廳轟轟轟地吵鬧，餐廳裡的電視播放午間新聞，收音機也開著，香城之聲廣播節目聲音流瀉整個空間，「Girl girl girl 為你精疲力竭……委曲求全你累不累，見色忘友我跟你ㄘ、ㄟ……」

音樂聲漸漸淡出，我聽見小愛的聲音，「有時候好朋友為愛鬼遮眼，忘了總是站在她身邊的好姊妹，但是，我們大人不計小人過，因為，可能下次就換我們鬼遮眼……廣告之後，歡迎繼續收聽午間新聞，祝大家午餐愉快!」

可惡，小愛還真的點這首歌給我！正想傳 LINE 給小愛表示抗議，我發現，站在我身旁的黃傑冰有點異樣。

他僵立著，餐廳裡開了空調，但他額際有點冒汗，我似乎突然間學會老爸老媽察言觀色的本領，黃傑冰應該有點不舒服。

電視聲，廣播聲，同學們的聊天嬉鬧聲，這些鬧哄哄的聲音，形成巨大又干擾的噪音，對他而言，餐廳應該太吵了。

我輕碰黃傑冰手肘，「我們找個安靜點的地方吧。」

我帶著他，來到餐廳角落柱子旁的隱密地帶，柱子和植栽擋住電視視角，這裡看不到電視，比較少人來這裡吃飯。

只有兩對情侶，各自依偎在一起；其中一組情侶，用嘴互相餵食薯條，另一組情侶，無視桌上自助餐餐盤滿滿的飯菜，正用嘴脣和手指用力告訴對方：「我好餓，我想吃了你。」

我們兩人好像誤闖天體營，有點尷尬。

「呃……」黃傑冰臉色泛紅。

我趕緊挑了個背對熱戀中人的位置，免得被閃瞎，接過黃傑冰手中沉甸甸的餐袋，取出便當。

「你平常都在哪裡吃午餐？肯定不是便利商店前的休息區吧，那裡太惹人矚目了。你坐在那兒啃御飯糰的話，應該有一票女生等著送飲料、水果給你。」我問。

黃傑冰微微一笑，「沒下雨就去湖邊，雨天就找安全梯。」

我無語，大學三年半都這樣，每天午餐時，他是什麼心情呢？

我無法猜透，但此刻的黃傑冰鬆了一口氣，他掏出手帕抹乾額際的汗水，而後猶豫了三秒鐘，他伸出手指探入髮間，取下電子耳的耳掛式語言處理器。

「這是我的電子耳，這是我第一次在外面的世界裡拿下電子耳。」

深藍色的耳掛式處理器，比高叔叔所使用的款式小很多，很精巧，很高科技，就是這個神奇的小機器，給黃傑冰一個有聲的世界，但外在環境的人與遭遇，卻讓他封閉了自己的心。

「戴這個……妳會不會覺得我很奇怪？」他看著我，眼眸濡溼，好像等待我正面的肯定，我第一次看到他這樣的表情。

我搖搖頭，「怎麼會，我爸媽想戴，但兩個人四隻耳朵，把我賣了也湊不齊呢。」

黃傑冰眼神凝在我臉上，從唇形讀懂我的話，他笑著將電子耳掛回耳畔，而後緩緩開口，「如果講一個字可以得到一塊錢，妳應該早就已經是億萬富翁了。」

我笑了出聲，遞上餐具給黃傑冰，兩人一起打開便當蓋。

嘩，白胖師和紅花女士的聯名作品非常精彩，有五種顏色的愛心形海苔飯糰、蘆筍肉捲、煎香腸、玉子燒、水果醋沙拉，完全是野餐規格，老爸老媽也太用心了。

黃傑冰對著便當眼冒愛心，他吞了吞口水，喉結上下滾動，我忍不住想笑，他面對美食的模樣，本身就很秀色可餐。

看來，再這樣下去，也許黃傑冰願意進我們家的門，不過，絕不是當白胖師和紅花女士的女婿，而是當養子。

我們迫不及待開動，這時，一陣熟悉的聲音傳來。

「雷龍同學，你的理想型是哪一種？」

「長頭髮，有文藝少女的氣質，外表像 Hebe 田馥甄，但是個性像 Ella 一樣活潑，有活力，聒噪一點沒關係，這樣生活才有樂趣……」

這是我自己訪問雷龍的聲音！

這個位置隱隱聽得見廣播聲音，正好是我自己的節目，苡茵信箱！

不管是第幾次聽見自己在廣播上的聲音，我永遠只有兩種反應——尖叫，或者用力壓抑想尖叫的心情！

「怎麼了?」沉浸在美味世界中的黃傑冰，敏銳地察覺我的異樣。

他應該聽不見這隱約的廣播聲音，我揮手解釋，「沒……沒事，我聽見自己的廣播節目了。」

「喔……」他點點頭，繼續啃著飯糰。

我試探地問：「小黃狗先生，你聽過學校的實習電臺嗎?以前叫聖仁之聲，最近被薛愛殺改成香城之聲……」我想，接下來就可以把話題導向邀請他上電臺。

黃傑冰搖搖頭，他吞下飯糰，開口說：「廣播裡的 DJ 常常講話太快，我跟不上，而且看不到脣形，我擔心自己聽錯。」

我正要出口的邀約堵在喉頭，我趕緊又咬一口飯糰，用加碼的飯量配著不該說出口的話，一起吞下去，同時我也覺得很不好意思——我自己就是講得很快的那種 DJ，我怎麼只顧著享受被聽眾關注的快感，忘記可能有些聽眾，很努力很努力地想要聽清楚我講的話，卻怎麼也做不到呢?

「那……你也很少聽音樂吧?」我試探地問。

黃傑冰點點頭，「演奏的音樂還會聽一些，人聲唱出來的歌，就沒聽了。」

我也點點頭，聽人唱歌，對他而言，應該猶如嚴苛的聽力測驗吧?

黃傑冰看我不說話，竟然主動提問：「我們要報告的主題……妳說的 Evelyn Glennie 是誰啊?其實，我覺得妳之前提議的聽障舞蹈家很不錯，我對她很有興趣。」

「是因為她長得漂亮吧?」我取笑他。

「不是啦……」黃傑冰看起來很困窘，臉頰變得好紅。

我停止捉弄他，「好啦，聽障美女舞蹈家超棒，我被她迷得不要不要的，但這位藝術家更適合我們報告。」

「因為她更漂亮？」他居然也學我半開玩笑地問。

「你很無聊欸，」我推他一把，「和外表無關，是因為她說過一段非常棒的話。」

「什麼話？」黃傑冰被我勾起好奇心。

我進入 DJ 模式，刻意把語速放慢，此刻，我是黃傑冰一個人專屬的 DJ。

「我先介紹她，這位女士在十二歲就全聾，但還是堅持學習打擊樂，並且進入皇家音樂學院。入學考試時，考試委員說，他們從來沒收過聽障學生，他們不知道，聽障學生能有什麼樣的音樂事業與未來。」

黃傑冰凝神看著我，身體微微前傾，顯示他對這位女士非常有興趣。

我繼續介紹，「這位帥氣的女士對考試委員說，如果你們看的不是一個學生的演奏能力，也不是對於創造聲音藝術的理解與熱愛，那我很懷疑你們到底想招收什麼樣的學生。」

「哇……」黃傑冰和我第一次聽到這故事時有一樣的反應。

我點點頭，「這件事影響了全英國的音樂學院入學考試，往後一個學生不管聽不聽得到，有沒有手，有沒有腳，都不構成入學的阻礙。」

我看著黃傑冰的眼睛，他的眼瞳亮晶晶，但是嘴角的笑有點牽強，我明白，是帶點苦澀的羨慕，於是我謹慎地問他：「你為什麼選擇歷史系？特別是我們學校歷史系？你喜歡歷史嗎？感覺你的成績很好，考到更好的校系應該不是問題。」

黃傑冰無奈地牽起嘴角，綻開一朵苦澀的笑。

「我不是特別喜歡歷史，我只是想當個正常的學生，不想再被當成奇怪的人。我不可能當律師，所以刪去法律系；我的聽力學外語很吃虧，所以我刪去外語學群，也刪掉需要常常報告、討論或上臺的商學院科系和傳播科系，就剩中文系和歷史系了。」

他的眼裡燃著複雜的情緒，Evelyn Glennie 堅持所愛的人生志向，他應該很羨慕吧？

我打開手機，翻找出高叔叔傳給我的 Evelyn Glennie 在 TED 演講的影片。我和黃傑冰兩人一起就著小小的螢幕欣賞。

因為手機螢幕很小，我和他靠得很近，幾乎要挨在一起。

螢幕裡，一頭灰色長髮的 Evelyn Glennie，兩手拿著四枝鼓槌，木琴被她敲得叮咚作響，在看這段影片前，我沒聽過這樣的打擊樂，她的音樂沒有音符，卻擁有此豐盛熱鬧的聲音。

影片結束時，Evelyn Glennie 對觀眾說：「我整個身體就是一個共鳴箱。」觀眾響起如雷掌聲。

我屏住呼吸，靜待黃傑冰的反應，只能拚命把便當盒中的食物塞進嘴巴，生怕稍有不慎，會觸痛他的心，讓他負傷逃走。

黃傑冰看完影片，陷入沉思，過了很久，他才轉頭看我，眼神晶亮，「這位女士真的很棒，謝謝妳。」

我知道，他也被感動了。

我鬆了一口氣，趕緊吃了一大口日式玉子燒，老爸是加了十倍的糖嗎？我覺得這是我吃過最甜美可口的玉子燒。

黃傑冰也吃了一些玉子燒，才開口問我：「妳說的學校電臺，是 FM 多少？」

「FM90.3。」我回答。

「說到 FM……」黃傑冰居然噗哧一笑，「我國小五年級開始戴助聽器，從此上課時要拿特殊的 FM 麥克風給老師，剛上國中時，有一兩個比較調皮的同學，叫我 FM 外星人，也有越來越多同學加入取笑我的行列，這時候，有個同學，說 FM 是 Fantasy Man，扭轉了班上同學的風向。」

「哈哈，Fantasy Man……好妙！」我拍手。

黃傑冰笑著繼續回憶往事，「其實他英文超爛，常常考不及格，這兩個字，是他硬湊出來的，一開始，他還拼不出 Fantasy 這個字，搞了半天，其實他要說的是 Fancy Man……」

我笑到快岔氣了，其實，我可以猜到那位英文不好但見義勇為的同學是誰，他現在正在永漢街商圈裡生意最好的髮廊，勤奮地揮舞剪刀吧！

等我笑完，黃傑冰問我：「妳自己那麼喜歡廣播，白胖師和紅花姨卻聽不見妳播音，妳會不會難過？」

我搖搖頭，「雖然他們聽不見，但我知道，他們是最支持我的。」我看了一眼包包上的新港天后宮護身符，笑著對黃傑冰說：「我十歲時，看過一則新聞，未來會有一種科技，像我爸媽這樣的人，聽廣播時可以搭配一種特殊的接收器，廣播內容可以直接在手機上或電腦螢幕上播出轉換好的字幕，我很期待。」

黃傑冰偏頭尋思，而後淡淡地說：「照妳話多的程度，手機或筆電螢幕可能不夠，至少要五十吋液晶電視才放得下妳說的話吧？」

我差點噎到，黃傑冰話不多，可是一出口就殺傷力十足，老媽幫他取名「小黃狗」是對的，因為會咬人的狗不會叫，而且，他真是狗嘴裡吐不出象牙啊！

我瞪了他一眼，「那我講話多又快，你要怎麼讀脣？你的電子耳受得了我嗎？我看你根本沒漏接啊！」

黃傑冰一雙晶亮的眼眸定定地看著我，緩緩開口，「妳的聲音最對我的頻率，我聽得很清楚，而且，妳的脣形很好看，很好讀。」

黃傑冰的話，聽起來很正常，但我忍不住覺得雙頰發燙，明明那兩對打得火熱的情侶，已經不在我的視線內了……

我趕緊轉移話題，感覺自己聲音有點乾澀，「那……一開始上薛愛殺的課，我拚命跟你搭話，你怎麼沒聽見？」

「我聽見了，只是……那時候的我，還沒有勇氣開口。」黃傑冰回答，淡淡的紅暈飛上他的臉頰，我倆突然陷入一陣靜默。

霎時間，我們好像再次回到，景觀大道旁的那個夜晚。

誰也不知道怎麼繼續話題，但誰也不想就這樣結束話題。

吃完午餐，黃傑冰看來有點累，他揉著眼睛，帶著歉意解釋，「昨晚念書念太晚。」

「你要不要睡一下？我還有二十分鐘才要去電臺，我在旁邊看書，時間到了叫你。」

黃傑冰點點頭，拔下電子耳，輕輕放在桌上，趴下休憩。

我看著他微微露出的側臉和紅脣，嘖嘖，這男孩怎麼外表比女生還要精緻啊？如果哪天給他穿女裝，別說校草，校花都能換人當了。

我吞了吞口水，緊咬嘴脣，專注在書本上，抑制自己想去戳他臉龐的衝動。二十分鐘後，我輕推黃傑冰，喚醒他。

他揉揉眼睛，嘖嘖，怎麼連睡醒的模樣也這麼可愛啊！

黃傑冰一醒來就趕緊收拾便當盒，完全沒注意到我的視線，倒是一不小心，便當盒底的油漬，弄髒了他的雙手。

他一臉困窘，拿手帕擦拭了雙手，手上仍有點油，我身上也沒有面紙或手帕。

「沒關係，我去廁所洗手就好，可是……」黃傑冰看著桌上的電子耳。

我瞬間讀懂——「你怕弄髒電子耳進廁所，但是沒戴電子耳進廁所，你覺得沒有安全感，對嗎？」

黃傑冰微微頷首，我伸手拿起黃傑冰的耳掛式語言處理器，小心翼翼地扣上他的左耳，將信號發射器貼上他厚厚黃髮下的頭皮，我有點緊張，感覺手指有點冰冷，彷彿手中這個精巧的小機器，是一只要價兩百萬的名貴鑽石耳環，不，感覺更像——像我在教堂的聖壇，為他戴上結婚戒指。

搞什麼啊，我白苡茵怎麼變成女漢子了？這下子，黃傑冰豈不是要變成我們蓉仁小館的媳婦兒啦？

我拉回心神，「這樣……對嗎？」我曾在店裡看過高叔叔取下戴上電子耳，但我沒有把握，怕弄痛了黃傑冰，更怕弄壞了電子耳。

「別擔心，就是這樣。」黃傑冰點點頭，給我一個，有史以來最沒有保留的燦爛笑顏。

那一刻，我明明身在有冷氣空調的學生餐廳，卻感覺到，好像瞬間來到日光明媚的赤道海邊。

✿

（「人生海海」和「黃傑冰」的 LINE 對話紀錄）

黃傑冰：「你今天五點準時走進蓉仁小館，是故意的吧？」

人生海海：「肚子餓了就是要吃飯，故意什麼？」

黃傑冰：「故意來堵我。」

人生海海：「順便，順便而已，我想親眼看看你和永漢街田馥甄的相處實況。」

黃傑冰：「你看到什麼？」

人生海海：「看到一個壓抑很久的男人，左擁右抱，得償所願。」
黃傑冰：「蛤？」
人生海海：「左擁一直很想學的做菜，右抱好像很想把的永漢街田馥甄。」
黃傑冰：「我哪有抱？」
人生海海：「不是說你真的抱啦！吼，我不要跟你說了。」
黃傑冰：「換你要已讀不回了嗎？」
人生海海：「我才不會像你這麼絕情。不過，後來有個客人進來時，你把麵條甩進滾水裡的氣勢，好像在丟手榴彈，那是我髮廊的客人，你對他客氣一點好不好？雖然你功課比我好，但服務業的專業心態，你還得多跟我學學。」
黃傑冰：「那個巨無霸客人，是我們國中隔壁班的吧？他很常來，腳太長要占很多位置，真礙眼。」
人生海海：「是啊，以前他和你並列青湖國中兩大帥哥，你不認識他？」
黃傑冰：「不想認識。」
人生海海：「你是怕永漢街田馥甄被他約走吧。放心啦，她眼光一直留在你身上。」
黃傑冰：「真的嗎？我看她對每個人都笑咪咪。」
人生海海：「黃傑，她傳送給你的肢體和眼神訊息，可別再已讀不回了，我認識她很久了，她是個開朗活潑的好女孩，如果你能在她身邊，我為你們兩個高興，勇敢地去追她吧。」
人生海海：「喂，黃傑？」
黃傑冰：「女生……要怎麼約啊？算了，我還是去圖書館好了。」
人生海海：「先把妹啦，去什麼圖書館？」

黃傑冰：「去圖書館找如何約女生的書……」

人生海海：「我的天！雖然去圖書館看書學約女孩很遜，但我們黃傑終於轉大人了！我要放鞭炮了！」

人生海海：「還有，哥教你一件事，不敢開口約，你可以傳 LINE 啊大笨蛋！」

第七章　調頻共振的心

學生餐廳午餐後，我連續幾天沒見到黃傑冰。

這幾天，我天天去系圖看書，然後回家熬夜到三點，為的是語言學概論的期中大報告，明天就要上傳報告，並且和助教一對一面談，上學期教授好心讓我低空飛過，這學期我得加倍努力了。熬夜寫報告時，我倒是心情愉悅，黃傑冰在學生餐廳給我的笑顏，像是一抹金黃陽光，始終停留在我的心上。

手機滋滋作響，我漫不經心地拿起來，一看 LINE 的訊息提示，差點嚇得讓手機掉下來。

「白風，可以問妳一個問題嗎？妳有空嗎？」我居然收到黃傑冰的 LINE！

我的天，他要問我什麼？

我的心砰砰加速跳動，該不會……他想約我？

我屏住氣息，看著訊息泡泡冒出來——

「土雞的手語怎麼比？」

噗！我差點把頭磕在書桌上，下一秒回傳給他，「土雞就是『土』加『雞』，唉呀……好難解釋，開視訊啦！」

我很習慣和爸媽用視訊溝通，他們和其他聾人朋友也是如此，智慧型手機對手語人士來說，真是足以得諾貝爾獎的偉大發明。

然而，當我按下攝影機圖案的視訊通話鈕，才猛然想起——我在做什麼？黃傑冰不會答應和我視訊吧！

嘟……嘟……嘟……等待通話中的聲音，一聲一聲無比漫長，折騰死了。

當我不小心按錯好了……正要切斷通話，黃傑冰接了，而且打開了畫面，我看到他的側臉，以及耳畔的電子耳。

「喂。」他的嗓音第一次透過手機，傳遞到我所在的空間。

看他對不到鏡頭，這應該是他第一次跟人視訊通話吧。

「你要對著鏡頭，看得到我嗎？」我對著手機拚命揮手，趁他把畫面轉正之前，撓了撓頭髮，又抓起桌上的檸檬奶油護唇膏，閃電般迅速抹一下，希望讓自己看起來秀色可餐一點……雖然這樣形容好像怪怪的。

終於，黃傑冰那張精緻的臉孔，正確地出現在手機畫面裡，他看來真的很不習慣視訊，有點困窘，臉頰微微發紅，但又極力假裝鎮定。

他穿著非常簡單的白T恤，一頭黃髮微微凌亂，一副輕鬆居家的模樣，不再是平日的高冷感覺，有點呆萌小狗的神情，我居然能看到他這一面。

說真的，好可愛哦，好有「男友感」，是說我也沒有和男孩子一對一視訊過，感覺真的好像和男友通話……

「你怎麼想知道『土雞』的手語？」我趕緊丟一個問題破冰，避免自己胡思亂想，或者對著他花痴傻笑。

「白胖師的新菜色，蔥雞湯，是用當日新鮮土雞，我想要跟聾客人強調一下。」他神色認真，「妳說『土雞』的手語比法是『土』加上『雞』，要怎麼比？」

我伸出右手大拇指和食指，放在嘴巴前，一開一闔，模仿雞的嘴喙，「這是雞。」

而後，我雙手手指分別聚攏，拇指摩挲其他四指，兩手從中間往兩旁移動，「這是土。」

黃傑冰的眼睛，露出認真專注的光采。

「跟著我比一次。」我再次示範動作，他很快就學起來。

「你對手語有興趣呀？」我問。

他有些不好意思，「嗯，我現在有時會問白胖師和紅花阿姨，一些字詞的手語怎麼比。」

「這樣啊……」我和他互相看著視訊畫面。

「妳在做什麼？」他問。

「寫報告。」我搬來幾本參考書，證明我的認真向學。

「那……加油。」黃傑冰淺淺一笑。

「那……晚安。」我說完就要關閉視訊，黃傑冰叫住我，「等一下！白風……」

「嗯？怎麼了？」我問。

他停了一會兒，笑著對我說，「妳比手語的時候，很生動，好好看……我說完了，晚安！」語畢，他迅速切掉通話。

我有沒有聽錯？我被稱讚了！

明明雷正隆也稱讚過我比手語的樣子，但是，為什麼黃傑冰講起來，我就特別開心？

我高興地翻倒在床上滾一圈，把自己的臉埋進枕頭，過了好一會兒才爬起來。

後來，直到我寫完報告，再次陷入床鋪準備進入夢鄉，心裡都縈繞著那句話——

「妳比手語的時候，很生動，好好看……」

一想起就笑得不能自己，差點無法完成報告。

就在我準備帶著偷笑入睡時，我猛然驚覺，不對！這句話有語病！

我從床上猛然坐起，我白苡茵只有比手語的時候好看嗎？其他時候不好看嗎？是有多不好看？會很醜嗎？啊啊啊啊！

我又倒回床上，用力捶了枕頭……

❀

第二天。

前往應外系找助教前，我經過實習電臺辦公室，黃玉清和幾位廣電系同學坐在門口的休憩區，正優雅地分享咖啡和點心，桌上攤開課本，似乎在討論功課。

嘖嘖，她們此舉不就是在宣告，「實習電臺是我們的地盤，快來拜見黃玉清大姐大」嗎？路霸，路霸！

「對不起，借過一下！」一個女孩身影飛奔掠過我身邊，差點撞到我，是黃玉清的組員彭祈雅，她直直衝到黃玉清她們面前。

「欸欸欸，要準備放鞭炮了！」

「什麼鞭炮？妳遲到五分鐘了，是該請客。」黃玉清揶揄她。

「我剛剛去找歷史系的朋友，經過歷史系辦公室，紅色的紙張寫著大大的賀。」彭祈雅上氣不接下氣，好不容易才把這句話說完。

「什麼鶴？丹頂鶴？」有人問道，彭祈雅趕緊否認，「不是啦，是恭賀的賀。」

「到底賀什麼啦？」黃玉清有點不耐煩了。

「賀！本系四年級黃傑冰同學，錄取臺灣大學歷史研究所！而且是第三名錄取！」彭祈雅喜孜孜地宣布，好像考上研究所的是她一樣。

「哇！」廣電系女同學大叫，走廊上所有人都回過頭來，我心裡也跟著這位同學大叫。

「黃傑冰真的好厲害，又帥又會念書！」廣電系女同學們開始七嘴八舌，「玉清，我們要不要請黃傑冰來上『香城忽然一週』？請他上節目，一定可以更吸引觀眾收聽！他的讀書考試祕訣，也可以是訪談重點！」

彭祈雅和女同學們完全陷入花痴狀態，但黃玉清垂下臉，「不，幹麼要請他？」

哇，好冰冷的表情，那神情讓我想起黃傑冰，在初識時，任我死纏爛打也沒能逼他吐出十個字以上的長句，當時他也是頂著這樣毫無溫度的面孔。

彭祈雅繼續遊說，「在我們學校，考上研究所，系辦就會發獎學金，國立大學的話，可以寫在明年的大學部招生廣告，考上臺大，校方大概會在大門口貼上紅布條了吧？」

「那又怎樣？臺大有什麼了不起？」黃玉清淡淡地回。

另一位女同學拍了黃玉清肩膀，「哎喲，兩年後換我們玉清考研究所，玉清成績這麼好，履歷又漂亮，當上實習副臺長一定讓玉清政大臺大全都上啦。」

黃玉清撇撇嘴，「才不，我要準備出國留學，我要去傳播學系最好的哥倫比亞、密蘇里或是威斯康辛，不然就是德州大學奧斯汀分校。」

彭祈雅很驚訝，「玉清，妳不是想念企管所嗎？什麼時候換志向啦？妳昨天接到留學機構的電話行銷嗎？」

「沒有人打電話給我，我剛剛決定的。」黃玉清神色更加冰冷了。

彭祈雅和其他女同學互相交換一個心照不宣的眼神，似乎決定不要再追問下去了。我看著黃玉清烏黑滾珠的眼瞳，心裡卻隱隱覺得，她說的這些，都不是她真心嚮往的未來選項，不過是為了莫名的理由而嘴硬罷了。

黃玉清拉了一下卡其色西裝外套的領子，拍掉黏在上頭的頭髮，好像攆走可惡的小蟲子，她咬著下脣，彷彿準備展開一場絕對不能輸的作戰，而她想狠狠撂倒的對象，似乎是考上臺大研究所的黃傑冰。

「黃傑冰是個徹底冷漠，膽小，又自我中心的傢伙，他不會答應妳的，我好心勸告妳，趁早想個備案，免得太丟臉。」

我想起她對黃傑冰的評價，她一定認識黃傑冰，她是黃傑冰的前女友？還是曾經告白卻被狠甩？以她心高氣傲的程度，如果被黃傑冰拒絕，絕對會由愛轉恨。

案情絕對不單純啊。

黃玉清抬起頭，我直直對上她那雙如滾珠一般的烏溜眼睛。

「喲，我們的白大 DJ，上次訪問雷正隆，收聽率不錯唷。」黃玉清打招呼的方式，永遠讓我想呼她一巴掌。

彭祈雅幫腔，「首投就讓給妳了，接下來妳一定比不過我們的『香城忽然一週』，誰叫我們拉到廠商贊助，在節目中還辦了有獎徵答送禮，我們玉清的公關能力真的很強，還是她比較適合當實習副臺長。」

另一位女同學也出聲，「白苡茵，妳不是放話要邀請歷史系的黃傑冰上節目？他答應了嗎？」

我咬緊下脣，倔強地擠出一句：「快了。」

我馬上轉身就走，逃離黃玉清和廣電系同學的炮轟，磴磴蹬地踏上樓梯，快速走進應外系系辦交了報告，並把摘要講給助教聽，離開前，助教叫住我。

「白苡茵同學，下星期蘇教授去國外開會，不上課，記得啊！蘇教授還交代，她出了加分題作業，期末成績可以加一到五分，妳要不要寫？」

「寫，我寫！」我趕緊接過加分題作業說明，「Linguistic discrimination 和 gender and language 擇一撰寫主題報告。」

我抓抓頭髮，「語言歧視」和「性別與語言」……題目有點複雜，系圖的資料可能不夠，我得去總圖書館查資料，但是，眼前有一個更重要的問題，我該怎麼邀請黃傑冰上節目呢？

揮別助教，我在系辦外的走廊來回踱步。

「呃，黃傑冰，你願意來當我的節目特別來賓嗎？」我將假想的麥克風遞給眼前不存在的黃傑冰，幻想他的回答——

不要。

不行不行，不能這麼直接，薛愛殺在「廣播節目企劃製作實務」課程中說過，早期她還是個小咖，節目的企劃、來賓邀請、後製通通都要自己來，她的必勝來賓邀約法其實很簡單，就是別問對方要不要上節目，而是要這樣問：「黃傑冰，你星期一有空，還是星期五比較有時間？」

我腦海裡浮現黃傑冰的臉，冷靜理智的他，可能會看破我的手腳，冷冷回答，「都沒空。」

不行不行，我要再自然一點，「黃傑冰，星期三下午，蓉仁小館午休時間，來電臺錄音吧，錄完音，我請你吃飯！你要吃什麼？」

對！吃飯！他這麼愛吃，還可以問他要上完節目後吃飯，還是吃完飯再上節目，還有，為了感謝他肯上節目，讓我好好請個客，當然，僅僅吃一次飯無法表達我的感謝，應該請他吃第二次飯，然後再請他看電影。

看電影當天，要先看電影再吃飯，先吃飯再看電影都沒問題，要去哪間餐廳，完全讓黃傑冰選擇，或者去威秀影城的 Golden Class 邊看邊吃，但 Golden Class 票價好貴，為了多存一點錢，最近午餐別吃學校餐廳或便利商店，每天早上從家裡現有的食物包便當好了。

約他上節目時，我該穿什麼好呢？

約他吃飯時，我又該穿什麼好呢？

我越想越開心，巴不得早點回到家，打開衣櫃開始挑衣服，千萬不能叫老媽當我的顧問，她會把年輕時和老爸約會所穿的大花洋裝，從衣櫃深處打撈出來，最明智的做法，是找阿海幫我挑衣服，然後請他幫我弄頭髮……

等等！明明是節目來賓邀約企劃，怎麼變成約會企劃啦？

想想我白苡茵，從七歲起，就幻想去廣播節目當來賓，從十歲起，幻想自己邀請各種人物來自己的廣播節目當來賓，但高中那次慘烈的告白，還沒演變到邀約就夭折。

唉，邀請黃傑冰上節目，比向學長告白還緊張。

唯一能比邀約黃傑冰上節目還緊張的……就是向黃傑冰告白吧？

我甩甩頭，怎麼會有這些念頭？趕緊去圖書館查資料比較實際。

我沿著樓梯往二樓的圖書館前進，太過專注腦中的小劇場，結果從安全梯轉出來的轉角，兩個女孩突然出現在我眼前三十公分處，我緊急煞車。

這兩位女孩妝容精美，身上各自穿著鉛筆一般細長的窄褲，顯露她們的美腿優勢，腳上不約而同地穿著金色和銀色牛津鞋，好像雜誌裡初春穿搭精選的雙人模特兒。

是應外系的同學，Britney 和 Victoria。

「嚇死人了，白大DJ，妳突然閃出來做什麼？」她們撥撥閃亮的頭髮，拍整衣服。

我趕緊指著「聖仁大學總圖書館」的招牌，故作開朗，「找書，找資料啊，哈哈哈……」

我閃進圖書館，對，來找資料！約黃傑冰上節目、和他吃飯時，我也要打扮得像 Victoria 和 Britney 一樣漂亮！我需要翻一些雜誌參考參考！

我沿著書牆走，平常大多往返在教室、實習電臺錄音室和蓉仁小館，我很少來圖書館，依照圖書館的指標，一路找到當期雜誌的所在位置。

我挑了兩本雜誌，打算到沙發區看，卻發現只剩一個空的沙發座位！

現在為您空中連線實況轉播，白苡茵選手究竟能不能盜壘？她三步併作兩步，即將滑壘成功——我在內心化作體育節目連線播報員，為自己配上旁白，就在我即將搶下這個沙發位子時，有一雙長腿捷足先登，我緊急煞車，頭還是撞上了長腿主人身穿深藍色襯衫的胸膛。

啊……白苡茵選手，Out！

我在內心宣判自己出局。

深藍色襯衫的主人揉著胸口，我趕緊關掉內心的運動賽事播報員聲音，「同學，對不起，對不起！」

一抬頭，對上一雙美麗的黑色眼眸和長睫毛。

這雙眼眸裡沒有怒意，反而有點笑意。

「白風小姐，妳常常這樣突然撞進別人懷裡嗎？」是黃傑冰！

眼前的他，頭髮梳得整整齊齊，我想到昨天深夜視訊畫面裡，頭髮微溼，穿著簡單素白T恤的他，不禁臉紅了起來。

「才沒有！」我困窘反駁。

「同學！請保持安靜！」管理員推著還書車經過，停在我們所在的書架旁，一邊瞪著我們，一邊將書歸回架上。

「不好意思，不好意思。」我趕緊道歉，同時沒忘記恭喜黃傑冰，「小黃狗，恭喜你，考上臺大研究所了……」我看見他手上拿兩本色彩鮮豔的書，兩本書的書封上，都有不同顏色的愛心圖案，「咦，你看的是什麼書啊？你在圖書館不是應該只會看灰塵很厚、創校以來沒人借過的那種書嗎？像大一歷史課教授提過的，什麼淡水檔案？」

「是《淡新檔案》。」他似乎在忍笑。

「喔……」我伸手想要翻看他手中的書，黃傑冰往後退一步，慌亂地把書塞往還書車上，還拿其他兩本書蓋在上頭，但我還是成功地瞥見書名，《把妹達人的兩性關係學》和《約會戀習題》。

黃傑冰的臉瞬間發紅，「妳……在看什麼雜誌？Taiwan Walker 春季特輯《第一次約會這樣 Go》，FiFi 雜誌……《讓男人怦然心動的約會化妝術》？」

我也趕緊把雜誌往還書車上堆，心裡暗自對管理員很抱歉，我增加她的歸書工作了，sorry sorry sorry sorry。

黃傑冰正色，「其實，我是來找《表演藝術》雜誌，我想找薛愛殺寫的那篇 Evelyn Glennie 專文……」

「太巧了，我也是……」我清清喉嚨，故作正經，「表演藝術雜誌在哪兒呢？」

「過期的雜誌期刊在二樓。」黃傑冰果然是熟悉圖書館館藏的好學生。

我邁開腳步，「太好了，我們一起去找！」

黃傑冰糾正我，「白風小姐，圖書館二樓的樓梯在這裡。」

我臉頰熱燙，好！沒關係！前往二樓的路上，我就要非常有技巧地邀請黃傑冰上節目。

「苡茵學姊！傑冰學長！」

熟悉的聲音喚住我們，是小愛和阿任，我趕緊跟他們打招呼，「嗨嗨，你們來幹麼？」

「期中考快到了，開始準備用功了。」阿任回答。

小愛則指著我和黃傑冰的臉，「圖書館裡冷氣開到二十四度，你們兩位怎麼看起來很熱的樣子？該不會，你們和他們一樣……」

我沿著小愛的視線，看見沙發最角落，一對情侶黏在一起卿卿我我。

「別亂講！」我從還書車上抄起雜誌要追打小愛，「我們是來找 Evelyn Glennie 的資料，正要去翻表演藝術雜誌，妳這小大一還得靠我們呢！」

「同學！不是請你們安靜一點了嗎？再製造噪音，要請妳出去！」管理員從書架後面現身。

「對不起，不好意思。」我低頭，拉著黃傑冰，腳步匆忙但盡可能壓低聲音，上二樓找資料。

一邊走著，我想到一個問題，趕緊問黃傑冰：「你之前不是在準備考雅思嗎？考雅思不是要去英國念書嗎？第一次在湖邊見到你，我撿到你掉下來的書，我記得是一本雅思單字書。」

黃傑冰回答，「我打算在研究所期間，把雅思考好，去英國讀博班；聽力是我的罩門，只能從其他方面補救了。」

我點點頭，原本要邀請他上節目，卻問不出口。

黃傑冰打算在研究所後出國，那豈不就是好幾年見不到他啦？

心裡突然有股強烈的酸楚感受，鬱積在胸口，讓一向多話的我，瞬間無語。

黃傑冰熟門熟路地用電腦查到了表演藝術雜誌的索書號，也找到薛愛殺文章所在的那一期，影印了三份，將其中兩份遞給我，「妳和學妹的。」

我接過文章，「接下來你要幹麼？」

「去妳家打工嘍，明天有大的外送訂單，得提早準備食材。妳呢？」

「上應外系的課。」提到應外系，我才猛然想到，該死，我進圖書館，原本是為了語言學概論的加分題作業啊！結果不管語言歧視還是性別與語言的資料，一筆都沒找到，也沒開口邀黃傑冰上節目，不行，我得勇敢一點……

「小黃狗，」我喚出聲。

「嗯？」他抬眼，我感覺語言功能好像急遽退化。

「你要不要……」

「嗯？」黃傑冰看著我，我想起早上黃玉清的冰冷表情，黃傑冰比起剛認識的時候，真的柔軟了不少。

我真的很怕，開口邀請他上節目，會把好不容易靠近的他，推得遠遠，讓他臉上的陽光，再次變回冰寒。

「要不要……」我遲疑了幾秒，「要不要花個十分鐘，一起去一下便利商店，聽說今天蛋糕研究社在擺攤，有手工甜甜圈義賣喔！」

「好。」一聽到吃的，黃傑冰這隻小黃狗就乖乖跟我走了。

我真的真的，不想冒任何險，不想讓滿滿男友感的小黃狗，再次成為不可親近的冰山校草。

第二天。

今天的課四點半就結束，回到家，一向生龍活虎的老爸，居然趴在長椅上，哀哀叫喊，老媽拿著超大的藥布，正要貼在他的水桶腰上。

「爸，你怎麼了？」

老媽放下藥布，激動地比劃，「他剛搬東西閃到了，叫他戴護腰，他就不聽！」

「那怎麼辦，今天不是要外送嗎？要請李叔叔幫忙嗎？」幾天前我們接到一張外送大訂單，離我們香城地區有二十分鐘車程的Ｚ大學某研究所，訂購了會議點心，約好五點左右送到，老媽說，因為主辦人曾是我們的常客，特別訂購我們的餐點，說什麼都不能漏氣。

我正要傳訊息給李叔叔和張大嘴阿姨，黃傑冰拉住我的手，「等他們過來就來不及了，我去送吧。」

「好，白風，妳去幫忙小黃狗。」老媽也下指令，我們一起把外送餐點搬到黃傑冰的小紅車裡。

車行上路，「前面路口左轉……下一個路口右轉！」

黃傑冰沒去過Ｚ大學，我用手機開著 Google Map，扮演他的人工語音導航系統，總算順利來到Ｚ大學，把餐點安排妥當，和活動主辦人約好，六點來收走餐盤。

「現在路上容易塞車，回我家再過來就太晚了，我們在這學校逛一逛，打發這一個小時吧。」黃傑冰看看時間後提議，我點點頭。

Ｚ大學占地廣大，到處種著各色各樣的美麗花木，有「花園大學」的美稱，更是約會散步的好地點，為什麼我知道呢？昨天在圖書館翻看的那一本 Taiwan Walker 春季特輯《第一次約會這樣 Go》，封面照片就是在Ｚ大學出外景啊！

我和黃傑冰並肩同行，走在花園大學的春天景致裡。

湖水映著綠意，遠近都有繁花點點，風一吹，細細的樹葉和花瓣到處飄蕩，天啊，在這樣美麗的學校裡念書，能專心嗎？

一路上，我看看身旁的黃傑冰，他今天穿著芥末黃的針織衫和白襯衫，走過路過的女孩子幾乎都會回頭看他。

我們不太說話，偶爾討論一下建築物，和聖仁大學互相比較一下，但每個沉默的空檔，我絲毫不覺得尷尬和沉重，好像有什麼東西在空氣中流動，一向多話怕冷場的我，覺得這樣的安靜也很美好，甚至，我覺得實際上的Z大學，比雜誌裡專業鏡頭拍出來的照片更加美麗，莫非，我自帶粉紅濾鏡？

我們繞完了湖邊小徑，經過車道，兩旁的草坪，有人用掉落的杜鵑花、木棉花和樹葉，排出各種圖案和字形，最常見的，當然就是「我♥某某」之類的告白啦！

「欸，白風，我們也來排字吧。」他提議。

「排什麼？」我還沒回答，我看著地上一堆愛心排字，莫非……

他已經撿來一堆落花，在地上排出「我♥蓉仁小館」和電話號碼，哈哈，是我想太多了，吃貨小黃狗，告白的對象當然是餐廳啦，我怎麼會妄想他排花來對我告白呢？怎麼可能啦。

我們像兩個玩開的孩子，在大地身上用花朵的自然色彩，歡樂塗鴉。

我看見一地的黃花風鈴木，黃色的落花仍然明豔動人，趕緊撿拾一大把，在草地上拼出黃色的動物，圓圓的頭，長方形的身體，細細的四肢，還有一條可愛的短尾巴。

「這是……貓？」黃傑冰偏著頭，似乎想努力看懂這是什麼。

好吧，我知道自己的美術細胞很稀少，大概被口語溝通細胞給吃光光了，「是小黃狗啦！」

黃傑冰綻開笑顏，撿了一朵不知名的藍色小花，放在草地上的黃花小狗耳朵旁，「妳忘了我的電子耳，這樣我是聽不見的哦。」

我撿了兩片上圓下尖紅色樹葉，在黃花小狗身上比一比，黃傑冰問，「這是？」

「小黃狗的心。」我把兩片紅葉疊在黃花狗的身軀上半部，排成V字型，看起來像是一顆紅通通的愛心。

「我有心嗎？很多人都說我冷漠無情。」黃傑冰問。

我調整葉子的位置，看向他，「當然有嘍，我知道，小黃狗除了用電子耳，也用心在傾聽這個世界。」

他定定看著我，眼底好像Z大學的湖水，澄澈又閃亮。

我有點不敢直視，逕自撿起兩朵白色杜鵑花，「倒是白風要怎麼用花排出來呀？雖然有白色杜鵑花，但風的形狀，是拼不出來的吧？」

黃傑冰撿起一株蒲公英的白色羽絨球，對我溫柔一笑，而後，彎了腰，把手中的白色絨球放在黃花小狗的紅色心臟上。

「這是什麼意思？小黃狗的心裡，有白花？」我偏頭尋思，「白花是誰？莫非是我老爸白胖，加上我老媽紅花？哈哈，你要在這裡向我爸媽告白呀？」

我說著，掏出手機照下黃傑冰對我爸媽的排花告白，他似乎正要說些什麼的時候，我的手機響了。

是訂餐點的活動主辦人，她的聲音聽起來很開心，「白小姐，不好意思，餐點太好吃了，已經掃盤了，大家都很滿意哦，妳們方便的話，可以早點過來，把餐盤撤回去。」

我看了看時間，原來四十分鐘這麼快就過去，而我居然完完全全忘記，該好好利用這單獨相處的時間，邀請他上節目……

我跟他解釋可以準備收工回家，我們同時站起身，我卻因為腳麻而站不穩，黃傑冰拉了我一把。

在他彎彎的眉眼中，霎時間，彷若電光火石，我突然明白了——

為什麼，明明有這麼多機會可以開口，我不是開不了口，就是會忘記要邀請他上節目。

其實答案早就顯而易見，只是我一直沒有承認。

在他面前的許多時刻，我已經不只是校園實習電臺裡，為了副臺長大位豁出去的 DJ 白苡茵，而是一個平凡的、好像喜歡上某個男生的，少女白風。

❀

（「人生海海」和「黃傑冰」的 LINE 對話紀錄）

人生海海：「約到了沒？」

黃傑冰：「還沒……我在想要怎麼講……我暗示了，她好像沒聽懂。」

人生海海：「想什麼？講什麼？暗示什麼？手直接牽下去就對了啦！」

黃傑冰：「不行，不符合程序正義。」

人生海海：「那是什麼鬼？上次在店裡看日劇《四重奏》，我老婆吉岡理帆說，『告白是小孩子的做法，身為大人請主動誘惑對方。』你趕快把這句話背起來。」

黃傑冰：「什麼誘惑？太直接了，我含蓄。」

人生海海：「直接？含蓄？是誰撿到小小黃第一晚，就狂親牠，還摟著牠睡覺？你問過小小黃了嗎？你怎麼不覺得太直接？」

黃傑冰：「那是因為我知道小小黃喜歡我嘛！」

人生海海：「都跟你說了，哥看得出來，永漢街田馥甄對你也有意思嘛！」

黃傑冰：「讓我好好想一想。」

人生海海：「想個屁，別再想了，會憋死的啦，你這傢伙就算閃電戀愛，我也不會意外，我敢打賭，你內心的愛，就像春節的鞭炮，遲早要爆炸的啦！」

第八章　手牽手一起逃亡

這一天，我和黃傑冰在教學大樓一樓的簡餐店，一起吃午餐，老爸老媽說要謝謝黃傑冰幫忙外送的事情，老爸躺了兩天，腰傷總算好些，老媽要接手老爸許多工作，又沒時間做便當，堅持要我出錢請黃傑冰吃飯。

我好像已經習慣，和黃傑冰一起吃飯。

我也好像已經習慣，吃飯時他暫時拿下電子耳，用我的脣形，他的心和眼，彼此溝通交流。

我更好像已經習慣，他的放鬆和信任。

只是，我心裡隱隱約約感到一絲不安和不確定——我知道自己有一點喜歡黃傑冰，這一點點究竟有多少呢？我可以開口告訴他嗎？會不會又把他推開或嚇跑呢？當年我一發現自己喜歡上廣播社學長，十分鐘後我就興奮地點歌告白了，我這麼直接了當、毫不矯飾的性格，我能忍耐壓抑多久呢？

我真的不知道。

一走出簡餐店，原本我們應該互相道別，各自去上課，但是——

「黃傑冰學長！」一陣女孩的尖叫聲傳來，一位穿著襯衫圓裙的漂亮女孩，輕快地來到黃傑冰面前，另外幾個女孩蜂擁而上。

女孩眨著漂亮的大眼睛，笑容可掬，「黃傑冰學長，我是學校新聞臺的主播，新聞系大三的汪麗玫，恭喜你考上臺大研究所！我們打了好多通電話給你，你為什麼都不接電話啦，請你接受我們採訪！」

黃傑冰慌忙地搖頭揮手，「不不不……」

「學長，拜託拜託，請接受我們的採訪！」眾女孩異口同聲，來勢洶洶。

黃傑冰往後一縮，虛擬攝影棚的女孩們作勢要圍住他，女孩們吱吱喳喳的聲音，讓他原本放鬆平靜的表情，變得警戒又緊張。

我推了他一把，「快跑！」

黃傑冰邁開腳步，我在大後方掩護他，但他腿長腳步快，我有點跟不上，黃傑冰往回跑向我，拉起我的手，一起衝出教學大樓。

我們沿著學校的地勢往山坡下跑，我回頭一望，眾女孩雖然個個穿著高跟鞋，但也都追上來了，看來我和黃玉清的廣播大戰只是文戲而已，電視臺的女孩們根本像《屍速列車》的喪屍，她們才是真正玩全武行的狠角色啊！

我趕緊加快腳步，「啊！」我往前一個踉蹌，黃傑冰扶住我，一轉頭，新聞臺的娘子軍團眼看要追了上來！

「學長！不要這樣啦！」

「接受我們的採訪嘛！」

黃傑冰原本只是輕輕牽住我的手心，他細長的手指變成一一緊緊扣住我的，用他的力量拉著跑得慢的我，在我劇烈的心跳中，我們總算把教學大樓遠遠拋在身後。

前面就是行政大樓，再過去就是大門口，我們要跑到哪裡，才能擺脫電視臺的喪屍女孩們？

黃傑冰突然把我拉往左，一道樓梯向下，這是表演藝術學院的實驗劇場後臺入口。

我們躲在樓梯下，像兩隻落難的鴛鴦，陽光沿著建物的縫隙照進來，我大口地喘著氣，我看見黃傑冰的胸口也劇烈起伏。

「人呢？」

「跑好快啊！」

「跟他一起牽手跑掉的女生是誰？」

「好像是實習廣播電臺的……」

「可惡，敢阻止我們採訪傑冰學長……」

女孩們的聲音傳來，黃傑冰低聲問我：「她們說什麼？」

我一回神，發現我的手還在黃傑冰的掌中，十指緊扣。

「她們想要採訪你啊。」我回答，黃傑冰猛搖頭，「不要，我真的不想，就算只是校內電視臺也不要。」

實驗劇場樓梯的陰影下，黃傑冰的眼睛，看起來如同螢火蟲閃閃發亮，因為奔跑，額前的頭髮有點溼，襯得眼神更加晶亮，藍色襯衫最上面的釦子蹦開了，胸口一起一伏，好像……流浪動物認養會上，最好看，最楚楚可憐的一隻漂亮小黃狗，漆黑如未乾墨水的眼神只反覆說一句話——

帶我回家，好不好？

我老媽是對的，她最早看出黃傑冰在冰河神情下的幼犬樣貌，紅花女士簡直可以去城隍廟擺攤論命了。

黃傑冰直勾勾地看著我，我艱難地吞吞口水，腦袋一片空白，好不容易擠出一句：「跑這麼快，你的電子耳還好嗎？會不會暈眩不舒服？」

「我沒事。」黃傑冰搖搖頭，他還是沒放開我的手。

我再次用力擠出一句：「你是不是得去蓉仁小館上工了，我爸……」

「她們會不會在小劇場那裡？」電視臺女孩們的聲音再度傳來，黃傑冰把我圈進懷裡，我們儘可能縮小體積，深怕被那群娘子軍發現行蹤。

不知過了多久，她們的聲音，終於漸漸遠去。

「呃，小黃狗，她們已經走遠了……」黃傑冰的手還是緊緊箍住我，我想這是因為他聽不見女孩們的聲音，於是我好心提醒他。

他定定看著我，但雙手並沒有鬆開的意思，我才意識到，自己的身體如何和他的緊緊靠在一起。

「小黃狗……」

他略略俯身，沒讓我說出剩下的話語。

外面的校園世界紛紛擾擾，新聞臺娘子軍的尋人叫喊聲似乎來來回回，但，對此刻的我而言，實驗劇場後臺的樓梯，像是黑暗夜空中唯一閃閃發亮的小星球，星球上，就只有我們兩人。

更精確地說，是只有兩顆怦怦跳動的心，兩張捨不得分開的脣。

❀

然後我們在實驗劇場的階梯上坐了很久很久，兩人都不發一語，只是緊緊握著手，而我的頭，靠在黃傑冰略微纖瘦單薄的肩頭上。

我根本不記得我怎麼揮別黃傑冰，也不記得我怎麼進應外系的教室聽了兩小時的課，更不記得我怎麼進錄音室播放音樂。

我只記得，離開實習電臺辦公室時，阿任一句話飄進我的意識，「我們的白大 DJ 怎麼了？喉嚨痛?被黃玉清下毒啞掉了?我差點以為今天的值班 DJ 是省話一哥蕭敬騰欸。」

我不記得我怎麼回答阿任，我只知道，當我回過神，已經是傍晚六點，在蓉仁小館門口。

想想前幾天在圖書館，我還在狐疑，自己腦海裡怎麼會把邀黃傑冰上節目的企劃，變成約會企劃，怎麼會有向黃傑冰告白的念頭?

怎料這樣的念頭，短短幾日，就滋長成「我好像有一點喜歡他」。

當初起心動念想要邀請他上節目的我，完全低估了這位冰山校草的魅力。

經過實驗劇場一吻，我知道，我已經無需懷疑自己的心意。

我，不只一點點喜歡黃傑冰，我是真的很喜歡黃傑冰;而且……他應該也是喜歡我的吧?是吧?

我的額頭和手心都冒出冷汗，我只要往前再跨一步，蓉仁小館的自動門向兩旁滑開，黃傑冰就在門內。

我該怎麼面對黃傑冰?這可是我們初吻後第一次見面!

我好想他趕快再吻我一次，所以，我該擺出最美最有魅力的樣子對吧?我撥整頭髮，轉念一想，不對啊，我該假裝沒這回事，才不會顯得自己像情場生手大菜鳥!

啊——我是不是該回學校，去圖書館看一下兩性愛情書再來?我趕緊從包包裡撈出手機，Google 大神可以告訴我答案嗎?

叭——一輛車子閃過一臺逆向的摩托車，差點撞向我，我跳向店門，自動門滑開，感應燈亮起，我看見老爸老媽的臉，以及「妳回來了」的手勢。

我也看見黃傑冰的臉，我手腳不知道怎麼擺，我只能感覺手心裡冰冷的汗水。

黃傑冰笑盈盈地上前，眼神彎彎，好像小黃狗在家裡守了一天，終於盼回心愛的主人，只差沒搖搖尾巴。

他雙手揮舞，我呆呆地看他的手勢。

他指了自己的牙齒，雙手作出風吹的樣子，他喚了我的手語名字，白風。

接著，他先指了自己，再指向我。

左手伸出大拇指放在胸前，右手比成六的樣子往胸口的左手靠近……

我、妳、嫁……

「請妳嫁給我……」

什麼？這進展太快了吧？我們今天才第一次接吻而已耶！

黃傑冰笑咪咪，似乎很期待我的反應，我反而理智清醒。

我小心翼翼地看著黃傑冰，謹慎地用字，生怕傷害他的心。

「小……小黃狗，我很喜歡你，超級喜歡你，我也好想現在就嫁給你，但是，但是……現在我才二十歲，你不覺得結婚太早了嗎？」

黃傑冰微微皺起眉頭，似乎很困惑，我繼續勸解，但我好緊張。

「你雖然不用當兵，至少要等你念完研究所吧？你不是還想去英國留學嗎？嗯，我想我們可以一起去啊，那我英文一定要練得更好，應外系的課，我會更認真上的……」

黃傑冰的兩道眉，簡直要靠在一起了。

「而且，而且，我們今天才第一次接吻，就論及婚嫁，這太快了，這太快了啦！」講出「接吻」這兩字讓我好害羞，黃傑冰也臉紅了。

老爸老媽靠近我們，兩人兩雙手，像八爪章魚一樣拚命揮舞。

「接吻？」

「你們接吻了嗎?」

他們二老的老花眼，大老遠就讀到我的脣形啦!糟糕!

黃傑冰臉漲得通紅，不知所措，「我是問妳，妳想要吃什麼……」

老媽用力打了老爸的手臂，「白風，都是你爸啦，他開玩笑，他騙了小黃狗!」

我尖叫一聲，趕緊以手語問老爸，「爸!你到底在幹麼啦?」

老爸似乎知道自己闖了禍，雙手加速舞動，他的意思是，黃傑冰問他，「今天想要吃什麼」的手語如何比，他一時興起，就把「請你嫁給我」的手語，當成「今天想要吃什麼」，教給傻傻的黃傑冰!

我抱頭再次大叫——

「什麼接吻?」我看到一張熟悉的臉，從黃傑冰旁邊探出來，他興奮地大聲嚷嚷，「我錯過什麼了?剛好像聽到有誰和誰今天第一次接吻?今天臨時有客人，我現在才能溜出來吃飯，結果被我聽到勁爆的大消息了!太值得了!」

是阿海，阿海怎麼在這裡?不是應該在想方色髮賣力剪頭髮嗎?

我再次慘叫一聲，推開臉頰又漲又紅、不知所措的黃傑冰，自己衝進廁所，把門反鎖。

砰砰砰的敲門聲傳來，應該是老媽。

門外有阿海揶揄黃傑冰的笑聲，「兄弟，幹得好啊!以後我就不叫她永漢街田馥甄，要叫她嫂子啦!」

廁所燈忽然暗下，又瞬間亮起，而後又反覆亮暗亮暗，這是老爸蹲廁所蹲太久，老媽敲門也不肯出來時，逼他出來的大絕招。

我洗了洗臉，垂著肩膀，噘著嘴，垮著一張臉走出廁所。

我想要以生氣武裝自己內心的害羞和糗態，但我的肚子咕嚕咕嚕叫得超大聲——

「肚子餓了吧！快來吃飯。」老媽假裝什麼事都沒發生，老爸識相地去轉開收音機，而阿海在另一張桌前，一邊吃麵一邊忍著笑。

黃傑冰端上一碗紅燒獅子頭，「這是我今天跟白胖師學做的。」

我抬眼看他，他仍臉頰緋紅，不敢直視我。

「別生氣，也別不好意思，其實……」他還是不敢看我，「其實我很高興。」

「小黃狗。」我正色喚他，他終於直視我了，他凝神盯著我的脣，我本來想別開頭，但我知道，他習慣讀脣才顯得安心，我軟下眼神和語氣，「下次我教你手語，不要跟我爸亂學，他很壞。」

黃傑冰點點頭，神情好像做錯事的小狗，我好想把可愛的小黃狗，抱進懷裡好好摟一摟。

這時，老爸開了收音機，輕快的音樂流瀉進店裡，一位陌生的女歌手甜蜜地唱著。

你說你有一隻可愛的小狗，
總是埋怨你不懂得照顧牠，
又說你有一間美麗的廚房，
只可惜沒有飄過飯菜香……

我看著眼前的小黃狗，這隻小黃狗超喜歡飯菜香，柔和的歌聲和有趣的歌詞，讓我忍不住笑了，軟化了原本的怒氣，跟著節奏微微點頭。

「音樂好聽嗎？是喜歡的歌嗎？」老爸飄過來，遞給我一杯冰紅茶，用手語問我。

顧左右而言他，加上食物飲料，是老爸的道歉方式，我接過冰紅茶，代表我勉強接受他的道歉。

「爸，你到底怎麼知道我在聽歌？還有，老媽怎麼總是知道我肚子餓？你們根本聽不見音樂，也聽不見我肚子叫啊。」我啜著紅茶，忍不住問。

老爸見我不生氣了，也笑開來，一陣手勢翻飛。

他告訴我——老媽聽不見我肚子咕嚕咕嚕叫，但她看我兩眼無神，肩膀垮下來，就知道我肚子餓，在我還是小嬰兒時期，老媽怕聽不見我哭，永遠把我放在她的視線範圍內，只要我嘴脣嚅起做出吸吮模樣，她就知道我肚子餓；老媽甚至只要隔空一嗅，就聞得出我的尿布上滿是黃金，需要更換，從來沒有失誤過。

而老爸自己，雖然根本聽不見收音機裡播的是新聞、廣告，還是歌曲，但他只要看我點頭打拍子，就知道我聽見了喜歡的歌。

「看」完老爸的解釋，我覺得眼睛有點酸澀——原來，我爸媽雖然聽不見，他們和黃傑冰，和Evelyn Glennie一樣，也有巨大的耳朵。

「把歌詞翻譯給我聽吧！」

我點點頭，凝神聽歌詞，和老爸手語溝通期間，女歌手已經唱了一輪，再次來到副歌，這女歌手的嗓音好美啊——

我不哭不笑不點頭也不搖頭，
看著你的汗像下雨一樣的流，
要等你說夠一百個求婚的理由，
量一量我在你的心中到底有多重……

我呆住了，這是一首關於求婚的歌啊！

「唱什麼呢？」老爸催促我，我傻住了，黃傑冰因為聽不清楚歌詞，而絲毫不知發生什麼事，而聽力正常的阿海，早就噗地一聲，噴出嘴裡的湯麵，捧著肚子大笑。

我總是覺得，整個收音機就像一盒巧克力，你永遠不知道，DJ 會給出什麼口味，而大多數時候，就像有心電感應般，切中此刻的處境。

但是，現在這個時刻，我巴不得 DJ 和我距離一百萬光年，永遠感應不到我在想什麼！

我揮揮手，把一大團獅子頭塞進嘴裡，雙手飛快地告訴老爸——

「沒有，她什麼都沒唱，這是一首……沒有歌詞的音樂！別再問了啦！」

❀

（「人生海海」和「黃傑冰」的 LINE 對話紀錄）

人生海海：「恭喜你。」

黃傑冰：「謝謝。我準備這麼久，考上是應該的，沒有榜首有點可惜，不過還是低調一點好。」

人生海海：「我的意思是，恭喜你，即將脫離香城區最後小處男的命運。」

黃傑冰：「……」

人生海海：「真的很恭喜啦，我是你多少年的兄弟，永漢街田馥甄很好，真心不騙。」

黃傑冰：「那你怎麼不追她？」

人生海海：「她正是正，但太吵了。」

黃傑冰：「……」

人生海海：「初吻的感覺如何？」

黃傑冰：「就……很好啊。」

人生海海：「是誰先告白的？你光是怎麼約都開不了口，應該是永漢街田馥甄吧？」

黃傑冰：「她沒有……」

人生海海：「難道是你？」

黃傑冰：「也不是……」

人生海海：「那你們就直接親下去喔？」

黃傑冰：「呃……」

人生海海：「看吧！我就知你會這麼直接，附上我之前對話的截圖，『你這傢伙就算閃電戀愛，我也不會意外』，快叫我海大師！」

黃傑冰：「我只想把你丟到海裡。」

人生海海：「看來，下次要送一打保險套給你。」

黃傑冰：「別亂講。」

人生海海：「真的啦，到時我還要包紅包給你。」

黃傑冰：「那你念高職時，跟建教合作的店長@〈#＊!&＊@#……我沒包紅包給你，真不好意思唷。」

人生海海：「不會啦，不會啦。」

黃傑冰：「你被店長甩了以後，倒是花了很久時間才振作。」

人生海海：「感謝她讓我知道，我是熟女系姐控啊。」

黃傑冰：「別再說了，感覺再說下去你會開黃腔，不蘇胡。」
人生海海：「你真的分得出『舒服』和『蘇胡』的音哪裡不同啊？」
黃傑冰：「你分得出甄嬛傳和芈月傳背景年代的不同嗎？」
人生海海：「什麼？不是都是清朝嗎？」
黃傑冰：「你搞髮型設計的，分不出來兩部戲的女主角髮型不一樣嗎？」
人生海海：「哪個朝代不重要，我只看武媚娘傳奇，唐朝我就認得出來，她們的衣服比較低胸……」
黃傑冰：「你沒救了。」
人生海海：「唉，有女朋友的人，不懂我的空虛寂寞覺得冷，我要去看片了。」
黃傑冰：「喂，等等。」
黃傑冰：「喂，在嗎？」
黃傑冰：「喂，不要已讀不回啊！」
黃傑冰：「你為二次元的女人見色忘友，你不是兄弟！」

第九章　吻後別不理

那天爆發手語求婚事件後，我強裝冷靜，早早躲回房間，假稱要念書準備期中考，其實我把廣播開得超大聲，在床上打滾踢腳，用力捶枕頭，懊惱這一切。

九點半店裡打烊熄燈時，我打開窗子，偷聽樓下一舉一動，卻沒見到黃傑冰來跟我說再見。

星期五下課後，我特意在實習電臺辦公室，待到晚上十點，確認蓉仁小館打烊後才回去，避開在我家打工的黃傑冰。

星期六、日，永漢街學生商圈人潮少了很多，蓉仁小館公休，我也就不會遇見黃傑冰。

雖然我避不見面，但我每隔五分鐘檢查一次手機，沒有任何來自黃傑冰的 LINE 訊息和 Email。

來電記錄裡，也始終沒有漏接的電話——黃傑冰是不打電話的。

星期天早晨，當我這兩天來第五百次檢查完手機，還是毫無來自黃傑冰的聯絡消息，我索性把手機埋在枕頭底下，起床上了廁所刷了牙，回到房間後越想越氣，扭開收音機，直接穿著拖鞋倒在床上，盯著天花板發呆，早晨節目裡 DJ 正報導各地的桐花季活動，我聽著聽著，思緒飄忽起來，想像自己在錄音室裡……

DJ 白苡茵：「請問白風小姐，妳和我們的天菜校草黃傑冰，是什麼關係？」

少女白風：「沒有什麼關係，我已經兩天沒接到他電話了。」

DJ 白苡茵：「這樣啊，和他接吻有什麼感覺？」

少女白風：「我只知道，從這之後，時間變得好慢，地球自轉變慢了嗎？這和什麼太陽風暴有關係嗎？」

DJ白苡茵：「請問，他用什麼話來跟你告白？」

少女白風：「哪有什麼話，一句都沒有。」

DJ白苡茵：「那……請問妳現在到底是單身，還是有男友？」

少女白風：「我怎麼知道，不要問我。」

DJ白苡茵：「如果妳不知道，為什麼不問他？現在科技發達，打電話、發Email、傳簡訊、LINE……妳有好多管道可以問他。」

少女白風：「我也不知道……」

DJ白苡茵：「如果黃傑冰是妳男友，要邀請他上節目，就容易多囉，塞奶一下就行了。」

少女白風：「塞……塞奶？」

DJ白苡茵：「撒嬌的意思，請勿有不當聯想，本節目是普遍級。」

少女白風：「不管啦，要他上節目難如登天，而且，我不確定這樣做是不是對的。」

DJ白苡茵：「那麼……妳想點什麼歌，送給黃傑冰呢？」

少女白風：「陶喆的〈王八蛋〉，快放這首歌！」

DJ白苡茵：「我們先聽一下路況報導……不對，我們是大學實習電臺，不可能有路況報導，但無論如何趕快插播，這位來賓精神狀況不太穩定……」

我的心好像有顆大的石頭，

我的頭好像原子彈要爆炸，

我的夢好像破了洞的汽球，

我真的好倒霉，

你會有一天後悔……

我嚇得跳起來，房間裡的收音機裡，真的傳來陶喆嘶吼控訴般的歌聲，喝，我果然和各大電臺DJ都有心電感應，我趕緊撈了一包床邊堆著的零食，用洋芋片來壓壓驚。

喀滋喀滋，我啃著洋芋片，老媽經常(用手語)叨念我，說餅乾零食這種比較乾的食物，對我的喉嚨並不好，應該多吃一些白木耳、南北杏等潤肺的食物，但我就是不喜歡，甚至在大賣場經過賣杏仁粉的攤位，我都會掩著鼻子，逃離那宛如清潔劑的怪味……

手機滋滋聲打斷我腦內批判杏仁粉的小劇場，我趕緊拿起來一看。

「妳可以建立一個薛愛殺課程的群組，把小愛拉進來，討論報告分配嗎？我們四月十六日就要報告了，時間不夠了。」

是黃傑冰！

沒有表情符號，沒有寒暄問候，就直接談功課！

我沒好氣地回一句，「還有十天欸，我準備報告向來都是三天前才開工，前一天大熬夜，這麼急做什麼？」其實我上節目都是一星期前就準備，三天前開始練習，這叫「蕊稿」，但我偏偏故意這樣裝作不在乎。

他馬上回傳訊息，「要上廣播電臺，得好好準備吧。」

我更加不服氣，想要唱反調，「前一天晚上再讀資料現學現賣就好了，反正上廣播電臺錄音，我和小愛都熟門熟路，我們這一組早就贏在起跑線了。」

「資料哪裡來？」黃傑冰的重點還是在功課上，我沒好氣地飛快打字，「你上次不是找了一篇表演藝術雜誌的文章嗎?我爸的朋友很喜歡 Evelyn Glennie,我再請他講給我們聽就好了。」

「不行,那篇文章是薛教授自己寫的,她這麼嚴厲,會讓我們照著她的文章念稿嗎?報告內容要豐富一點。」黃傑冰未免太認真了,我不勝其煩,「知道了啦。」

隔了兩三天才傳 LINE 給我,竟然還這麼認真討論課業,哼哼,我心不甘情不願地傳了 LINE 訊息給小愛。

「喂,黃傑冰先生要我建立一個 LINE 群組,討論薛愛殺的報告,拉妳進來喔。」

「喔喔!果然是傳說中用 LINE 就可以搞定報告的黃傑冰!」小愛驚呼,我建好群組,黃傑冰馬上建立記事本,上面已經洋洋灑灑地列出 Evelyn Glennie 自己寫的文章 On Hearing,和十幾個 Evelyn Glennie 的表演和專訪片段。

除此之外,還有聽障舞蹈家林靖嵐、聽障模特兒王曉書等其他國內外聽障表演藝術相關工作者的報導,黃傑冰連高叔叔的資料都挖出來,太厲害了,我趕緊發話,「你會不會準備太多資料啦?薛愛殺不是說要精準一點?」

黃傑冰回答,「之前同學的廣播節目,我計算過,口頭報告扣掉放音樂,大約有四十分鐘,前面可以大概提一下聽障者在表演藝術領域的障礙。」

哇賽,不愧是好學生,上廣播節目還講究起承轉合?

雖然我內心的不悅尚未煙消雲散,還是忍不住為黃傑冰的改變高興,「你終於開始聽廣播啦?」

「其實我聽不是很清楚,怎麼大家說話都像含滷蛋一樣……」

我嘆了一口氣,傳了個失望的表情圖案,小愛連傳了三個讚的表情圖樣,沒發表任何意見。

黃傑冰把話題拉回課業,「我們今天晚上約個時間,預習一下。」

小愛傳了可愛的 OK 圖樣，我也只能跟進，我們敲定好晚上在我家見，吃完晚飯就開始討論報告。

接下來，黃傑冰就沒再傳任何 LINE 訊息過來了。

倒是剛才一直都沒發言的小愛，跳出群組，另外傳了 LINE 訊息給我。

「學姊，黃傑冰對妳真的不一樣喔。聽說黃傑冰都是在 LINE 中完成報告分配，資料收集，製作最完美的 PowerPoint，然後儘可能讓賢交給其他人發表，完全拒絕任何開會的需求，他竟然找我們開會？」

我無奈地回答，「大概是因為不信任我們兩人的能力吧。」

小愛追問：「應該不是哦，我聽新聞臺的同學說，前幾天黃傑冰和一個女生從她們眼前手牽手逃走，那是妳吧！你們是什麼關係？」

「想太多了，誰和他有關係！和他一起逃，只是不想被新聞臺搶獨家而已。」

我懶懶地回了小愛，雙腳在床邊踢阿踢，一不小心太用力，我的室內拖鞋甩了出去，凌空飛起，還撞翻了床邊裝滿洗好曬乾待折衣物的籃子，我懶得扶正洗衣籃了，就只是趴在床上，悶悶地看完了黃傑冰貼在群組記事本的影片和文章，迅速做了重點筆記。

晚上六點，店門口的感應燈光亮起，黃傑冰走進門，他抬起右手，脣瓣相抿，似乎準備叫我一聲白風小姐。

我冷冷地截斷他，「來啦，快來吃麵，小愛已經到了。」

黃傑冰想走過來接手幫忙，我拒絕了他，「你今天是客人，不是內場工讀生。」

五分鐘後，我迅速把兩碗麵端上，黃傑冰和小愛分別坐在四人座的斜對角，我端著自己的麵，黃傑冰期待地看著我，我故意不對上他的眼神，抬起下巴坐進小愛身旁的位子。

黃傑冰眼神垂了下來，像隻淋了雨的落難小狗，我硬著心腸唏哩呼嚕地吃麵，卻覺得今天自己放鹽巴時似乎下手太重了，麵湯喝起來怎麼不若平常鮮甜美味？

我們三人安靜地吃著麵，老媽端著托盤過來，給我們一人一碗湯。

「不是已經在吃湯麵，怎麼還有湯……」我探頭一看，碗裡浮著半透明的白色碎片，還有如寶石般瑩潤的紅棗。

是銀耳紅棗湯，我皺著眉頭喝完。

「妳不喜歡嗎？我覺得很好喝。」黃傑冰總算開口破冰，果然是吃貨，只有食物話題能讓他主動發話。

我搖搖頭，「不喜歡，口感太軟爛了，而且白木耳有個怪怪的味道，不只木耳，杏仁、冰糖燉梨，反正，只要打著潤喉潤肺功能的食物，我通通不喜歡啦。」

黃傑冰若有所思，這時，店門的感應燈再次亮起，一對圓圓身形的男女走進來，張大嘴阿姨和李叔叔來了。

「小黃狗來啦？你好帥，真的好帥，阿姨好喜歡你。」張大嘴阿姨毫不掩飾自己對黃傑冰青春肉體和精緻臉孔的欣賞。

黃傑冰已經看得懂「小黃狗」和「好帥」，他微笑點頭。

「白風啊，恭喜妳，找到這麼帥的男朋友。」張大嘴阿姨用力咧起嘴角，極盡誇張地祝福我，我真佩服她極致發達的面部肌肉，總是能擠出最誇張的表情，為手語幫襯情緒。

「我們才不是情侶，他不是我男朋友。」我用力擠出最不屑的表情，以手語回答張大嘴阿姨。

黃傑冰困惑地看著我們，他好像看得懂兩隻食指並行所表示的「情侶」，卻看到我張牙舞爪的表情。

我看著他鬱結的眉頭，困惑的眼神，其實很想伸出食指在他下巴咕唧咕唧一下，但我用力忍住這衝動，哼哼，小黃狗先生，誰叫你吻後不理，傳 LINE 給我只為了討論功課！

我的手機滋滋作響，是來自小愛的 LINE 訊息——我看她一眼，用眼神問她——妳就坐在我旁邊，幹麼還要傳 LINE 給我？

小愛挑起眉，示意，快看啦，看了再說。

我點開訊息——「學姊，學長一直在看妳耶。」

「他是在讀脣。」我答。

「妳沒講話時，他也在看妳。」

我不置可否，「大概是我話太多了，他要隨時注意我精闢又寶貴的發言。」

「但是妳今天話超少的。」

「有嗎？」我偏頭想了一下，確實我今天的腦內小劇場太多，以致於話少了一點，太不像我，小愛又補一句，「少到我想問妳，是不是喉嚨痛，還是妳被省話一哥蕭敬騰附身了？」

「妳怎麼跟阿任說出一模一樣的話？心電感應啊？」

小愛傳來一個貓咪嘔吐的表情，「誰跟他心電感應！呸呸呸！」

小愛補傳一句，「總之，你們兩個好怪，你們今天也沒有互稱『小黃狗』和『白風小姐』。」

還附送一個小狗聞聞嗅嗅的表情圖樣。

我不理她，收起手機，「大家吃完了吧？我們就依照好學生黃傑冰組長的要求，就事論事，開始討論報告吧。」

這時，張大嘴阿姨和李叔叔逕自從我們家的儲藏室，搬出麻將桌，擺在店內一角，我大驚，「你們今天要打麻將啊？」

「對啊。」老爸和李叔叔互相用手語和凶惡表情，告訴對方今天得輪到脫褲子。

我拍拍老爸手臂打斷他，「我們要討論報告欸。」

「我們又不會講話，不會影響你們。」於是李叔叔和老爸將麻將桌搬到離我們最遠的位置，打牌組和討論報告組各據店裡的一角，各自開始。

「黃組長，開始吧。」黃傑冰點點頭，打開包包，拿出一疊文件。

「這是什麼？」我看著黃傑冰發給我和小愛的文章，嘩，多達十頁的 Word 文稿。

「這是——」嘩啦嘩啦嘩啦……

黃傑冰的聲音被麻將洗牌聲截斷。

「我們上廣播的底稿，我想說——」砰砰砰！

這四位聾先生聾女士拍桌碰肘聲音超大，比一般人說話聲音還要吵。

「學姊，我有點不能專心欸……」小愛嘆了一口氣，黃傑冰也是一臉無奈。

我抓了抓頭髮，星期天傍晚的永漢街，很多店家沒開，學校圖書館閉館中，我們也進不了討論室，我只好嘆口氣，「不然，到我房間吧。」

我領著他們走向二樓，小愛和黃傑冰依序走進我的房間。

「這是什麼？」黃傑冰腳踩到一樣東西，他拎起來，灰色點點蕾絲……一抹紅暈飛上黃傑冰的臉，我大叫，一把搶過來。

這是我的內衣！而且是加了超厚襯墊，幫我從大A撐到小B罩杯的內衣！

我的內衣怎麼會在地上？

我張望四周，翻倒在地的洗衣籃說明了原因，我尖叫著把他倆推出門外，關上門，拿了一個塑膠袋，把零食袋、餅乾屑掃進去，把早上踢翻的洗衣籃藏進衣櫃，把所有散亂的東西，通通塞進床架底下，才打開門，放小愛和黃傑冰進門，假裝什麼事都沒發生。

他們兩人也很配合，但是黃傑冰還是臉紅到耳根。

我故作鎮定地邀請他們坐下，但我房內只有一張椅子，小愛一屁股盤腿坐在地毯上，黃傑冰把椅子讓給我，自己端莊拘謹地坐在床墊一角，臉頰還是一片緋紅。

「咳咳……」他深吸一口氣，似乎努力讓自己鎮定下來，我根本不敢對上他的視線。

黃傑冰深呼吸三次後，進入討論報告模式。

「以一分鐘一百五十字計算，四十分鐘，要六千字，我們加上薛教授四個人，要負責講這麼多字，六千除以四乘以三，我們總共要準備四千五百字，廣播應該比較口語化，所以打個折，我預估，準備四千字就可以了。」

我和小愛嘴巴張得好大，我將內衣被黃傑冰看到的羞赧拋在腦後，急得大叫：「拜託，沒有人這樣準備廣播錄音講稿啦！」

小愛贊同道：「就是啊，我們每個人分配好要讀的文章，到時薛教授會訪問我們，我們看誰能答誰就答，互相幫忙補充就好啦。」

黃傑冰正色道：「對你們兩人不是問題，但我聽力不好，緊張之下，說不定聽不清楚薛教授的問題，甚至連話也講不好，還是準備充分一點比較好。」

小愛瞪大眼睛，我也一驚，這是黃傑冰第一次對我以外的人提起自己的聽力問題，而且沒有羞赧不安與緊張，他變了！

於是，我們陪著黃傑冰，讓他練習介紹 Evelyn Glennie，還有……他精心準備的笑話。

「大、家、好、我、們、今、天、要、介、紹、的、是、葛、蘭、妮，不、是、小、甜、甜、布、蘭、妮……」

黃傑冰一字一頓地念出開場白，我和小愛擠出一個僵硬的笑容。

他連笑話都要先謄稿再背起來，這點怎麼讓人感覺很熟悉？是黃玉清，這一點他和黃玉清好像……

黃傑冰講完開場白，抬眼看我們，眼神充滿期待，像小狗狗期待主人開罐頭，我和小愛只能盡可能擺出最不傷人的笑容，和緩地提出建議——

「放輕鬆一點，活潑一點——」我拍拍黃傑冰的肩膀，他身體非常僵硬，我鼓勵他，「再來一次。」

他點點頭，「大家好我們今天要介紹的是葛蘭妮不是小甜甜布蘭妮……」

我再次拍拍他，「慢一點沒關係，人緊張的時候就會越說越快。」

黃傑冰再次放慢速度，「大—家—好—我—們—今—天—要—介—紹—的—是—葛—蘭—妮—不—是—小—甜—甜—布—蘭—妮——」

小愛嘆了一口氣，「學長，你真的太緊張了。」

我點頭，「你一直修每個字的音，整句話就無法行雲流水地冒出來啦，怎麼辦哩……」我沉吟一會兒，拍了一下大腿，「你需要的不是一直念稿，而是實際進廣播電臺練習一下，不然進錄音室時，你會更緊張。」

黃傑冰一愣，「要怎麼進去？」

我撈起包包中的鑰匙，在他眼前甩一甩，「我帶你進去。」

當我們踏出家門，小愛突然拍腿大叫：「啊，我忘了，阿任要幫我剪影像製作基礎的影片，我們約好要討論的！」

我沒好氣瞪小愛一眼，「妳還真的把阿任當作工具人。」

小愛拍拍我的肩，「學姊，好好地帶學長夜闖錄音室吧，錄音室裡沒有監視器，不要做壞事喔！」

我作勢要拿包包扔她，小愛閃過我，跨上機車迅速逃逸。

我只好坐進黃傑冰停在我家門前的紅色小車，路上小愛傳了 LINE 簡訊過來，「我是故意撤退讓你們兩人獨處的，我很識相吧？」我關掉手機畫面，不回應小愛，和黃傑冰一起進了校園，停好車，來到暗夜裡的研發大樓。

✿

（「人生海海」和「黃傑冰」的 LINE 對話紀錄）

人生海海：「事情進行得順利嗎？」

黃傑冰：「順利進了白風的房間。」

人生海海：「吼～我就說嘛，一定成功的，只是你這人怎麼怎樣反差，親下去完全靠衝動，親了之後要找女方說話，居然還要想作戰策略？有病啊？」

黃傑冰：「我的病就是認識朋友嘴太賤。」

人生海海：「明明就是朋友太帥。」

黃傑冰：「不要吵，現在白風把我帶到學校的廣播電臺了，再聊。」

人生海海：「你們學校晚上那麼黑，真是做壞事的好地方，真有你的！那個圖書館外面樓梯轉角超隱密……」

黃傑冰：「你怎麼知道我們學校晚上很黑、圖書館樓梯隱密？」

人生海海：「當然是……」

黃傑冰：「你不准說！我不想聽！」

人生海海：「去你的，我打電話叫校警去抓你啦！喂喂，聖仁大學警衛室嗎？你們廣播電臺有色狼！嗷嗚～～～～」

第十章　禁止背對的愛情

我用鑰匙進了實習電臺辦公室，不開燈，避免引起警衛注意，一路摸向錄音室，黃傑冰緊緊跟在我身後，他的手指輕觸到我的指尖，我震顫一下，還沒來得及反應，他已經緊緊牽住我的手指尖。

我本想推開他，但想到在黑夜中，他可能沒有安全感，於是心軟了。進了錄音室，打開燈，暖黃色的燈光亮起。

「這是麥克風，這是耳機，我們……要對著這麼大的麥克風講話。」我指著一堆似乎不需要說明的設備，黃傑冰拿起耳機，試圖戴上去，卻發現耳機會卡住他左耳畔的電子耳。

我拉住他的手，「沒關係，你不用戴耳機。」

我把他按在椅子上，自己坐在他身旁，「大不了講錯重錄嘛！吃螺絲、哪個字發音『必ㄘㄟ』也沒關係，這不是現場節目，沒在怕的啦。」

「喂喂……」我打開麥克風，我聽見自己的聲音，輕輕迴盪在錄音室裡，「現在，試試看，對麥克風說話。」

「嗨——DJ 白苡茵小姐。」黃傑冰試著發音，他的音質很好，但是聲音乾澀，像是乾燥到裂開的土壤，他似乎相當不安，身體往前傾，我輕輕按住他的手，「別太靠近麥克風，會噴麥，一個拳頭的距離最剛好。」

黃傑冰往後退一點，「嗨……DJ 白苡茵小姐……」

黃傑冰肩膀僵硬地聳著，他更緊張了，這聲音像發自凍原的地底下。

「錄音室比較冷，你等我一下。」我去置物櫃，拿出我的大圍巾，幫他圍在脖子上，「太冷的話，身體會僵硬，聲音就更發不出來，有沒有好一點？」

他點點頭，對著麥克風，「嗨，白苡茵小姐。」

聲音似乎有了溫度，但還是放不開。

我再次前往置物櫃，拿出我的祕密武器紅色耶誕帽，輕輕戴在黃傑冰的頭頂上，幫他調整好帽子的位置，避免壓到電子耳，他抬眼看我，我好想揉亂他的黃頭髮，捏捏他的臉頰。

「為什麼要帶這個帽子？」他問。

「很多電臺 DJ 都有自己的錄音室必勝武器，有的人進錄音室一定要穿拖鞋，有的人要穿高中體育服，也有人……」我想起黃玉清，「也有人什麼必勝武器都不帶，但是，進錄音室前，要深蹲三十下。」

黃傑冰笑了，「應該是個刻苦向上型的人吧。」

我點點頭，「賓果。」

「妳的必勝武器，就是這頂耶誕帽嗎？」他問。

「對，只要我戴上這個紅色耶誕帽，我就好像長出一對超厲害的天線，口中有源源不斷的笑話、瘋話，等哪一天我得了廣播金鐘獎，我也一定要戴這頂帽子上臺領獎，感謝我的爸爸媽媽，還要感謝這頂帽子。」我愛憐地輕撫帽子尖端的白色絨球，已經有點黃舊了，改天我要好好手洗它，讓它曬曬太陽。

黃傑冰噗哧笑出聲音，「戴這個要不笑場，有點困難欸？為什麼選耶誕帽，而不是一般的帽子？」不知不覺間，黃傑冰的聲音，放鬆柔軟了些。

我的聲音好像也跟著柔軟感性了起來，「因為啊，上廣播電臺，是件很開心的事，像是耶誕節，美夢成真的感覺。」

「妳向耶誕老人要過什麼禮物？」黃傑冰開口問我，很好，我終於讓黃傑冰，聽起來像個溫暖愉快的節目來賓了。

「我希望耶誕老人，讓我爸爸媽媽聽得見。」我停了一會兒，從黃傑冰黝黑的眼瞳，確認他看清我的唇形，讀懂我的話，我反問他：「那你呢？你向耶誕老人要過什麼禮物？」

他停頓了一會兒，吐露心裡的答案，「我希望耶誕老人，讓我聽得見。」

我看著他滾珠般的黑色眼瞳，幽幽問他：「黃傑冰來賓，為什麼隔了兩天才聯絡我？」

他定定看著我，「我整整想了兩天，才想到可以用報告來當藉口，我找妳討論報告，是找藉口來看妳。」

原來是這樣……初吻和手語求婚事件後，他和我一樣羞赧又害臊吧？我怎麼顧著自己糾結在情緒裡，不敢主動聯絡他呢？而他是想了多久，費了多少心思，才想到可以這樣做呢？

「黃傑冰來賓，你很壞。」我眼眶裡含著淚，心疼他，也氣自己，更氣他——

何必找什麼藉口，直接來找我就好啦！

找不到我的話，來堵我就好了嘛！

黃傑冰看我感動成這樣，自己卻勾起嘴角，笑得有點壞，「而且，我早就知道李叔叔他們星期天晚上要來，我想，這樣有機會進妳的房間。」

「我房間？這有什麼好玩好看的？」我不解，他神情真摯地回答，「我想看妳睡覺、做夢、念書、發呆、聽廣播，還有在想我的地方。」

「誰說我想你了？」我不承認。

「我很想妳。」他好聽的聲音傳來，我臉一熱，他促狹一笑，「但是，我沒想到，我竟然會踩到妳的內衣。」

我揮拳打了黃傑冰一下，揮拳落空，他抓住我的手，「請問白苡茵DJ，女生的內衣，有尺寸之分嗎？」

「問這幹麼？」我抗議，他眼神骨碌骨碌轉，「感覺妳的有點大件，但是目測起來，好像沒有這麼大啊……」

我伸出另一隻手要搥他，他抓住我的左手，把我拉向他，我輕輕推開他，「你要做什麼？我們……不是男女朋友吧？下次要進我房間，不可能了。」

黃傑冰加重握緊我手的力道，他的手心好冰冷，眉頭都要靠在一起了，「我們……不是嗎？」

我仍然在賭氣——「你又沒問過我。」

黃傑冰放開我，臉龐湊近麥克風，溫柔發聲——「最後，我想請教特別來賓白風小姐一個問題。」

「什麼問題？」怎麼反客為主，他變成主持人，我變成節目來賓啦？

「請問妳——願意當我的女朋友嗎？」他烏亮的眼神滿是期待，我一愣，輕輕點點頭，他把我拉向他，我隨著錄音室椅子的滾輪滑向他，我的膝蓋抵著他的膝蓋。

黃傑冰雙手捧著我的臉，俯身吻住我。

這一吻，和實驗劇場輕柔交疊的羞澀之吻很不同。

這一吻，讓我發現，原來我這張能言善道的脣，和黃傑冰不輕易吐出字句的脣，是一樣的——一樣無需任何言語，就能傳達並接收，最純粹直接真切的，情意和渴望。

離開電臺辦公室前，我把大圍巾和耶誕帽放回置物櫃，「正式進錄音室那天，我一樣把這個借你，你就不會緊張了。」

黃傑冰笑了，指著耶誕帽，「妳把這個借我，萬一妳自己緊張起來怎麼辦？」

我哈哈大笑，「我身經百戰，哪會緊張？不然，你也借我一樣東西好了。」

黃傑冰點點頭，「好，下次我拿給妳，不管我借妳什麼，妳都得乖乖戴著。」

我擔心地看他，「呃，不會是什麼奇怪的東西吧？」

黃傑冰揉揉我的頭髮，「敬請拭目以待。」

這時，黃傑冰的手機響起，他拒絕接聽，一抬眼，迎向我狐疑的眼神。

「是我媽，明明知道我不能接聽電話，還打來……」他邊說著，邊劈里啪啦地打著 LINE 訊息。

「比我爸媽好啦，他們明明自己沒辦法講電話，我如果沒看 LINE 訊息，照樣打電話來，然後要我開視訊……」

我們相視而笑，走出錄音室，走出實習電臺辦公室，走出教學大樓，迎向無邊的暗夜。

❀

終於，這一天換我們進錄音室，錄製「就是愛表現」這個節目。

這天早上，我們配合薛愛殺忙碌的行程，早上六點二十分就到了錄音室，實習電臺的同學們都還沒進來，阿任已經在錄音室裡準備控機，和小愛有一搭沒一搭地閒聊。

黃傑冰則拘謹地坐在會議室中等候，手裡拿著他的廣播稿，嘴裡念念有詞。

我從置物櫃中拿出耶誕帽，輕敲會議室的玻璃門。

黃傑冰抬眼看我，給我一個溫暖的微笑，「嗨，白風小姐。」

我幫他戴上紅色耶誕帽，「好啦，那你要借我什麼東西？」

黃傑冰從他的郵差包中拿出一個深藍色小紙盒，我打開一看，盒內閃著霧銀色光澤，是一條項鍊，鍊墜是一片銀色的圓片，上面刻畫一朵蒲公英，還有幾枚小小的絨毛種子，如同乘著隱形的翅膀，迎風飛起。

「這是……你要借我的東西？」我一愣，好漂亮的項鍊。

「這是借給妳的，永遠不准還我。」

送禮物就送禮物嘛，這麼拐彎抹角——我本想這樣回嘴，但我看著黃傑冰手指在桌沿底下絞在一起，霎時間，我讀懂了黃傑冰有多緊張。

「好漂亮……為什麼選蒲公英的款式？」我問。

「上次我們在Z大學排花，妳不是說，可惜沒辦法排出白風的圖案嗎？」

我點點頭，他微笑著繼續解釋，「風聽得到感覺得到，就是看不到，但是，從蒲公英種子飛的方向，我就看得見風，而且，白色蒲公英種子乘著的風，不就是白色的風嗎？」

驀地，我想到他在Z大學，把一株蒲公英絨毛球放在小黃狗的心上……

原來，在那時候，他就想要表達他的心意，想告訴我，他心裡已經有我，只是我居然沒能解讀……

我的眼睛一熱，黃傑冰緊張地看著我，手指絞得更加厲害，「怎麼了？不喜歡嗎？」

我搖搖頭，「怎麼可能不喜歡？」我握住他的手，「幫我戴上。」

黃傑冰淺淺一笑，指尖勾起項鍊，輕輕地幫我戴上，我感覺他的氣息，輕輕拂在我的頸項上。

「妳應該知道，吹蒲公英種子還可以許願，白風小姐，我希望妳可以，美夢成真。」

我多麼幸福，我的脖子上，有一抹白風吹拂。

我輕輕撫摸銀片上的蒲公英圖樣，正想說些什麼，叩叩叩，高跟鞋叩地聲音傳來，隔著玻璃門，我們看到薛愛殺頂著貴賓狗鬈髮和一身桃紅色套裝，走進實習電臺辦公室。

黃傑冰深吸一口氣，我握了握他的手掌，「別擔心，看了那麼多資料，恐怕你是地表最了解 Evelyn Glennie 的人了，把她當作你熟悉的朋友來介紹就好了。」

我拉著黃傑冰走出會議室，和小愛一起走進錄音室，薛愛殺拿出一個老舊的眼鏡盒，換上一副螢光綠的米老鼠造型眼鏡，和她一身桃紅色套裝超不搭。

黃傑冰一愣，低聲問我：「這副搞笑的眼鏡是……」

我掩嘴，忍住想笑的衝動，「看來，這是學務長的錄音室必勝武器。」

薛愛殺抬眼看我們，銳利的眼神透過厚厚的鏡片，仍帶有強烈的殺意，我們趕緊坐下。

薛愛殺發話了，「今天你們要報告 Evelyn Glennie 是吧？雖然我對 Evelyn Glennie 很熟，你們得自己扮演好 Evelyn 專家，可不能倚賴節目主持人幫你們報告。」

我們三人點點頭，阿任比出 OK 的手勢，薛愛殺戴上耳機，「準備好了嗎？黃傑冰，你怎麼不戴耳機？」

黃傑冰撥開左耳側的頭髮，露出電子耳，「薛教授，我沒辦法戴耳機。」

薛愛殺瞇起眼神，「怎麼不早說？你……有辦法錄音嗎？有困難的話，讓另外兩位同學報告就可以了，這是談話性廣播節目，如果你一直接不上話，節目很難錄下去。」

黃傑冰表情堅定，「薛教授，請讓我試試看。」

薛愛殺一臉鎮定，點點頭，朝阿任揮了揮手，「請試試麥克風的聲音，還有，等下不准叫我薛教授，叫我 Elsa。」

我們點點頭。

薛愛殺確認後，「歡迎收聽『就是愛表現』，我是節目主持人 Elsa，今天，由歷史四黃傑冰、應外二白苡茵，以及廣電一的莊愛穎，為我們介紹一個特別的主題——聽障表演藝術家。」

我看看黃傑冰，他也點點頭，耳機裡聽到他的聲音，「大家好，我先問問大家，聽到『聽障』兩個字，同學們會聯想到什麼呢？」

小愛幫腔，「聽障？似乎和表演藝術八竿子打不著關係欸。」

我：「但是，我們聽說，有位聽障舞蹈家林靖嵐，她可以用腳底板感受音樂節拍，跳起蔡依林的〈舞孃〉也完全不漏拍，她還有自己的舞團喔。」

黃傑冰：「是的，在模特兒界也有聽障名模，像是現在的公視主持人王曉書，以前還有一位高義襄，他們也是用腳感覺走秀音樂的節拍。」

這時，我發現，薛愛殺波紋不興的表情，似乎有點震動，不知是不是我眼花。

黃傑冰：「但我們今天要介紹的這一位，是聽障表演藝術家，她的表現受世人讚賞，甚至英國女王還封她。」

我故意裝傻，「蛤——封鎖她？」

黃傑冰：「冊封她為女爵士啦。」

小愛故作驚訝，「哇——」

黃傑冰：「她，不是小甜甜布蘭妮，而是葛藍妮——我們請應外系的白苡茵同學，為我們介紹這位女爵士名字的正確發音。」

我洋腔洋調地誇張念出：「Dame Evelyn Glennie——，來，跟著白老師念一遍——Dame Evelyn Glennie。」

薛愛殺的神情軟化了一些，嘴角已經有點失守。

開玩笑，「就是愛表現」每一集我都有收聽，同學們各個表現僵硬，我們這組絕對是最活潑的。

薛愛殺發問：「請問，這位聽障表演藝術家，是專攻哪個領域？」

我：「音樂，是打擊樂，根據維基百科，她還是二十世紀西方社會裡，第一位全職的打擊樂獨奏家。」

小愛：「她可是貨真價實的打擊樂專家，她從全世界各地，收集了超過兩千件樂器呢！」

薛愛殺：「能不能談談，這位 Evelyn Glennie 要怎麼聽得見聲音呢？打擊樂的話，她不只要能清楚感受音樂的節拍，還必須要創造出自己的音樂，這就像失去味覺的人要做菜，應該是相當困難的吧？」

我：「這部分，我們很建議同學們，可以直接去 YouTube 搜尋她的 TED 演講，講得超級好，題目正是——『如何真正地聽見』。」

黃傑冰：「她在演講中明確表示，她自己雖然失去耳朵的聽力，她可以用手、用整個人去聽見，她整個人是個巨大的耳朵。她在演奏時，也常赤腳演奏，就是為了更清楚的感覺音樂。」

薛愛殺拋出問題：「這是可能的嗎？」

我：「當然可能啦，她是英國女王冊封的女爵士，她不敢騙英國女王的……」

黃傑冰對我比個手勢，示意我等等，又指了指他自己，我一愣，他點點頭，嘴唇靠近麥克風，「我本人和她一樣有相似的體悟，耳朵聽不見，不代表無法感知聲音和情緒，Evelyn Glennie 在十二歲開始喪失聽力，而我，在那個年紀戴上助聽器，我是兩隻耳朵都損失八十五分貝的重度聽損。」

我和小愛張大嘴巴，無法接話，我沒料到，黃傑冰居然在全校廣播中公開自己的身分！

薛愛殺：「所以，黃傑冰同學，你對 Evelyn Glennie 的故事，很有共鳴？」

黃傑冰：「與其說是共鳴，不如說是震撼。見過我的人都知道，我個性比較封閉，但 Evelyn

Glennie選擇別人認為最劣勢的領域，勇敢地用音樂表達自己。」

薛愛殺：「請談談看，她如何用音樂表達。」

黃傑冰：「她對聲音的運用，超乎我的想像。我十歲以前聽力是正常的，但當時的我，也沒辦法像Evelyn Glennie一樣，把聲音玩得出神入化。」

黃傑冰停了一會，摘下電子耳，「各位，我現在把電子耳拔下來，薛教授……呃，Elsa，如果請您拍拍手，您會怎麼拍呢？」

薛愛殺被反問，愣了一下，她舉起雙手，掌心相對拍打數下，「像……這樣。」

黃傑冰：「現在，我們請Elsa、白同學、莊同學一起鼓掌，要拍出雷電的感覺。」

薛愛殺用力拍手，我和小愛趕緊加入，我們使勁拍打雙掌，拍得臉部肌肉都有點猙獰了。

黃傑冰：「我現在沒戴電子耳，只能靠讀脣來辨別話語，但是，此時此刻，我從桌面的震動，感覺到，我們錄音室裡似乎即將有一場暴風雨。」

薛愛殺笑了，「我們來玩玩看，三位同學，是不是能鼓掌出不一樣的感覺？」

黃傑冰判讀脣語後點點頭，「好，我們來拍出梅雨季節的感覺。」

我們三人互看一眼，啪啪啪啪啪……聲音比氣若游絲重一點，細細碎碎，沒完沒了，薛愛殺忍不住阻止我們，「夠了，別拍了，聽這掌聲，讓我想打開除溼機了。」

我們三人大笑。

黃傑冰繼續，「Evelyn Glennie還會在演講中質疑觀眾，誰規定鼓掌一定是乖乖坐在椅子上拍手？我們請Elsa為我們示範破格的鼓掌。」

我和小愛張大嘴巴，薛愛殺抬起眉毛，她站起來，脫下腳上的高跟鞋，猛力地敲打桌子，敲到蓬鬆的貴賓狗鬈髮都有點散亂。

我們三人真誠熱烈地給薛愛殺拍拍手。

薛愛殺撥了撥狂亂的鬈髮，笑道：「看來，Evelyn Glennie 不只是教我們如何真正地聆聽，也教我們如何真正地表達。」

阿任右手在半空中畫圈，暗示我們該結束了，薛愛殺點點頭，俐落地收尾，「今天的節目就要進入尾聲了。」她稍微頓一頓，「我們謝謝歷史四黃傑冰、應外二白苡茵，和廣電一莊愛穎，為我們帶來一場聲音的饗宴，黃傑冰同學和今天介紹的表演藝術家 Evelyn Glennie 一樣，為我們示範了一件事，那就是，表達的誠心和渴望，永遠可以超越身體上的限制，那麼，我們下集節目再見囉！」

阿任關掉麥克風聲音，薛愛殺、小愛和我拿下耳機，黃傑冰綻開一朵微笑，他看起來，眼神晶亮，臉頰紅撲撲，與其說是任務完成後鬆了一口氣，更像是完成一樁挑戰後的心滿意足。

黃傑冰戴上電子耳，薛愛殺點點頭，「你們三位，是目前報告表現最好的。」我們三人互望一眼，「謝謝薛教授。」

「黃傑冰，」薛愛殺眼神掃過來，「你是第一次對同學們公開自己是聽障的事實嗎？」

黃傑冰點點頭，「是的。」

「你有女朋友嗎？」薛愛殺拋出一個意料之外的問題。

「呃？」黃傑冰愣了一下。

「如果有的話，好好守護你的女友吧。」薛愛殺剝下搞笑的卡通眼鏡，換上平日的玳瑁框眼鏡，「我曾有個聽障男友，我用 Evelyn Glennie 的故事鼓勵他，但是當我爸媽質疑他，要求他去開電子耳手術時，他配合了，我卻在復健過程退卻了，沒有好好支持他……」

薛愛殺口氣幽幽，眼神迷濛，這根本不是平日的她！

我們驚愕地張大嘴，她嘆了口氣，這時，她不像平日痛宰同學不長眼的薛愛殺，而是一位分享人生經歷的大姐姐。

「黃傑冰，記得，這是一段不可以背對背的愛情，千萬不要背對她，因為，這樣你無法讀脣，無法聽清她說什麼，她會很傷心的。」

黃傑冰望著薛愛殺，誠心地問：「教授，您是背對的人，還是被人背對……」

「我是背對的那一個。」薛愛殺垂下眼睫。

黃傑冰點點頭，而後牽起我的手，「教授，別擔心，我很幸福，我女朋友……」他牽起我的手，「她的父母是聾人，比誰都了解我，支持我。」

小愛瞪大眼睛，而後掩嘴輕笑，一臉「我早就知道你們有鬼」的表情。

「那就好。」薛愛殺抬眼，語氣和眼神一樣溫柔，我們向她敬禮致意後，走出錄音室。

離開錄音室，小愛像是重獲自由，不僅走路一蹦一跳，還放大音量，「學長！你表現超好！你還竟然出櫃了！你們兩個果然——哈哈哈，我們這集收聽率一定爆炸高，你要不要上苡茵學姊的節……」

電臺其他實習生抬起頭看我們，我趕緊摀住小愛的嘴，好在黃傑冰的電子耳有點鬆脫，他忙著重新戴上，因此，黃傑冰根本沒聽到小愛說的話。

「安靜一點啦，現在不是問的時候。」我捏了小愛的臂膀。

「那什麼時候才是時候？」小愛揉揉手臂，語帶哭腔，「學姊妳護短，對我好兇哦。」

「我也不知道啦，」我幫小愛呼呼，「總之……我會看著辦。」

小愛嘆口氣，「考上臺大研究所，又公開自己是聽障，他真的是話題人物，這樣的獨家採訪怎麼能錯過啦？」

「我知道……」

「好啦，對了，」小愛放棄說服我，「昨天孟勝學長叫我問妳，那星期六的流蘇花節直播，妳輪早上九點到十點的班，還有下午一點到兩點的班，可以嗎?他說妳是最受歡迎 DJ，一定要把開場時段和熱門時段留給妳。」

我點點頭，小愛蹦跳著又去使喚剛從錄音室出來的阿任，黃傑冰脫下紅色耶誕帽，走向我。

我笑著望向他，「你表現超好的，你看，我沒騙你，戴上這頂帽子，講話就會進入自動駕駛模式。」

黃傑冰笑咪咪看著我，「還好節目只有一小時，如果繼續戴這頂帽子，恐怕我會把自己祖宗十八代的黑歷史全都放送出來。我們走吧!」

「要去哪裡嗎?」我看看手錶，才八點而已。

「我們買杯咖啡，去湖邊喝吧。」我點點頭，他擎起我的手，收在自己的手掌心，我低著頭跟著他走，我感覺電臺實習生們的眼神集中在我身上——

哈哈，當黃傑冰的女友，遲早要習慣這樣的視線，我白苡茵也早就算半個公眾人物啦，沒什麼，我用空出來的手撥了撥瀏海。

距離實習電臺辦公室大門五十公分，黃傑冰突然停下腳步。我抬頭，他停在節目表大海報之前。

上次在暗夜中，我帶著黃傑冰潛入實習電臺，我們躡手躡腳，沒開燈，直接摸向錄音室，他沒看到這張節目表。

黃傑冰指著一個人名，「她……也是電臺 DJ?」

他指的是黃玉清的名字，我心上彷彿被重擊一掌。

「你，認識她？」我艱難地吞吞口水，「黃玉清是你的誰？」我心裡大聲吶喊，不要告訴我她是你的前女友啊……

「她是我妹。」黃傑冰回答，我鬆了一口氣，但隨即瞪大眼睛，「黃玉清是你妹？黃玉清真的是你妹！」我四處看看，好在黃玉清不在電臺辦公室裡。

我揪著黃傑冰袖口，「你居然不知道她在實習電臺？你們兄妹……這麼不熟？」

「不知道，我很久很久沒跟她說話了……」黃傑冰眼神惶然，看來，這對兄妹，真的超奇怪。

❀

（「人生海海」和「黃傑冰」的 LINE 對話紀錄）

人生海海：「喂，戀愛中的黃傑冰，永漢街田馥甄心愛的小黃狗。」

黃傑冰：「很煩欸。」

人生海海：「你爸媽和你妹知道了沒？美媳婦總是要見公婆。」

黃傑冰：「還早啦。」

人生海海：「總之，早點跟家長講啦，最近你夜歸，你媽都打電話給我啦，好像我是你的老相好。」

黃傑冰：「誰跟你相好。」

人生海海：「還嫌咧，倒貼一百萬給我我都不要。」

黃傑冰：「去找你的熟女店長啦。」

人生海海：「說真的啦，說不定永漢街田馥甄可以改善你家的關係。」

黃傑冰：「都這樣好幾年了，幹麼改善？」

人生海海：「去年我家老爹中風走了，我才知道……時間是不會往回流的，珍惜家人相聚的時光。」

黃傑冰：「我爸長年不在家，我媽只懂得賣她的耳環，我妹……我不知道她在忙什麼，哪來的相聚。不過，原來我妹和白風一樣，都是在廣播電臺實習欸。」

人生海海：「真的假的？你妹和永漢街田馥甄？超不搭啊！這電臺錄取實習生沒有一致的標準嗎？我在店裡是有聽到節目主持人黃玉清，我以為那是和你妹同名同姓欸。」

黃傑冰：「我妹表現得好嗎？」

人生海海：「這樣講，那個 DJ 真的很像你妹……講話比較嚴肅，也講得很快……還好和她搭配的女生還滿搞笑的，而且還辦有獎徵答，上次我們店裡的助手小妹還 Call-in 進去得到了電影招待券。」

黃傑冰：「這……很有我妹的風格。」

人生海海：「不過，如果是邊幫客人剪髮邊聽，我還是會選永漢街田馥甄的節目，她在節目上瘋瘋癲癲的，講話好笑，而且反應超快，播的歌都很切題，讚啦。」

黃傑冰：「我也好想聽白風在廣播上說話……」

人生海海：「幹麼聽她在收音機裡講話，要就聽她在你耳邊講，這叫枕邊如語，我沒打錯字吧……」

黃傑冰：「拜託，是枕邊絮語……」

人生海海：「國文小老師就你啦，只會挑我錯字，不管了，我要去看電視了……」

第十一章　時間帶給戀人的

淅瀝淅瀝淅瀝淅瀝……半夜，雨點狂揍我房間的窗帘，雨聲和吹進窗內的冷風把睡倒在桌上的我狠狠打醒。

我起身關窗，抹抹口水，還好，沒沾到圖書館借來的書。

這是語言學概論蘇教授提到的《巴別塔之犬》，教授說，交心得報告學期總分加一到三分，我期中考只有低空飛過，當然得把握這次加分的機會，為期末考先儲備可以扣的分數。

原以為蘇教授指定的書一定枯燥無趣，我從前一晚十點開始看，原本想要催眠自己，避免自己太過煩心「黃玉清是黃傑冰他妹」這件事，沒想到，這本小說讓我欲罷不能。

這是一本愛情懸疑小說，一位語言學教授婚姻美滿，但妻子突然墜樹身亡，唯一的目擊者是他們的愛犬。教授為了找出愛妻死亡的真相，竟然想教狗狗說人話……

那巴別塔又是什麼呢？傳說人們蓋了超級高的巴別塔，古代版的一〇一大樓，天神生氣了，祂讓巴別塔倒塌，讓世界上的語言變成千百種，使得人們再也無法順暢無礙地溝通。

就是有巴別塔，才有我們「應用外文系」存在的意義啊！如果全世界的人都說同一種語言，就沒有所謂的「外」文。

雨聲漸大，打斷我的思緒，我想到老媽晾在陽臺上的衣服，趕緊放下書本去收拾，一出房門，看見老媽正準備要下樓，我反覆按燈的開關，老媽回頭看見我，笑著比手畫腳，「我們白風今天這麼早起？才六點欸。」

「被雨聲吵醒了，衣服呢？」

「早就收起來了。」老媽很是得意，我很驚訝，她常常不知道外面下毛毛細雨，走出門才又回來拿傘，今天怎麼未卜先知了？「老媽，妳怎麼知道會下雨？」

「昨天半夜妳爸皺眉坐在椅子上看報紙，不肯起來。」她回答，我更困惑了，「這跟下雨有什麼關係？」

「有時快下雨溼氣重，他要鬧風溼啦。」老媽笑咪咪，我更驚呆了，「妳光看他皺眉坐著看報紙，就知道他鬧風溼？」

老媽微笑不語，我繼續以手語問她：「今天不開店，怎麼妳也這麼早起？」

「今天要開店啊，你們學校不是有大活動嗎？」

「對吼。」今天有三校聯合校園徵才，可是大日子呢，但我還是有問題想問媽。

「媽，我問妳，每一對夫妻，都可以像你們這樣，不用講話就有辦法溝通嗎？」

「當然不是——不是每一對夫妻，都像我們這樣，想講話卻沒有辦法。」

老媽微笑，她緩步下樓，望著她的背影，我忍不住去想——如果說她和老爸之間沒有心電感應，那他們之間所說的，就是世界上最溝通無礙的語言，是巴別塔倒塌以前的語言吧。

我和黃傑冰，可以像爸媽這樣溝通無礙嗎？

我想起「就是愛表現」節目錄音那天，他在電臺辦公室門前，看到黃玉清名字的驚詫錯愕表情。

當時我很想問他，他們兄妹為什麼很久沒說話，但是，黃傑冰還有一堂早上九點的課，只能看著他趕往教室……

原以為半夜的大雨會讓今天的流蘇花節活動大亂，沒想到，早上七點雨就停了，接著就是豔陽高照，氣溫飆到二十六度，人間四月天的天氣真是難以捉摸。

我打扮妥當，騎著腳踏車來到學校，特別走遠路繞到流蘇花節的活動地點——環繞著流蘇樹的大操場；細如羽毛的白色流蘇花，在詭異天候下開得爆棚，紅色的 PU 跑道上，架著一座又一座的攤位帳篷。

流蘇花節往年是我們聖仁大學的大活動，今年則成了香城地區學子的大事，沒錯，這又是薛愛殺當上學務長後的另一樁創舉，她在廣播電臺新聞中豪氣萬千地宣告——

「只有我們聖仁大學當然不夠看，我們聯合永漢大學和思牧科技大學，舉辦三校校園徵才、系所博覽會和社團展演，一次把徵才廠商和高中生通通拉進校門，同時強打聖仁大學的設計、表演、傳播學院，各種符合業界需求的學程，三校跨校修課的設計，還有多樣化的獎學金、交換學生機會。」

所以，一向在週末公休的蓉仁小館，今天恐怕要門庭若市啦。

早上八點，走在校園裡，各攤位工作人員忙著掛海報、搬桌椅，志光、大東海、三民、百官網……除了各系所和徵才公司攤位，也很多公職補習班來擺攤。

只可惜，今年看不到中文系和歷史系的攤位了。

我看著幾位穿著科技公司亮橘色 Polo 衫的工作人員，是遊戲大廠「柑田科技」的攤位，聽說這是薛愛殺動用人脈力邀來的一線大廠，看在本校有設計學院的份上，才特別來設攤，薛愛殺還給他們入口處最好的位置，我忍不住探看一線遊戲大廠的員工長什麼樣子，只看到一位俏麗短髮的嬌小三十歲女生俐落地指揮工作人員，每個人都問她：「竇副理！公司簡介放哪裡？」、「竇副理，液晶螢幕放這裡對嗎？」、「竇副理……」

我忍不住讚歎，這位副理皮膚光潔，年輕漂亮，但看來好專業，我好想知道這位「竇副理」，當年剛畢業初出茅廬時，是什麼模樣？

我也忍不住猜想，十年後，我會在哪裡？是否如願以償進入廣播電臺工作？

黃傑冰會在哪裡？他會是哪個大學歷史系裡，帥氣但沉默的教授嗎？

我輕輕撫觸鎖骨上方的蒲公英鍊墜，蒲公英是啓程向未來的種子，我想好好揣摩觀想未來黃傑冰的模樣，但是總覺得學院派的教授，不完全符合外冷內熱的他，但是我也看不清，未來的他會是什麼樣子。

找一個人惺惺相惜，找一顆心，心心相印，
在這個宇宙，我是獨一無二，沒人能取代。
不管怎樣，怎樣都會受傷，
傷了又怎樣，至少我很堅強，我很坦蕩……
我不放棄愛的勇氣，我不懷疑會有真心，
我要握住一個最美的夢，給未來的自己。
一天一天，一天推翻一天，堅持的信仰，
我會記住自己今天的模樣……

輕柔但堅定的歌聲飄蕩在錄音室裡，而錄音室外，亮著「直播中 On Air」燈號。

阿任拉下滑桿，讓溫柔的女聲和樂音淡出，我對著麥克風半閉眼睛，輕柔地說出內心想表達的話。

「今天是流蘇節，有社團系所展演，也有校園徵才廠商攤位，除此之外，舞臺區前設有短講肥皂箱，各社團系所邀請來的重量級演講者，將站在肥皂箱上，以最親民的方式，分享他們的追夢之路。」

我稍微停頓一會，放慢速度繼續說：「青春正盛的我們，急著知道未來會花落誰家，對此刻的每個人而言，未來都令人徬徨，這首梁靜茹的〈給未來的自己〉獻給每位現在、過去、或未來在香城地區求學的學子，我們一起把握盛放的流蘇季節——我是香城之聲值班 DJ 白苡茵，音樂過後，將麥克風交給下一位值班 DJ，彭祈雅。」

阿任將滑桿往前推，梁靜茹的歌聲再次迴盪在錄音室裡。

阿任關掉麥克風，「學姊，ending 收得太好了，超配合今天的活動氣氛。」

我脫下戴在頭上的紅色耶誕帽，彭祈雅已經在錄音間外等候。

她看起來有點緊張，她拉整披在身上的 Hello Kitty 粉紅色法蘭絨睡袍，我沒譏笑她恥力全開，因為，這是廣播人之間的心照不宣，我知道，這是她進錄音室的祕密武器。

離開實習電臺辦公室前，我看到節目表旁的月曆，四月最後一個星期二，被孟勝學長用紅筆畫了個大大的圈。

這一天，會公布整個四月的電臺節目收聽率，我和黃玉清第一個月的戰役，誰勝誰敗，將會揭曉。

我不放棄愛的勇氣，
我不懷疑會有真心，
我要握住一個最美的夢，
給未來的自己……

我在梁靜茹的歌聲中走出電臺辦公室。

電梯門滑開，我一腳踏入。

「唉喔！」星期六，誰會搭電梯上來啦！我揉揉額頭，發現自己撞上一個穿著牛仔襯衫的高瘦身影，是黃傑冰！

「白風小姐……妳真的老是撞進別人的懷裡，這樣叫我怎麼放心？」他語氣沒好氣，眼神卻是滿滿的笑意。

「小黃狗！你怎麼會來這裡？今天不是要去我家打工？」我覺得自己的臉頰又熱又燙。

「伯母預估人潮在十二點過後才會湧入，備料的工作已經完成啦，她說妳在值班，要我過來陪妳逛逛校園攤位。」

黃傑冰給我一朵最溫暖的笑顏，而後牽起我的手，把我拉進電梯裡。

我們離開研發大樓，沿著斜坡往下走到操場，我的手指嵌著黃傑冰細長的手指，我吞了不知道多少回口水，才勇敢地開口，「其實——我和你妹妹是競爭對手。」

「競爭什麼？」他不解地問。

「競選實習電臺副臺長。」我將薛愛殺空降，副臺長選舉翻盤的前因後果，一一告訴了黃傑冰，當然，我省略了我想邀請他上節目這件事。

「這樣啊……」黃傑冰點點頭，「雖然我和我妹不熟，但我坦白說，妳可能不是她的對手。」我想起黃玉清身穿套裝的幹練模樣，超齡的犀利眼神，忍不住哀嘆，「我不想承認，但你妹真的很殺。」

黃傑冰點點頭，「從小，不知道為什麼，她總是很拚命地去爭取她想要的東西，不管是考試還是參加比賽，如果得了第二名、第三名，她會冷冷地撕掉獎狀，對她而言，只有第一名才叫名次。」

「從小就這樣嗎……那她怎麼會……」我沒把剩下的話說出來，因為這有點在貶抑自己的學校，但黃傑冰聽懂我的意思。

「怎麼會來聖仁大學，對嗎？她推甄中差一分進最想進的C大企管，本來打算在指考拚進去，結果考試當天肚子痛失常，她想要重考一年，我媽逼她進聖仁大學。」

「為什麼？」我不可置信，「黃玉清怎麼可能會同意？」

黃傑冰嘆了口氣，「我媽還是有點擔心我，想說兄妹兩人都在家裡附近讀書，彼此有個照應，這樣她才能放心地到處出差。我媽答應我妹，等我大學畢業，就讓她自由，她要讀研、出國遊學或留學都可以。我原本要用來開右耳電子耳的費用，轉為她未來念書的學費。」

「但是，你們這麼不熟，念同一個學校，有意義嗎？」黃媽媽的神邏輯，我真的不能理解啊。

「沒意義啊，這兩年，她根本不肯跟我說話。」

「你爸媽知道你們兩人的情況嗎？」我問，黃傑冰抓抓頭髮，「不知道，他們……很忙，我也很久沒見到他們。」

「但你媽不是會打電話給你？」我想起黃傑冰〈命運交響曲〉的手機鈴聲，黃傑冰訕訕地答，「她自己不回家，但希望我早點回家，她說外面的世界不安全。」

「這樣的話，她怎麼會讓你考雅思去英國留學？」我好像第一次對黃傑冰如此刨根究底，不管啦！這是行使女朋友的權利，我想中華民國憲法應該要保障我這權益的。

黃傑冰不好意思地說：「我叔叔住在倫敦……到時我只能念倫敦市區內的學校……」

我不放棄繼續追問：「你以前有晚歸過嗎？我記得有人說過，他只認得學校到家裡的路。」

「當然沒有，」他輕輕捏我的臉頰，「直到認識妳以後。」

「所以……」我瞋他一眼，「是我帶壞你這好學生喔？」

黃傑冰伸出另一隻手，揉亂我的頭髮，「妳才知道？好在考完研究所才認識妳，不然，我肯定沒辦法專心念書。」

我停下來撥整被黃傑冰弄亂的頭髮，黃傑冰淡淡地問：「妳和我妹……要怎麼競選實習副臺長？」

我把薛愛殺的評分機制告訴黃傑冰。

「白風，絕對不要把保證收聽率最高的重量級來賓，安排在我妹最重要來賓的同一週。」黃傑冰想了一會兒，慎重回答我。

「為什麼？」我謹慎地看著我極力想邀請的重量級來賓，他點點頭，答道：「這叫下駟對上駟。」

「蛤？」

黃傑冰笑著回答，「這是《史記》裡的故事，戰國時代有位軍事家孫臏，他的好友田忌常常和齊威王賽馬，田忌從來沒贏過，直到有一次，孫臏要田忌以最差的馬和齊威王最好的馬比賽，再以最好的馬和齊威王中等的馬比賽，最後再以中等馬對決齊威王的下等馬，這樣田忌三戰兩勝，就贏了齊威王。」

「好……好多馬……」我覺得頭昏，意思是，我不該把黃傑冰和黃玉清手中的王牌黎憶星排在同一週，對吧？

「妳會邀請誰上節目啊？」黃傑冰問起，見我遲疑不答，他表情淡淡地追問：「像雷正隆那樣的校園帥哥嗎？」

我戳他一下，「你吃醋啦？」他定定看我，我也定定看著他，「如果我說是你，你相信嗎？」

「怎麼可能？」他忍俊不禁，我試探性地問他：「你不是上過電臺節目了嗎？」

「那是報告，而且，我超討厭談心路歷程，好像在別人面前脫光光一樣。」

「為……為什麼？」我覺得有人把我的心重重往下拉扯。

「我爸參加香城地區的扶輪社，他們的社刊編輯在我高一下學期時訪問我，訪談編輯一副『你都已經考上一中了，快，表現得積極樂觀給我們看』的樣子，我爸也怪我訪談照片拍起來病懨懨的，沒有積極向上的企圖心。」

我感覺心口有點疼痛。

高一，正是黃傑冰不適應電子耳與人際關係的谷底時期。黃傑冰心裡的凍原，究竟有多少層的傷心記憶啊？黃傑冰和他的家人，明明可以說同一種語言，卻像《巴別塔之犬》的主角和愛犬，根本無法溝通……

我再次牽起黃傑冰的手掌，並且把邀請他上節目的話吞回肚裡，默默地踢著路邊的小石頭。

見我沉默不語，黃傑冰另一隻手擊起我的手掌，他把五隻指頭嵌進我的，並緊緊扣住，「白風小姐，下次，認真教我手語吧。」

「你是認真的嗎？你的口語溝通沒問題，為什麼要學手語？」我抬頭看他，很是驚訝，他的神情誠摯，看起來不是隨便說說而已，「當然，看妳爸媽、張大嘴阿姨、李叔叔，那麼熱烈地表達自己，我很羨慕。」

我看著他的眼，「請我當家教啊？我很貴的，你要用什麼當家教費？」

「這個怎麼樣？」他顧盼四周，人群大概都在操場那裡，研發大樓旁沒什麼人，他輕輕地在我唇上啄一下。

我咬緊嘴唇。

「不高興嗎？」黃傑冰憂心地看著我。

「太少了，不夠……」我不敢看他的眼睛。

他笑了，俯身再啄一下。

「夠了……」我拉住他袖子，「怎麼啦？」他溫柔地望著我，我瞪大眼睛告訴他——

「我要找錢……」

他笑得眼睛彎彎，喉結上下滾動，掩飾他的緊張，我頑皮且飛快地吻他兩次，「不小心發現收太多了，要找多一點錢給你。」

黃傑冰沒說話，但手指更用力地扣住我的手。

我想，牽手、親吻和笑容，是最不怕巴別塔倒塌，最能跨越各種界線的語言吧？

既然我們都會這樣的語言，怎麼可以不多多使用呢？

當然是要用好用滿才對。

不知不覺，我們走到活動地點，整個大操場排滿攤位，紅白色的帳篷下滿是人潮，舞臺區前的肥皂箱短講區，站著一位高大結實的帥哥，是位竹野內豐型的中年男子，我看見他鬢角旁的灰色助聽器和銀灰色電子耳。

是高叔叔！

高叔叔左右兩側，分別站著兩位男同學，正以柯賜海式的舉牌方式，公告演講的主題和講者身分，「比金城武還資深的亞洲男神‧前聽障模特兒‧現任攝影家‧高義襄」和「演講主題：我都能當模特兒了，妳／你還有什麼問題？」

肥皂箱旁圍著一群少女，擎起手機狂拍他，高叔叔的演講似乎已經準備進入尾聲，他以緩慢但清晰的口語說道：「我最喜歡的表演藝術家，英國的伊芙琳‧葛蘭妮也是聽障，我們用全身當作耳朵，去傾聽世界，去走進人群，去當個表演藝術工作者，在每個當下勇敢地創造，你們一定也可以！」

肥皂箱前響起如雷掌聲，我感覺黃傑冰的指尖一勾，他專注地望著高叔叔，看來高叔叔的演講，打動了他。

高叔叔好不容易滿足了蜂擁而上要求合照的女孩們，交棒給下一位短講者，他看見用力揮手的我，走過來打招呼，「白風！」

「高叔叔，你怎麼在這？」

他綻放一個魅力爆表的微笑，「我的攝影師朋友應邀來你們學校演講，但他臨時有事卡在臺北，我來幫他代班。」

「請你來是對的，你看，你引來那麼多聽眾，等一下到我家吃飯嘛！」我央求他，哈哈，到時候一定有票迷妹跟進我們蓉仁小館，我要叫老爸把他和高叔叔的合照掛在牆上。

高叔叔看看黃傑冰，「妳男朋友啊？」

黃傑冰的眼光仍然停在高叔叔的助聽器和電子耳上，兩個男人互相對視一眼，黃傑冰輕輕撩起耳畔的頭髮。

「喔！你也是——」高叔叔一眼認出來，黃傑冰和他一樣，是戴著電子耳的人，兩人討論著各自電子耳的型號，像是聚會裡討論手機品牌功能差異的男大生。

我忍不住想笑，安靜聽他們討論，忍著不插話，但不一會兒，我發現，不遠處有人目光停在我們身上。

是穿著銀色亮片短洋裝，陪著西裝革履的校長，巡視流蘇花節現場的薛愛殺。

都說聾人其他感官很敏銳，高叔叔也不例外，他很快就感受到薛愛殺雷射光一般的目光，兩人對上眼神，互相看著對方，卻沒有人走向彼此，沒有人揮手打招呼。

流蘇花節人來人往，霎時間，我覺得，這個世界好像靜止下來。

校長對身旁的祕書說了幾句話，他也對薛愛殺說了幾句，而後走向高叔叔，薛愛殺在校長身後幾步的距離，一行人一起往高叔叔的方向移動。

「您是？不好意思，我是聖仁大學的校長。」校長向高叔叔握手致意。

「這位是前任模特兒高義襄，現在是攝影師，因為聽障身分和外表，很受媒體矚目。」薛愛殺表情平靜地為校長介紹。

「這麼多年不見，薛製作人怎麼還知道我的動態？」高叔叔眼神鎖在薛愛殺身上，不太理會校長。

「你走到哪都是媒體寵兒，我怎能不注意。」薛愛殺玳瑁框眼鏡下的眼瞳，波瀾不興，我今天才仔細看出，原來薛愛殺有很深邃的三層眼皮，這雙眼睛應該會經有殺意與銳利以外的神情。

「歡迎歡迎，幸會幸會。」校長打過招呼後，又風速移往各個攤位視察。

薛愛殺面無表情地轉過身，跟上校長的腳步。

「高叔叔……你認識我們學務長?」我忍不住問。

「Elsa……她現在是妳們學校的老師啊?」高叔叔嘆了口氣，「她是我前女友。」

「哇——」我和黃傑冰不約而同大聲尖叫。

「白風，妳不是問過我，怎麼會知道 Evelyn Glennie?就是她，在我為聽障奧運代言時，硬是把我拉去聽 Evelyn Glennie 的打擊樂演奏。」

我張大嘴無法言語，內心的播報員超想打給電臺新聞組來個現場連線——原來薛愛殺的前男友在這裡!原來薛愛殺傳過緋聞的模特兒，就是高叔叔啊!

高叔叔還有事，無法為我們解開他和薛愛殺的情史之謎，他匆匆離去，我和黃傑冰繼續一起在流蘇花節的攤位間晃蕩。

我們兩人都沉默不語，我除了被這件大八卦震驚到無法言語，更讓我驚愕的是，看到一對戀人的結局。

原來時間除了將未來帶來眼前，也會將戀人帶向陌路。

黃傑冰似乎也想到類似的事情，他沒說什麼話，只是牽緊我的手，繼續向前走，直到眼前我們被一個超大的校園徵才攤位人潮堵住去路。

「秋葉人本生命禮儀集團、夏凡國際產後護理機構聯合徵才——」，黃傑冰念出這個攤位名字，「什麼啊，有沒有搞錯，葬儀社和月子中心，怎麼會聯合徵才?」

我這幾天讀了好幾遍校園徵才廠商資料，這個問題當然交給我解答，「夏凡是這一帶有名的婦產科醫生蔡朝明開的月子中心，總共有夏凡、夏治、夏恩、夏沐四家，思牧科技大學有護理系、醫技系和醫管系，是他們主要招募的對象，夏凡的執行長嫁給秋葉人本的小老闆，而我們學校有生命禮儀學程，而且是香城地區這三所學校都可以跨校選修的，所以，兩家一起來徵才，也不奇怪啦。」

黃傑冰點點頭，我們被後面的人潮往前推，不明究理地跟著人群前進。

「快點，快點！」

「金莎花耶！幫我拿一個！」

原來夏凡和秋葉聯合徵才攤位正在發放金莎花，我們被人潮推向金莎花的發放者，分別是妖嬌美麗的短裙護理師，和魅惑的黑紗禮儀師，黑紗禮儀師叫住黃傑冰，「小天菜，你超帥的，給你最大朵的，有小熊喔。」

黃傑冰臉紅地接過，我們又被人潮推離現場。

「這個……送給妳吧。」黃傑冰雙手把金莎花朵遞給我，「謝謝……」意外地收到黃傑冰第一次送的花，我好開心。

「咦，小熊手上拿的是什麼啊？」黃傑冰拋出問題，我們頭靠在一起，湊近觀看那紅色正方形小包裝的東西。

「D-u-r-e-x 杜—蕾—斯—超—薄—裝—保—險—套——」黃傑冰念出上面的字，霎時間，我們之間的空氣好像凍結了。

「怎……怎麼有人發這個……」黃傑冰舌頭都要打結了。

「我想起來了，這好像是秋葉和夏凡的傳統……他們總是在活動現場發放這個，可以降低罹病率和墮胎率，算是出自企業社會責任的思考吧……」我尷尬地把整隻金莎小熊花塞進包包裡。

黃傑冰看看手錶，指針的位置彷彿讓他鬆了一口氣，「十一點半了，我得去妳家打工了……」

「呃……我也得回實習電臺了，下午我還要再值班一次……」

我和黃傑冰面帶超級僵硬的笑容，揮手作別。

我剛剛面對小熊手上的杜蕾斯，表現得應該還算鎮定吧？會不會太緊張，讓他以為我超菜的？會不會太淡定，讓他以為我經驗豐富？

我們是校園小清新情侶，怎麼才剛剛交往，就面臨這種考驗啦！

「不要哇……」在實習電臺辦公室的會議桌前，我抱著頭趴在桌上，腳不停地踢打，我早該想到，夏凡和秋葉喜歡發放這種令人尷尬的小東西，我應該拉著黃傑冰逃離現場才對，都是薛愛殺和高叔叔的緋聞驚嚇指數太爆表啦！

阿任來到我面前，「苡茵學姊，該妳了，趕快去戴上妳的紅色耶誕帽吧！」

我心不甘情不願地走向置物櫃，深吸一口氣，拿起我的紅色耶誕帽，走向錄音室。

我等著值班中的孟勝學長和我交接，他播放最後一首歌，而後走出錄音室。

「苡茵學妹，交給妳了。」

我戴上紅色耶誕帽，點點頭，走進錄音室，以極輕的手勢關上門。

進了這個錄音室，所有的煩惱困惑都得放下，因為，從這一秒開始，到我再次走出錄音室為止，我不是害臊的女大生白風，我是值班 DJ，白苡茵！

「今天各位的表現很好，流蘇花節三校現場，還有附近所有店家，都同步播放我們香城之聲，各位值班 DJ 播歌也都選得很好，很適合今天的氣氛，大家辛苦了。」

薛愛殺高舉滿得冒泡的啤酒杯，向我們敬酒，「我知道我在慶功宴現場，大家一定不能盡興，我留五千塊在這裡給賴孟勝保管，這裡三柱啤酒，我會打電話問店家，如果有剩下的話，這學期把大家都當掉。還有，你們有整個星期天可以處理你們的宿醉，如果星期一有人因為酒醉影響電臺運作，一樣當掉。」

薛愛殺指的是這家熱炒店的招牌，用巨無霸版試管裝著的鮮釀啤酒，要喝啤酒得打開柱狀體下方的水龍頭，用啤酒杯承接金黃色的泡泡。

大家紛紛舉起酒杯，薛愛殺將手中的黃金液體一飲而盡，將酒杯倒過來，證明她喝得一乾二淨。

我們香城之聲全體實習生鼓掌、齊聲高喊：「謝謝學務長！」

薛愛殺拎起她那咖超大的 LV Speedy，邁開長腿離去。

菜上了一半，三柱啤酒已經被大家清空了兩柱，沒想到以娘子軍為主的電臺實習生挺能喝的，我喝了不知多少杯，有點頭昏，也有點想要站在椅子上大聲唱歌，我捏捏自己的臉頰，嗯，會痛，我還算清醒。

是說我正對面坐的是黃玉清，我怎能不清醒？她只喝一小杯啤酒，直接灌下肚，臉頰一點也不泛紅，一雙滾珠般的黑眼睛反而更晶亮有神，她咣地一聲放下酒杯，叫來一杯特大冰綠茶，而且掏出筆記本，開始訓起和她同組的陳允威。

「你知道一個節目的前製作業，占成功節目的多少百分比？節目企劃表寫得不夠好，這場節目就失敗了一半！」

同樣是廣電二的陳允威縮著脖子被黃玉清罵，我都不忍心聽下去了，怎麼有人會把慶功宴當成檢討會啊，大家還是選我當副臺長吧，廣播電臺就是要散播歡樂散播愛才對啊。

「孟勝學長，你怎麼不喝啦？」有點微醺的彭祈雅拉住學長的袖子。

「我如果喝茫的話，誰來保管那五千塊？誰付錢？誰幫妳們這些女孩子叫計程車回家？」孟勝學長無奈地喝光眼前的可樂，「天啊，我到底什麼時候才能脫離這個廣播電臺啦！」

「學長最棒惹，我們愛你……」大家拍手鼓譟，彭祈雅站起來，「學長！下星期就是四月份最後一次上課，你要公布這一個月來的收聽率，可不可以先宣布結果啊？我們不會告訴薛愛殺。」

孟勝學長困擾地抓抓頭髮，「不行啦，絕對不可以。」

彭祈雅勾住他的臂膀，「學──長──拜託啦！」

孟勝學長翻了白眼，我忍不住出手幫他，「好啦，不要為難學長啦。」

彭祈雅一雙醉眼轉向我，「為什麼今天不能公開？打不死的白蟻！妳怕輸，怕被打死，對不對？」

我拍桌，「我哪有！」

彭祈雅也拍桌，「那妳邀請到黃傑冰了沒？」

小愛也拍了桌，「妳消息怎麼那麼不靈通，妳不知道黃傑冰是苡茵學姊的男──」我用僅存的清醒意志，摀住小愛的嘴，把她按回座位。

「是什麼？男什麼？男朋友嗎？」彭祈雅指著我。

「男嘉賓啦！」我辯解。

「白苡茵，妳該不會為了邀請黃傑冰，刻意勾引他吧？」黃玉清銳利眼神掃過來。

「是又怎麼樣？妳是他的誰？」我不服氣地質疑她，身為妹妹卻根本不和哥哥說話，這種捍衛哥哥的角色一點也不適合她。

「那妳自己說，妳請得動他嗎？」黃玉清冷冷問我。

「怎麼請不動！我白苡茵，不管用什麼方法，一定讓黃傑冰乖乖坐進我的錄音室！」一陣酒意上湧，我突然覺得很不想輸，於是我站起來大聲說。

「包括纏上他，當他女朋友嗎？這哪招？美人計嗎？這麼為了節目犧牲自己，妳是特務啊？」彭祈雅越講越難聽。

我忍不住猛拍小愛的大腿狂笑，「彭祈雅，妳瘋啦？黃傑冰那麼帥，就算我用美人計，我哪裡犧牲了？」

「學姊！很痛欸！」小愛大叫。

「我……我都有錄音喔！妳說到做到喔！」彭祈雅撥了她一頭長直髮，得意地揮揮手中的iPhone，開始念起自編的 Rap 歌詞，「我都錄了，我全都錄，ru-ru-ru-ru……」

我笑到肚子痛，「我怕妳啊？妳醉成蕭婆，是要怎麼錄音啦？」我往前一步，想動手去扯彭祈雅的長直髮，「啊——」我似乎沒成功，只聽到周圍一群女生尖叫，桌上有幾杯啤酒被我撞翻了，我眼前一黑，已經有點泛溫的液體流過我的袖子……

❀

「她到底喝了多少杯？」朦朧中，我聽見一個很熟悉的男聲，嘻嘻，好像是我家小黃狗。

小黃狗，快來，讓我咕唧一下——我想這麼說，卻覺得頭好重，喉頭發不出聲音。

「這三柱，大概有一柱是她喝的，今天學姊不知道怎麼搞的，明明直播很順利，她卻好像有心事一樣，一坐下來就猛喝。」這是小愛的聲音。

「其他人呢？」黃傑冰問。

「超清醒的黃玉清自己開車回家，其他人被我們學長叫計程車分別送回去了，苡茵學姊醉得太嚴重，學長不放心她搭計程車，我們騎機車也無法載她，黃玉清那個死八婆也不發揮同學愛幫忙送一下，好家在學長你正好打電話給苡茵學姊，不然我們就得三貼從市區騎回香城區了。」

「交給我吧。」我聽見黃傑冰的聲音，然後我的身體被移動，我的右手掛在一副細瘦肩膀上。

「不行，我很重——」我應該沒醉，你們看，我很擔心黃傑冰拖不動我。

「妳知道就好——」我聽見黃傑冰咬牙的聲音，小愛和阿任聞聲趕來幫忙。

我感覺自己雙腳騰空，被塞進一輛小紅車的前座，黃傑冰幫我繫上安全帶，車子啟動，我的肚子開始咕嚕咕嚕叫。

當車子在我朦朧意識中越來越常轉彎，我猜想黃傑冰已駛向香城區的山路，我的肚子咕嚕咕嚕叫得更劇烈，一股氣就要往上湧，我掩住嘴，直起身子大叫：「停車！停車！拜託你！」

黃傑冰緊急轉彎，將車子停在路邊，我掙脫安全帶打開車門滾下車，將今晚的酒菜貢獻給路樹作為明日的養分。

我吐得冷汗直冒，整個意識清醒過來，媽啊，我竟然在黃傑冰面前酒醉嘔吐，超糗的！

這時，有人幫我撩起我的大波浪長髮，撫拍我的背脊。

「沒關係，吐出來應該舒服些了吧？」黃傑冰遞給我一條手帕。

我尷尬地接過，但腦袋真的清醒不少，「說得你好像很有經驗，你喝醉過嗎？」

「我會暈眩，我不敢喝酒。是我爸，他常應酬。」我用手帕擦拭嘴角，可憐的手帕，我得買一條新的還給他了……

清涼的晚風吹來，我的眼睛從醉眼變回原來的視力，我看清這裡是我第一次坐上黃傑冰車時來到的觀景臺，「上去走走，吹吹風，等妳恢復了再回家吧，不然妳半夜被自己的嘔吐物噎死，恐怕白胖師和紅花阿姨不會知道。」

我點點頭，黃傑冰輕攬我的肩走上斜坡，我好怕他聞到我的酒臭味。

黃傑冰發話打破我的沉默，「白風小姐，我接妳上車時，妳說了什麼，妳知道嗎？」

「是什麼？」我嚇得清醒到不能再清醒，我該不會開口邀他上節目了吧？

「現在時間……十二點整……喂喂，摸西摸西，Hello——您撥的電話無法接聽，已為您轉入——苡茵信箱！哈囉，各位聽眾，歡迎在苡茵信箱，聽取愛與歡樂的留言，這裡是愛讓我們心想事成的香城之聲廣播電臺，我是節目主持人白苡茵！」

我抱頭哀號，黃傑冰卻笑了，「我的女朋友，酒醉不是喊我的名字，居然是念自己節目的片頭！」

「你怎麼知道這是我的節目片頭？」我發現黃傑冰話中的疑點，「你又沒聽過我的節目。」

黃傑冰苦笑，「說實在的，我聽不清楚，我下載了節目聲音檔，用慢速播放，才聽清楚片頭，內容的部分，我真的聽不到，就算是我們一起上薛教授節目的那一集，我的耳朵，也跟不上節目裡我自己的語速。」黃傑冰抓抓頭髮。

我覺得有點難過，黃傑冰卻輕拍我的肩，安慰我，「說真的，一樣是電臺實習生，妳真的很熱愛廣播，我妹就不是。」

我抬起頭來，反問黃傑冰：「黃玉清不喜歡廣播嗎？」

「至少在我聽力未喪失、兄妹感情還很好的十二歲以前，我從來沒看她打開收音機聽廣播過，她倒是從小就對我爸書架上那些企管故事有興趣，八歲就會問，一樣是可樂，為什麼便利商店只買得到可口可樂，很少看到百事可樂。」

「哇……」我八歲只會打電話 Call-in 進廣播電臺騷擾 DJ 呢，「既然你妹不喜歡廣播，為什麼要選廣電系？」

黃傑冰聳聳肩，「她不是被逼來念我們學校嗎？我們學校企管系比不上廣電系，於是她想做媒體經營管理，繼承我老爸當企管顧問的衣缽。」

我微瞇起眼看著黃傑冰，「你不是跟她不熟，你怎麼那麼清楚？」

「我是跟她不熟，但我不是不關心她，她訂了很多原文的企管雜誌，而且每一本都有看，年底我家的家事管理員來大掃除時，整理出來的舊雜誌，都是有用螢光筆劃線的，她的熱情應該是企管學吧……」

我想起初次見到黃傑冰時撿到的那本雅思單字書，忍不住問：「她劃線也是用尺畫，不會歪七扭八吧？」

黃傑冰狐疑地看我，「妳怎麼知道？」

我微笑不語，望著前方的萬家燈火。

「喂，白風，」黃傑冰再次打破沉默，「妳不是我妹的對手，但我想，妳一定會贏。」

「為什麼？」我轉頭看著他，他的眼瞳晶瑩，感覺他非常堅信這一件事——

「因為，沒有什麼比得上真心喜歡的力量。」

我看著晚風輕拂他的髮絲，「那，小黃狗先生，你真心喜歡的事情，是歷史研究嗎？是背雅思單字嗎？」

黃傑冰望著眼前的夜景，搖搖頭，「曾經我以為我可以努力去喜歡，因為我沒有其他特別喜歡的事，但，現在我不太確定了……」

我想追問他，鼓勵他，但是，無需任何人告訴我，我也知道，此刻，沒有比沉默和擁抱更好的語言。

於是我輕輕靠在他的肩膀上，伸出左手攬住他的腰，他的右手圈緊我的肩頭，左手緊緊牽著我的手。

就像小時候，我被鄰居男孩推倒了，媽媽沒辦法出聲安慰我，但她的懷抱和輕輕拍撫，總是能止住我的眼淚，和破皮的疼痛——

❀

（「人生海海」和「黃傑冰」的 LINE 對話紀錄）

黃傑冰：「問你一件事。」

人生海海：「我推薦岡本，很柔滑，不易破，杜蕾斯我個人不推。」

黃傑冰：「誰問你這個啦！」

人生海海：「遲早要知道，先學起來也不錯啊！」

黃傑冰：「我是要問你，你怎麼知道，你喜歡剪頭髮啦！」

人生海海：「怎麼會想問這個？」

黃傑冰：「就覺得……念歷史不是我的興趣，看白風這麼認真投入地做廣播，看白胖師做菜這麼開心，我很羨慕，我也想找到自己真心想投入的事情。」

人生海海：「你怎麼不問你媽媽？」

黃傑冰：「我媽？」

人生海海：「你知道嗎，她來我這燙頭髮，手上還是忙著畫耳環設計稿，你媽話不多，但是我隨口問她『這是什麼石』，她哇拉哇拉講了兩三個小時，什麼玫瑰石英、綠松石，聽得我頭都暈了，這種話磅程度，只有你家白風有這種功力啦！」

黃傑冰：「對啦，她是喜歡寶石勝過照顧孩子。」

人生海海：「你有沒想過，她是感謝寶石替她賺錢來養你，才這麼喜歡寶石，因為她覺得，寶石為她帶來好運。所以啊，怎麼找到喜歡的事情不重要，重點是投入啊！」

黃傑冰：「……想不到我居然有跟你討論嚴肅話題的一天。」

人生海海：「看吧，我的開示是不是好棒棒，快稱讚我！你書讀得比較多，快幫我取個很威的法號。」

黃傑冰：「海帶上師。」

人生海海：「……」

黃傑冰：「海苔上師。」

黃傑冰：「海鱺上師。」

黃傑冰：「海龜上師。」

黃傑冰：「不喜歡海產系列？那海砂屋上師……」

黃傑冰：「喂喂，上師要普渡眾生，不可以已讀不回啊！」

第十二章　冰雪城堡

喝醉酒的隔天，我腦袋一團漿糊，昨夜在啤酒屋裡的一切，我都不復記憶，我一口喝下苦澀的義式濃縮咖啡，期望咖啡因能讓我清醒一點。

黃傑冰啜了他的熱拿鐵，「今天開始，教我手語吧。」

「你真的要跟我學手語？」我看著眼前的黃傑冰，「你不是應該在背雅思單字嗎？一次弄兩種語言，你不覺得太燒腦嗎？」

「學手語不影響我背雅思單字，腦子夠大就不會覺得燒。」黃傑冰嘴角微微勾起，我摸摸鼻子，好壞，這是暗罵我腦子不好嘛。

「而且，妳已經收我家教費了，還找零了。」黃傑冰神情認真，好像一隻小狗叼著皮球，全心等待主人跟牠玩耍。

我心一軟，「好吧，在這裡嗎？」

我們在市區的熱門 IG 打卡咖啡店，人來人往，而且用餐時間限時一個半小時，我們已經用掉一小時又十五分鐘了，看來這不是手語教學的好地方。

「到妳家。」黃傑冰提議，我搖搖頭，「今天我爸媽和張阿姨、李叔叔又在打麻將。」

「到妳房間。」

我捶他一記，「孤男寡女，共處一室，這像話嗎？」

「妳這麼保守哦？」黃傑冰看來有點失望，我搖搖頭，「我沒有這麼保守，我爸媽也沒有，只是我保證，他們會從鑰匙孔裡偷看我們在幹什麼。」

「那……妳要不要到我家？」黃傑冰問。

「你家沒人在嗎？你妹呢？」我可不想週末還要看黃玉清那張冷冰冰的臉。

「我爸在上海，我媽是在臺灣，但是不是去貴婦 SPA，就是去國際女青年商會的活動，我妹呢……隱約聽到她說要和同學準備什麼論文研討會……」

於是，我坐上黃傑冰的小紅車，來到他位在青湖旁別墅區的家。

「你家……好漂亮喔。」

我看著寬敞的客廳，白色的大理石地板，白色的皮沙發，餐桌上鋪著細緻的白色蕾絲桌巾，小桌子上放著米白色鑲金邊的古董造型電話。

「沒人在家吃飯，當然乾淨漂亮。」黃傑冰淡淡地說，但我心裡隱隱作痛。

這華貴的古董電話，大概也很少響起吧？

我看著客廳的假壁爐上方，擺著一張全家福合照相框，黃傑冰的媽媽，長得和黃玉清好像，高鼻大眼，她那雙黑色滾珠一般的眼瞳，則百分百遺傳給兩兄妹。

「你說……你媽媽是做什麼的？」我問。

照片裡，穿著小香風黑白套裝的黃媽媽，戴著一副垂墜燦亮的長耳環，長長的指甲塗了緋紅色的指甲油，鑲著閃閃發光的淡水珍珠，那雙手，應該不像我老媽紅花女士的粗糙雙手，得切洋蔥、削紅蘿蔔、閃躲油炸食物時濺出的滾油。

黃傑冰看著照片裡的母親，語氣淡淡的，「她本來是銀行襄理，因為我的耳朵，辭職在家照顧我，但她閒不住，她是西班牙某個品牌耳環的瘋狂愛好者，一路從揪團購做到談臺灣區代理，我裝電子耳後，她覺得只要我不跑遠就沒什麼問題，就更義無反顧地去經營了，每年總是要去西班牙三、四次。」

「就是照片裡戴的耳環啊？」說真的，耳環很漂亮。

「是啊，小時候去做聽語訓練，她總是忙著打電話談進貨、報關，把我、聽語治療師和妹妹晾在旁邊。」黃傑冰嘆了一口氣。

「這什麼時候拍的照片？」

我看著照片裡的黃傑冰，他穿著白襯衫搭淺藍牛仔褲，黃玉清穿著白色套裝，黃爸爸也穿白色西裝，我突然覺得，這個家裡，太多白色，沒有其他顏色點綴，雖然顯得豪華寬敞，卻也太像艾莎的冰雪城堡了。

「我考上大學時。」黃傑冰幽幽回答。

而照片裡的黃傑冰，黑髮且笑容僵硬，和眼前黃頭髮，笑容溫暖的男孩，差太多了。

我出神地望著照片，黃傑冰牽起我的手，叮咚！我和黃傑冰詫異地望向大門，大門打開，照片裡的黃爸爸，拉著行李箱走進這個白色空間。

「爸……你怎麼回來了？」黃傑冰放開我的手。

「咳……」黃爸爸掏出手帕掩嘴，「有事提前回來了，你別靠近我，我感冒了。」

黃爸爸抬眼看我，眼神變得銳利，「這是誰？」還沒等黃傑冰回答，就自己說出答案：「你女朋友嗎？」

「黃伯伯好——」我九十度鞠躬，努力擠出最甜美端莊的笑容和聲音，天啊，早知道今天會來黃傑冰家，還會遇上黃爸爸，我應該穿乖女孩格子及膝裙，而不是今天這一件迷你裙了……

黃爸爸開口，卻不是回應我，而是責備黃傑冰——

「你考上臺大研究所，值得高興，但是，考上研究所就可以放鬆嗎？你要準備英國留學的考試，怎麼在這個時候交女朋友？雅思考得怎麼樣了？你知道雅思測驗成績，占申請的百分之多少嗎？在校成績好就夠了嗎？你還有讀書計畫、推薦信要好好準備，留學可不像基測，可以讓聽障生加分的！」

我嚇了一跳，昨晚我好像聽到黃玉清這樣罵人，這位阿伯是被黃玉清附身嗎？不對，我弄反了，是黃玉清百分之百拷貝了她爸！

黃傑冰沒回答，眼神從原先看我的溫暖炙熱，變回初識時的冰冷。

我趕緊幫腔，「黃伯伯，黃傑冰很認真的——」

黃爸爸上下打量我，「一個女孩子，單獨到男生家，到底受的是什麼家庭教育？裙子穿這麼短，我就說你們這種非頂尖大學的學生，不正經！要不是你和你媽莫名其妙，堅持要讀這間離家近的大學，我才不會答應！你給我注意點，別讓玉清也學壞了！」

「爸！」黃傑冰聲音變得銳利，握緊拳頭，我趕緊先安慰他，「沒事，沒事！」

黃爸爸逕自拖著名牌行李箱回房，行李箱滾輪，在這個家的雪白地板上，輕輕烙下灰黑的印痕。

黃爸爸的背影還沒消失在我視線中，黃傑冰就拉起我的手，「我們走！」

他一步步往前走，頭也不回，我看著他縮起來的肩膀，只得默默跟著他走出家門，進了車裡。

我繫好安全帶，但黃傑冰沒發動車子，只是頹喪地垂著頭，額頭往方向盤砸，叭——

意外按到喇叭，黃傑冰嚇了自己一跳，但總算讓他開口了。

「對不起，讓妳看到我家這一面。」

我搖搖頭，「沒關係。」

黃傑冰深呼吸數回，才再次開口，「白風，妳們家人……不會吵架吧？」

我摸摸下巴，「嗯……如果大聲拍桌吼叫才算吵架，我家的確是吵不起來。你們家呢？」

「不吵架，只有無止盡的冷戰。我爸和我媽，我爸和我，我媽和我妹，我妹和我……偶爾我爸會像這樣暴走，然後又是下一回合的冷戰……」

黃傑冰的語氣好頹喪，我輕輕拍撫他的背脊，「可能因為溝通不容易，我爸媽總是很急著把一切說清楚講明白，如果其中一個人賭氣冷戰，另一個人一定會一直開關電燈，逼對方面對。」

「這實在太好笑了，」黃傑冰苦笑，「我聽力健全的家人們，遠比妳的聾人爸媽，還不擅長不願意溝通啊。」

「還有更好笑的呢！」我坐直身軀，轉向黃傑冰，「你知道嗎？聽人吵架各說各話，會吵得更不可開交，聾人呢？反正他們可以一邊比手語一邊看對方比手語，反而不用吵著要對方先聽自己說。」

黃傑冰點點頭，「而且，妳爸媽的表情，比我爸媽豐富多了，妳看看我家的全家福照片，這可是攝影師央求我們十幾次，才喬出來的表情。」

我嘆了口氣，「可能對聾人而言，表情很重要吧，除了手語，他們一定會用力擠出表情來傳達自己的心情，所以，聾人要口是心非，反而比聽力正常的人難哪。」

黃傑冰牽起嘴角，泛起一絲更苦的微笑，我好想伸手撫平他的嘴角。

我輕輕出聲喚他，「小黃狗。」

「嗯？」

「博學的小黃狗，你可以告訴我，在溝通時，對話的資訊量有多重要？占整體溝通的百分之幾？」我問。

他偏頭想了一下，「嗯……百分之五十？」

我搖搖頭，「不到。」

「百分之二十?」

「也不到。」我公布答案,「我們語言學概論的教授說過,只占百分之七。」

「百分之七!這麼少?」黃傑冰瞪大眼睛。

「對,」我點點頭,「聲音表情,肢體動作,比我們想像的更重要。我爸媽比起正常人,是無法把那百分之七說清楚講明白,但是,他們比一般人,更有另外百分之九十三的優勢。」

黃傑冰苦笑了一下,「虧我爸還是企管顧問,商場上的談判專家……在我看來,他反而沒有妳爸媽擅長溝通。」

我突然明白,為什麼黃傑冰先前彷彿像是活在冰河時期。

不只是聽力問題阻擋了他和人群,也不只是高中時期配戴電子耳的不適應和人際關係受挫。即使聽力正常,即使說的是相同的語言,他們家人,不需要等巴別塔倒塌,就已經無法溝通了……

原來,這就是黃傑冰第一次來我家時,曾說我家好熱鬧的原因。

曾經,我熱切盼望父母和其他人的爸媽一樣,能在睡前說故事給我聽,能夠聽得見我上廣播電臺;但是,我白苡茵,能像春風拂起的蒲公英種子般自在溝通,不就是因為,我有一對永遠不忘溝通的父母,在扮演我的隱形翅膀嗎?

「我們……隨意走走散散心吧。」黃傑冰轉了方向盤,卻無法逆轉我的思緒。

我心疼地拍拍黃傑冰的背,也下定決心,今天晚上回家,一定要給我爸媽一個大大的擁抱。

又是星期二早上，薛愛殺的課堂。

「今天就要公布了，好緊張喔。」踏進教室，所有廣電系同學都圍繞著黃玉清，我深吸一口氣，就是今天——

薛愛殺制定的遊戲規則是，當週收聽率最高的節目，得一顆星，由孟勝學長統計，四月底公布一次，五月份開始每個星期公布一次。

今天是四月份最後一次上薛愛殺的課，孟勝學長會公布新的電臺節目開播至今的收聽率，第一回合戰役誰勝誰負，將在這天揭曉。

「緊張什麼，我們玉清勢在必得啦。」彭祈雅推了身旁的女同學，手握拳頭，做出遞麥克風狀，「黃副臺長！黃副臺長！可以請妳發表感言嗎？」

「別鬧啦。」黃玉清嗔怪彭祈雅，眼神清冷，「還沒到學期末，不要得意太早。」

「拜託，妳一定要贏，我可不想被一隻打不死的應外系白螞蟻，領導我整個大三的實習生涯，這樣叫我們廣電系的尊嚴往哪裡擺。」彭祈雅故意看著我，我翻了個白眼。

薛愛殺示意大家安靜，孟勝學長站起來報告——

「白組的『苡茵信箱』第一集，創下香城之聲重新開播以來的最高收聽率，高達百分之五點九四，第二高的節目則是薛教授主持的『就是愛表現』，四月十八日播出的那一集，收聽率達到百分之五點二，第三高的則是『苡茵信箱』第二集，收聽率達到百分之五點一。」

「水啦！」小愛拍手大樂，彭祈雅轉頭過來瞪她，「吵死了，安靜點！」

「怎麼樣——」小愛拍我大腿，「學姊，十八號播出的那一集，不就是我們和傑冰學長去錄音的那一集嗎？我們這組包了前三名，怎麼那麼強啦，哈哈哈！」

我也喜不自勝，好想將這消息，跟黃傑冰分享！

「但是，」孟勝學長咳了一聲，「白組收聽率最高的兩集都在同一週，只能幫自己得到一顆星；接下來白組後勢不振，第二週、第三週四集節目收聽率，都徘徊在四點三到四點七之間；黃組的『香城忽然一週』，在第二週、第三週都達到四點七至四點九之間，因此，黃組得到兩顆星，白組得到一顆星，請兩組多多加油。」

孟勝學長結束報告，他迴避我直愣愣的目光，我知道，人們的同情心傾向避免直視失敗者，我的心情從雲霄飛車最高處往下俯衝……

「怎麼這樣！教授，黃組不停地在節目上發有獎徵答，收聽率當然比較高，不公平！」小愛舉手抗議。

「沒有公平和不公平，將來妳去電臺工作，妳可以抱怨友臺送的小禮物比較好，來賓比較大咖，DJ 比較有人氣嗎？要不要順便抱怨別人的電臺風水比較好，薪水比較高，頻道數字比較容易被聽眾轉到？」

薛愛殺一席話，讓我和小愛低下頭，阿任低聲安慰我們，「沒關係啦，還有一個半月可以扳回一城啊！」

薛愛殺繼續講評，「黃組的節目確實用了很多小遊戲，來彌補 DJ 個人魅力的不足，白組也要加強節目企劃的能力，帥哥美女的個人訪談，聽多了也沒有吸引力。」

坐在我前座的彭祈雅，轉頭對我說：「這次再沒當上副臺長，妳就要完全退出實習電臺，不要再裝可憐了。」

我正要回嘴攻擊彭祈雅，薛愛殺宣布，「兩位組長，請分別報告未來的節目規劃。」

黃玉清挺直腰桿站起身，她身上的米白色套裝，很像總統就職典禮的打扮。

「接下來，『香城忽然一週』會將特別來賓的範圍，擴展到校友身上，榮獲今年傑出校友的歌手黎憶星，因為她行程滿檔，將在六月八日上現場節目，我們會做好一切準備。」

我也站起身，「接下來……接下來……我們會繼續邀請眾所矚目的來賓……」

薛愛殺像是想到什麼，「妳上次說要邀請歷史系的誰……就是黃傑冰吧？既然是妳男朋友，邀請他就不用擔心了吧？白苡茵，請妳振作一點，不要因為談了戀愛就忘了電臺。」

我點點頭，彭祈雅身旁的黃玉清吃驚地轉頭看我，我迴避了她的眼光。

下課鐘響，彭祈雅已經吆喝廣電系同學慶祝勝利在望，黃玉清不理會她們，逕自走到我面前，冷冷地看我，「妳真的跟他在一起？」

「我知道他是妳哥。」我看著她挑釁的眼神，如果我不知道他們兩人的關係，還真以為黃玉清是來怪我搶她男人呢。

「妳真的為了節目接近我哥？」黃玉清湊近我，眼神更加犀利。

我身體不由自主地往後一縮，「不是的，我打算放棄邀請他上節目，妳應該也知道，這對他可能是很難受、很不容易的事情。」

「我才不管他難不難受，」黃玉清揮揮手中的三星手機，「我剛剛都錄音了哦，妳說到要做到，白苡茵。」

我點點頭，小愛用力拍我臂膀，「學姊！妳幹麼答應她啦！傑冰學長的人氣真的很旺，他是我們的王牌欸。」

「我再想想辦法……我們，一定可以救我們的節目，不需要靠黃傑冰。」我是 DJ 白苡茵，更是黃傑冰的女朋友白風，我怎麼可能逼迫他勉強自己上節目呢？

小愛很沮喪，「這星期預錄好的兩集節目，也已經來不及做任何改變，我們這星期的收聽率，是不是也會輸……」

小愛和阿任皺著眉頭，我知道，他們失去了信心，別說他們不相信我，連我自己都不相信我自己。

我分別拍拍他們兩人的肩膀，「先別說了，今天中午一點到兩點，輪到我播歌對吧，我先去準備了。」

✿

我說去亦難留亦難怎麼辦，
有些話只能偷偷拿出來紀念遺憾，
我說愛亦難恨亦難分作兩半，
有些人注定和寂寞相伴，
有些人注定只能作伴……

女歌手的歌聲漸漸變小，我的聲音淡入，「畢業季節將近，相信很多學長姊在面臨各種選擇，有時選擇讓我們兩難，這首戴佩妮的〈兩難〉，獻給左右為難的你……」

「今天又是氣氛一把罩喔，學姊。」阿任對我比個讚，我只希望，我選播的歌，能夠安慰廣播電臺訊號範圍內，和我一樣徬徨又猶疑的人們。

我走出實習電臺辦公室，慢慢踱步到教學大樓，經過一個早上的疲憊，中午臨時值班，我不知道下午有沒有精神面對薛愛殺另一堂課，以及和我同堂課的黃傑冰。

沒想到，教學大樓旁的草坪前，有人已經巴巴地在教室等我。

黃傑冰遞上一個牛皮紙袋，神情輕鬆，「妳應該還沒吃午餐吧？我們一起吃好不好？」

他不敢看我，但我看得出來，他像是一隻拚命搖尾巴，等著主人讚美的可愛狗狗。

我點點頭，和他一起在草坪前的長椅坐下來，我打開紙袋，墨黑海苔裹著晶瑩米粒，看起來好好吃，我整個上午的沉悶一掃而空，「我媽叫你拿來的飯糰嗎？你來學校前還去我家啊？」

「我是去了你家，但是，這不是紅花師的手藝，是另一位大師。」

我剝開保鮮膜，咬了一口……去籽紫蘇梅配雞腿肉，酸酸甜甜的，好適合這令人鬱悶的一天，這確實不是我媽的手藝，我們紅花女士，總習慣在飯糰裡塞肉鬆或洋蔥鮪魚。

那是誰？也不是老爸，他喜歡放龍蝦沙拉或鮭魚子，他說飯糰就是要滿滿的海味，才有男子氣概。

「該不會……」我瞪大眼睛，「是黃狗師做的吧？」

黃傑冰笑眯了眼睛，我都快融化了，眼睛和心口，也莫名地有點泛酸，黃傑冰擔心地問：「怎麼了，飯糰不好吃嗎？」

「很好吃，太好吃了……」我拍拍胸口，「只是……我想，今天發生了一些事，我想，我會輸給你妹。」

我將孟勝學長的收聽率報告簡化後告訴黃傑冰，自動略去我和黃玉清的約定。

「輸了會怎麼樣？」黃傑冰問，我苦笑一下，「不會少塊肉，只是，會被踢出實習電臺；如果我要去外面的電臺實習，得經過很嚴格的面試；如果我沒有完成實習，就無法完成傳播學程，日後也進不了任何一家專業廣播電臺，我就當不了DJ。」

「妳……一定只能做廣播嗎？」黃傑冰看著我。

「除了廣播，我想不出我能做什麼，除了廣播，我什麼都不想做。」我嘆了口氣，電視臺競爭超激烈，平面媒體沒有讓我開口說話的機會，我會憋死。

黃傑冰搖搖頭，「我不是要妳別做廣播，也許妳可以試著跨出廣播的界線，我覺得妳的特質是臨場反應靈活，也許讓聽眾感受到妳的迅速反應和妳對廣播的熱情。」

這時，一對男女走過，兩人走路不看路，只看男孩手中的手機，「齁，這是歌手林捷郡吧，他在FB上直播欸！信義新光三越欸！直接去搶街頭藝人的麥克風一起合唱，好逗喔……」

他們走過我們身邊時，差點一腳踩到黃傑冰的長腳，還好他抽腿，沒被這對冒失鬼踩到。

「喂，走路要看路啊！」我站起來想揪住這兩位視力不太好的同學。

「好啦，沒關係，我沒事。」黃傑冰阻止我。

「不能這樣吧……說什麼直播，我真想直播他們被我數落的樣子。」我氣堵堵，黃傑冰微笑地看著我，糟了，我在他面前露出我仗義大姐的模樣，會不會太沒女人味啦？完蛋啦！

但黃傑冰只是笑咪咪地望著我，讓我更感到害怕，「怎……怎麼了？」

「白風小姐，妳有沒想過一件事？」他問。

「什麼事？」

「剛剛那兩個人講到直播，妳也可以在錄音室直播。」黃傑冰眼神發亮。

「直播？」我不懂。

黃傑冰耐心解釋，「妳下次錄音時，即使是預錄的節目，也可以在FB上直播一部分，讓大家看看妳的臨場反應，這是我妹絕對比不上的，還有，妳邀請的來賓不都是帥哥美女嗎？透過直播，大家可以看到帥哥美女的長相，應該更有興趣收聽正式的節目吧？總之，這不是FB那種插科打諢式的直播，而比較像是……可以看的廣播，或是廣播的預告片，然後，可以把一些問題的答案，留在正式廣播內容中，讓大家更想收聽節目。」

黃傑冰侃侃分析，我想起黃玉清在走廊上來回踱步，努力背誦笑話的辛苦身影，的確，我智力沒有黃玉清優秀，臨場反應卻比她好很多，阿任和小愛說我在節目中，不論是笑話、自嘲還是雙關語，簡直是信手拈來，他們會想跟著我做節目，就是愛上我在節目中的表現。

我彷彿被雷打到，我站起身。

「白風，妳要去哪？」黃傑冰被我的反應嚇到了，我一手抓著飯糰，一手抄起包包，「直播，直播，可以看的廣播！你說得太對了！我去找阿任和小愛！還有二十分鐘，我先開個粉絲專頁！然後跟明天來錄音的來賓說我要直播！」

我在他臉頰上輕啄一下，以示獎勵，黃傑冰揮揮手，奉上大大的溫暖笑容，「加油啊！白風小姐！」

那一天下午的表演藝術概論，第一次，我的心思不在薛愛殺身上，也不在黃傑冰身上，我的手機在桌底下偷偷處理申請 FB 粉絲專頁的事宜。

我專心到有點眼花，離開表演藝術概論時，我還覺得我看到黃玉清，簡直像見鬼一樣，而且這個鬼也穿著米白色套裝，「欸，妳有沒有看到黃玉清？」我偷偷問小愛。

「怎麼可能，她根本沒修這堂課，上了這麼多次課，也沒在這附近見過她，她這麼律己甚嚴、努力向上的人，一定超規律的，不可能出現在平常不會出現的時空嘛。」

「也是……」我偷偷瞥一眼黃傑冰，他似乎也沒看到黃玉清，做哥哥的，不可能認不出自己的妹妹吧，我甩甩頭，不行，白苡茵，不要怕黃玉清怕到把她當成自己的心魔，專心把自己的事情做好就好，這樣一來，即使輸了，也不會埋怨自己不曾努力過。

第二天下午。

「準備好了嗎？」阿任幫我的手機弄上腳架固定。

「這實在太大膽了，但是，苡茵學姊，我喜歡妳這個 idea。」小愛豎起大拇指。

我搖搖頭，「不是我的 idea，是黃傑冰的。」

「齁，有學姊夫當智庫，好好喲……」阿任和小愛異口同聲。

我比了個勝利手勢，轉頭看兩位來賓，她們也點點頭。

阿任以手勢倒數，三、二、一——

「這裡是 FM90.3 香城之聲，我是『苡茵信箱』主持人白苡茵，今天是我們第一次直播節目錄音現場喔！聽眾朋友可以目睹我們在錄音室歡樂的氣氛！本集邀訪的是思牧小護士，思牧科大護理系的第一美女顏熙慕，和本校生命禮儀學程的助教，宗教學究所的碩士班美女學姊，金嘉雯——請兩位大美女和聽眾朋友打招呼，她們為了今天的 FB 直播，還特別打扮一番喔！」

阿任將手機鏡頭 zoom-in，顏熙慕穿了俏麗護士服，金嘉雯學姊一身黑色薄紗，是超性感的禮儀師！

果然底下冒出好多愛心和留言，苡茵信箱首度 FB 直播，吸引了五千人在線上觀看，四千九百三十四人按讚。

俏護士和魅惑禮儀師節目正式在空中播出的第二天，我在實習電臺置物櫃前遇到孟勝學長。

他不能向我透露收聽率，但他低聲跟我說：「妳這一招，真的很厲害，如果每週都這樣，電臺將迎接第一位非廣電系的副臺長……呃，妳可以給我那位護士小姐的電話或 LINE 嗎？」

「護士服和禮儀師不是我首創啦，我是向某間校園徵才的企業致敬。至於那位護士小姐的電話或LINE，我如果告訴你，我會被某人像蕊螞蟻一樣地蕊死。」

「誰啊？」孟勝學長抓抓頭。

會議室的玻璃窗內有雙眼睛死命地盯著我和孟勝學長，我向那雙眼睛的主人雙手一攤，表示我沒有招惹學長之意。

眼睛的主人是誰呢？還能是誰，是上次慶功宴後被學長安全送回家，對學長的暖男紳士風範念念不忘，嚷著要再約電臺全員一起去啤酒屋的——彭祈雅同學啦！

❀

（「人生海海」和「黃傑冰」的 LINE 對話紀錄）

人生海海：「喂，你媽是不是知道你交女朋友了？」

黃傑冰：「不知道。」

人生海海：「真的不知道？」

黃傑冰：「我的意思是，我不知道她知不知道。」

人生海海：「她今天來我們店裡洗頭，指名要我洗，我嚇個半死。」

黃傑冰：「她說了什麼嗎？」

人生海海：「她問我，你女朋友是什麼系的。」

黃傑冰：「你回答她了嗎？」

人生海海：「我敢不回答嗎？你放心啦，我跟她講了很多白風的好話。」

黃傑冰：「謝謝你，兄弟。」

人生海海：「是說，你交女朋友這件事，真是香城地區的大事欸。」

黃傑冰：「怎麼可能？」

人生海海：「真的啦，好多你們學校的女生在討論你，桃花太多，我們白風要變成暴風，忙著把桃花吹走嘍～」

黃傑冰：「應該不會啦。」

人生海海：「你不了解女人，女人很容易吃醋的，啊，都怪我，我幫你剪的髮型太招桃花，怎麼辦？」

黃傑冰：「那你怎麼不幫自己剪一顆？」

人生海海：「剪你個頭，再怎麼厲害的髮型設計師，也沒辦法幫自己剪頭髮啦！」

黃傑冰：「看來你只能在二次元的世界脫魯了。」

人生海海：「你現在有女朋友，很得瑟嘛！下次剪頭髮別找我，我一定幫你剪個保證被甩的髮型！」

第十三章　醋的滋味

「欸，不是說黃傑冰冷若冰霜嗎？剛才點餐時，他對我笑欸。」

女大生A對另一名女大生B私語竊笑，我距離她們五公尺遠，但我聽得一清二楚，這絕對不是我偷聽，而是她們聲音太大了。

A：「等一下要不要把我的 IG 帳號留給他啊？」

B：「少臭美啦，對了，妳怎麼知道，黃傑冰在這裡打工啊？」

A：「看 FB『告白聖仁』知道的啊，妳看，這裡還有人貼出他穿著圍裙的照片，是不是很帥！」

B：「如果圍裙裡什麼都不穿，就更好了。」

A：「他看起來很瘦欸，不好啦。」

B：「怎麼會不好，我猜，他是『穿衣顯瘦，脫衣有肉』的那一型。」

A：「唉唷，妳好討厭，呵呵呵……」

B：「我假裝拍妳，然後偷拍他喔，來，要照嘍……」

我冷眼看兩名女大生笑得花枝亂顫，用力揮刀，將砧板上的花枝剁成小塊，這兩個花痴討論黃傑冰，好像在討論一塊美味的牛排，哼哼，這塊牛排，妳們只能看，不能吃啦。

另一邊，老爸老媽的聾人朋友，也在用手語熱烈討論黃傑冰，我們的超級熟客張大嘴阿姨，更儼然以黃傑冰的經紀人自居，對一些比較少來的聾人朋友介紹黃傑冰，兩眼狂冒愛心。

「那兩個學生妹，是來追星的吧？」一位聾阿姨問。

「她們不是第一個，最近每天都有慕名而來的追星妹。」張大嘴阿姨答。

「白胖和紅花請了這個工讀生，真是賺到了。」一位阿伯表示。

「他不只長得帥，手藝也很好，嗅覺和味覺很靈敏，白胖說，他會仔細觀察食物最佳狀態的溫度，還會仔細紀錄各種食材從生到熟所需要的時間。」張大嘴阿姨滿臉得意，好像黃傑冰是她兒子。

阿伯嘆口氣，雙手使勁比劃，「可惜了，他要戴助聽器，不然就更帥，可以當明星了。」

張大嘴阿姨拍了拍阿伯，「那是電子耳，你好落伍。而且哪會可惜，我倒覺得，他戴上這個電子耳，看起來更帥了耶。」

我轉頭看看蓉仁小館最受歡迎的男主角，天氣有點熱了，他的襯衫袖子挽起來，露出來的手臂略為纖細，但是白淨皮膚映襯淺藍牛津襯衫，暖色調的黃褐髮簡直有一圈天使光暈，而他似乎沒聽見女大生的議論，眼裡只有那一鍋熱氣氤氳的羅宋湯，好像那是世界上最重要的東西，是他精心雕鑿了十年的藝術品。

他舀了一瓢湯進碗裡，呼呼地吹氣試喝，脣色紅潤，而他捧在手中的這碗湯，好像是他的親密愛人。

我看出神了。

砰！老爸端了餐盤，送餐給兩位女大生，而後馬上轉身回到工作檯，繼續為下一位客人的餐點揮汗奮鬥。

「這人好沒禮貌！一句話都不講，放盤子還這麼用力！」女大生A很生氣。

女大生B用湯匙翻攪了食物，「欸，先生，我點的是紅燒牛腩飯，怎麼變成獅子頭啦？服務生！服務生！奇怪了，怎麼都叫不聽啊！」

我放下菜刀，趕緊洗手就要衝上前解釋，黃傑冰拉住我的袖子，示意我停下來，他冷靜地走向女大生面前，「抱歉，他是聾人，他聽不見，餐點送錯的話，我幫妳換。」

「不會啦，喲，這家店的老闆這麼好心，雇用聾人哦？這樣很不方便欸，應該多雇用像你這樣的帥哥服務生啊。」

可惡！我準備上前理論了。

黃傑冰淺淺一笑，淡淡地說：「那位先生就是老闆，還有，這裡賣的是美食，不是帥哥，好好享受我們為您準備的美食吧。」

「不……不用換啦。」女大生紅著臉默默地吃起飯來。

「謝謝你。」黃傑冰回到工作檯後，我對他說。

他微微一笑，「應該的。」

但我笑不出來，我不想承認，醋意讓我眼睛故障，我怎麼覺得——他對我的笑容，和對那兩名女大生的笑，好像……沒有什麼不一樣？

看我訕訕不說話，黃傑冰解釋，「如果妳去找那兩個女生理論，她們可能會覺得沒面子大鬧起來，我去講就不一樣。」他以為我是因為沒能及時挺身而感到懊惱。

「也是……」我很想問他，怎麼這麼理解女生的心理，話一出口卻變了——「你是有讀心術嗎？」

「很多人都這樣講。」他神祕一笑。

那，你怎麼讀不出我的心呢？

我覺得胸中好像有塊大石頭，卡卡的，但是，那一天，我趕著回學校電臺錄音和直播，沒和黃傑冰多說上話，等我回到家，店裡已經打烊。

我試著用廣播、音樂、洋芋片，來撫平心中那種莫名的感覺，卻似乎都沒有用……

第二天，我下了課回到家，看見黃傑冰正站在椅子上貼海報。

「這是什麼？」我拾起一張捲起的黃色海報紙，打開來看。

「關於蓉仁小館——

這是聾老闆與聾闆娘開設的美味小店，由於聾人聽不見聲音，送餐時可能大聲了點，請見諒喔！

如果有需要叫老闆或闆娘，您可以：

一、拍拍他們的肩膀。

二、在他們面前用力揮手。

三、找到最近的電燈開關，開關各一次。

老闆和老闆娘聽不見，但絕對不是不禮貌，美味誠意百分百！」

我拿起另一張綠色海報紙，赫然看見上面有黃傑冰的照片。是簡單的手語示意圖，有「歡迎光臨」、「我要點餐」、「多少錢」、「好吃」、「不要辣」、「不要香菜」、「請慢用」、「謝謝」、「歡迎再度光臨」……

還有一張粉紅色海報紙，上頭寫著「即日起，使用手語點餐，享特製甜點一份！」

黃傑冰完全把蓉仁小館打造成手語特色餐廳了！

「這……都是你做的？怎麼沒找我幫忙呢？」我喉頭哽咽，只能輕聲問黃傑冰。

黃傑冰笑了，「我們親愛的白風小姐，最近忙著錄節目和直播，這件事我來就可以了。」

「畢竟……我是這家蓉仁小館的女兒啊，我卻沒想到可以做這些……」

「畢竟……」黃傑冰拉著我的手，模仿我的句型，「畢竟，我是這家蓉仁小館的女婿嘛，做這些也是應該的。」

我的臉瞬間變得又紅又燙，「誰，誰說我要嫁給妳啊？」

門口感應燈在此時亮起，阿海的聲音傳來，「誰要嫁給誰啊？」他拎著一個大包包出現。

黃傑冰的臉也漲得通紅，阿海看看我又看向黃傑冰，「你偷擦腮紅啦？怎麼臉這麼紅，快點，我很忙欸，先幫你造型一下，我身兼化妝師和攝影師，出場費可不便宜喔。」

「知道啦，白胖老闆說，讓你免費吃十頓飯。」黃傑冰表示。

「那我每餐都要點好點滿，點到吐為止。」

阿海從包包裡掏出髮蠟和梳子，開始抓黃傑冰的頭髮，黃傑冰任他乖乖擺佈，不知怎麼地，我聯想到寵物美容店裡的高貴名犬……

阿海掏出一條全新的牛仔顏色圍裙，幫黃傑冰穿上，綁上一個漂亮的蝴蝶結。

我瞄了他的大包包開口，嘩，還有眼鏡盒、廚師帽、日式頭巾，怎麼這麼多「機私」？

「你們要做什麼啊？」我回過神來問問題。

阿海神祕兮兮地眨眼，掏出 iPhone 手機，他和黃傑冰一起走出店門，我趕緊跟進。

「一、二、三，Action！」

黃傑冰站在我家店門招牌旁，落落大方地介紹，「這裡是蓉仁小館，是永漢街商圈不可或缺的美食，但他也是一家特別的小店，蓉仁小館這名字，來自老闆和老闆娘名字的一個字，更是聾人的諧音……」

他們忙到晚上開店前，打烊後，又早早回去，說是要做影片後製。

當天晚上，黃傑冰傳來一個連結，是蓉仁小館的臉書粉絲專頁，還有阿海剪輯好的影片。

黃傑冰介紹小館的片頭之後，跑出字卡，「鏘！老闆放盤子怎麼這麼大聲？」

戴著平光眼鏡的黃傑冰現身，「聾人聽不見自己動作造成的聲音，所以有時會太大聲，絕對不是不禮貌喔！」

字卡又蹦出來，「這裡的老闆夫妻不出聲，好沒禮貌喔！」

黃傑冰戴著廚師帽現身，「老闆夫妻不說話，但他們用料理傳達溫暖和愛。」

字卡再次蹦出來，「這麼好吃的紅燒獅子頭飯，畢業了我就吃不到了，怎麼辦？怎麼辦？怎麼辦？」

這回，黃傑冰戴著藍色花紋日式頭巾出現，這個造型讓他多點粗獷氣息，「蓉仁小館即將推出冷凍宅配包，想念蓉仁美食和校園時光，可以在FB私訊留言購買喔。」

這則影片一個晚上就得到三千多個讚。

我覺得眼睛酸酸澀澀，只能邊擦眼淚，邊傳個「謝謝」的LINE訊息給黃傑冰和阿海。我忙著建立自己節目的粉絲專頁，忙著為節目直播衝點閱率，怎麼就沒想到幫爸媽弄個粉絲專頁呢？

感動之餘，我倒是記得要做一件事。

我傳LINE給黃傑冰，「所以你有FB帳號啦？加我一下吧！」

但黃傑冰拒絕了我，「那是為了管理蓉仁小館粉專申請的，沒在用啦。不過妳放心，我有幫妳的粉專按讚喔。」

我氣得搥枕頭，在床上翻滾了三圈，吼，誰要加你好友啦，誰要你按讚，我只是好想看到黃傑冰的帳號頁面，出現「和白苡茵穩定交往中」的字眼，把那些討厭的女蒼蠅們趕走啦！

隔天傍晚，我在蓉仁小館遇上黃傑冰，他看我懨懨沒精神又不太愛講話，緊張地把手掌放在我額頭上，我搖搖頭，「我沒生病啦。」

看他還是不肯放下擔憂，我只好找話講，「你怎麼想到要做海報和影片啊？」

「我在網路上看到，加拿大有家只准用手語點餐的餐廳 Signs Restaurant，覺得蓉仁小館也可以是臺灣的 Signs Restaurant。」黃傑冰一笑，我覺得，這些日子以來，他臉上的線條更加柔和了。

「你的手語進步了。」我訕訕地吐出一句。

「我看公視的『聽聽看』，網路上很多學手語的資源耶。」他一邊說，還一邊用手語同步翻譯自己說的話，我既高興，也感到淡淡的心酸，「就連在學手語，你也是個好學不倦的好學生，哪，我這老師要用來做什麼？」

「當然是用來……」他環顧四周，老爸老媽正在冰箱前整理食材，老爸的一隻手在老媽屁股上，黃傑冰趕緊在我臉頰上輕啜一口。

「色鬼。」我嗔他一眼，想要說什麼，喉嚨卻突然覺得又乾又癢，「咳咳咳……」

「妳怎麼啦？感冒了嗎？」黃傑冰的眉毛簡直快糾結了。

「最近忙著錄節目，還有錄各種直播影片，覺得喉嚨有點緊。」我摸摸自己的喉嚨，小心地偷瞄老媽，但是已經來不及了，老媽明明聽不見，卻感應到我在咳嗽，

從冰箱門前飆過來，怒氣沖沖地對我指手畫腳，「要妳多吃點白木耳，妳就不聽。」

我也擠出最嫌惡的表情，「我就不喜歡嘛！」

黃傑冰在一旁看我和老媽互相抱怨彼此，我眼角餘光瞥見他的笑臉，原先淡淡的鬱悶一掃而空——真好，這張曾經冷若冰霜的臉，終於展露了他原本該有的溫暖與燦亮。

我相信，他和阿海特別拍攝的這段影片效果會很好，對蓉仁小館的生意好，對黃傑冰本人，更好。

沒想到，效果根本是超級好。

「學姊，別看了，妳的眼神像雷射光，快要把那個和黃傑冰聊天的女生活活燒死了，快點吃，妳的麵要糊了。」

幾天後，我在蓉仁小館，和小愛一起吃麵，但小愛狠狠地戳我一記，我才發現我下意識地不停用筷子戳碗裡的麵。

我放下筷子，「我……我哪有。」

小愛拿起湯匙當麥克風，「請問白芨茵小姐，對於黃傑冰先生變得開朗，有什麼看法？」

「很……很好啊。」我訕訕表示，夾起一條麵，送進嘴裡。

「曾經專屬於妳的笑臉，現在也開放一般民眾索取，是不是覺得心裡酸酸的、怪怪的？」好討厭，小愛幹麼直戳我要害啦！我板起臉，「我……別假裝採訪我了，不好笑啦。」

「依我的看法，妳在吃醋。」小愛下了結論。

「妳這是兩性談話廣播節目嗎？」我口氣非常差。

黃傑冰端著飲料和燦笑過來，「在討論什麼，妳好像不是很開心？」

我趕緊擺出我最明媚的笑臉，滿心期待，「才沒有……小黃狗，今天晚上你有空嗎？」

「嗯……我有東西要研究，怎麼了嗎？」黃傑冰一臉困惑，我趕緊搖搖頭，「沒什麼。」

黃傑冰撤回餐盤，繼續忙著應付因為 FB 和影片而來的客人，更精確地說，是女客人們。

我嘆了一口氣，看著黃傑冰走向其他女孩的背影，原來，當大眾情人的女朋友，就得忍受這種滋味啊。

「學姊，人生第一次吃醋，是什麼感覺？」小愛又湊過來。

「不要問這種問題，就是這樣人們才討厭記者，讓我告訴妳是什麼感覺。」我拿起桌上的烏醋和白醋，一起往小愛的牛肉麵裡猛倒。

「厚，這樣是要怎麼吃啦！」小愛簡直快哭了，我沒好氣，「妳不是想知道，吃醋是什麼感覺嗎？」

「臭學姊！」小愛含淚，端起餐盤走向工作檯，自己打包這碗麵。

「再加點醬油就好了，幹麼打包？」我問她。

「帶回去給阿任吃啦！」小愛氣沖沖地回我。

「那下次我要訪問阿任，身兼工具人和廚餘桶，是什麼感覺？」我繼續酸言酸語。

小愛瞪我一眼，我發誓，我這麼酸，絕對不是又有兩個女大生拉著黃傑冰合照，還一左一右摟著他手臂的關係……

我覺得心裡有點失落，理論上，我應該為黃傑冰的改變而高興啊。

❀

嫉妒是粒沙子，

鑽入愛人的鞋子，

折磨著愛情的傻子，

忍得住忍不住怎樣也不是珍珠……

「聽完周筆暢的〈嫉妒〉，我們來聽好好先生 Mr. Nice 的〈吃素不吃醋〉。」

吃醋沒完沒了，查勤沒完沒了，
探聽沒完沒了，到後來你還盜帳號，
吃醋沒完沒了，查勤沒完沒了，
探聽沒完沒了，打電話來一哭二鬧三吵上吊……
肉吃太多，身體會變酸，
無處消耗，變得很不安，
不如響應，星期一，星期一，
星期一，星期一，星期一，吃素不吃醋……

走出錄音室前，幫我控機的阿任叫住我，「厚，學姊，妳今天的編歌不是吃醋，就是嫉妒，怎麼回事啊？聽了這些歌，我覺得空氣聞起來都變酸了！」

「沒什麼。」我淡淡地回答。

「還用說嗎，我們的白風小姐，被一隻小黃狗弄得心煩意亂啦。」小愛走進錄音室，掩嘴竊笑。

「小狗不是最忠誠的嗎？沒問題的啦。」阿任回答。

我撇撇嘴，「才怪，我想給他戴項圈和植入晶片，我還要找訓犬學校，要教練好好教他，不要隨便跟人走。」

小愛拍了我一下，「學姊拜拜，說不定有什麼驚喜在等著妳喔！」

「不要有驚嚇就不錯了，還能有什麼驚喜。」我沒好氣地回答，走出實習電臺辦公室，卻發現黃傑冰在辦公室門口。

他靦腆一笑，「嗨，白風小姐。」

看見他，我心裡很高興，卻裝作不太在意來掩飾我內心翻騰過度的小劇場，「你今天不打工嗎？還是我爸媽又在打牌不營業？」

「我今天請假。」他一本正經回答，我反倒緊張了，把手放在他的額頭上，「你怎麼了？身體不舒服嗎？」

黃傑冰拿下我的手，握住我的手掌心，「我向雇主申請，要和他的女兒約會。」

「你又沒先問我，怎麼知道我有沒有空？」我心裡一軟，但是想到最近暗自吃下的飛醋，忍不住拿翹，還把手抽回。

黃傑冰垂下肩膀，「沒空啊，我明明向小愛確認過妳的班表和課表了，那我只好自己去囉，拜拜，白風小姐。」

我很沒骨氣地拉住他的袖子，「去……去哪？」

「去看電影，好嗎？」

我猛點頭，他微微一笑，牽起我的手，我滿心歡喜地搭上他的小紅車，車子來到百貨公司附設的影城。

我看他車子熟門熟路地轉進影城旁邊的停車場，忍不住問他：「你常來看電影嗎？」

他點點頭，「偶爾來，用手機購票，可以不用和售票員溝通，很方便，而且電影不論洋片國片，都會有字幕，我不必怕跟不上演員的語速。」

「你都自己一個人來看啊？」我忍不住追問，他回答，「是啊，有次約阿海來，他喜歡看砲聲隆隆的爽片，我的耳朵很不舒服，就再也不約他了。」

我們從停車場走出來，經過中庭要走進影城的側門，一個嬌嫩的女聲傳來，「請問，你是黃傑冰嗎？」

我們停下腳步。

「你……我看了你介紹蓉仁小館的影片，你好棒好有愛心喔，我可以跟你一起合照嗎？」女孩不由分說將手機塞進我手裡，「請幫我們照相，按這裡就可以囉，美肌請開最大喔。」

黃傑冰一愣，我咬緊下脣，看著手機框起我男朋友和其他女孩的合影。

「謝啦～」女孩雀躍不已，明明是跟我道謝，眼睛還是看著黃傑冰。

「妳確實該好好謝謝我女朋友。」黃傑冰似乎察覺我神色有異，但女孩早已踩著愉快的細碎步子離去。

黃傑冰牽起我的手，我冷漠地抽回。

「怎麼了？」

我轉過身，不想讓眼淚飆出來，但是……我忍不住了。

「妳怎麼了嗎？妳不喜歡別人找我合照的話，以後我一定拒絕。」

黃傑冰的聲音從背後傳來，我的鼻翼和肩膀一起用力抽動，「白風小姐，不要哭嘛……」

我不肯回頭，因為我覺得自己肯定哭得很醜，「為什麼叫我不要哭？那些女生歡欣鼓舞地找你合照，拉手搭肩，甚至作勢要親你，你為什麼讓那些女生做這樣的事？」

黃傑冰沒有回答。

我咬緊下脣，完蛋了，我這個打翻的醋桶兼戀愛生手搞砸這一切了，黃傑冰該不會再次結冰吧？明明五月初的天氣已經很熱，今天更是好像所有的水氣都鬱結在空氣中，一呼一吸都是溼漉漉的熱氣，但此刻我覺得好像突然來到北極。

「白風小姐，記得薛愛殺說過，這是一段不可以背對的愛情嗎？」黃傑冰的聲音低低地傳來。

「妳哭的話，我聽不清楚妳說的話，妳轉過頭去哭，我無法看見妳的嘴脣，根本讀不出妳的意思……」

我心上彷彿被重擊一掌，最近黃傑冰在我面前溝通無礙、對答如流，我幾乎忘記了他左耳耳畔的藍色小機器；我忘記，他要溝通無礙，得付出多少努力。

我緩緩轉過身，但低著頭，不敢看他。

他拉起我的雙手，「永遠不要背對我，好嗎？」

我輕輕地點點頭。

「相信我，我和那些女生合照，只是因為我以為這對蓉仁小館的生意有好處，如果妳不喜歡，我可以拒絕……」

我再次點點頭，但仍不敢看他。

「白風，抬起頭來，我需要看到妳的嘴脣。」他說。

「看我的嘴脣，要做什麼……」我明明知道他需要讀脣，但仍說這樣的廢話，因為來我心裡的嫉妒退卻了，卻換愧疚襲來……

「要……像這樣子……」他輕輕地吻上我的嘴脣，周圍人群響起小小的聲響。

當他的嘴脣輕輕離開我，我終於敢抬眼看他。

我看見彎彎的眉眼，一抹溫柔至極的微笑。

黃傑冰握緊我的手，眼瞳彷彿要看進我心裡深處，「我變得敢於站在人群面前，敢於表達，都是因為妳啊，懂嗎？」

「嗯……」

為了讓我開心些，黃傑冰說他要將電影的選擇權完全讓渡給我，即使我像阿海一樣，選了砲聲隆隆的爽片，他也會毫無怨言，忍耐著看完。

我掃瞄了一下今日放映的片子，決定選一部步調悠緩的，描繪青春夏日、小鎮街坊人情和夢想的日本電影。

看什麼其實不重要，重要的是，我不想讓黃傑冰耳朵感到任何的不適，重要的是，我們一起看電影，而且，我的手，整整一小時四十五分鐘，都在他的手心裡。

看完電影，沿著手扶梯下樓，黃傑冰重重地嘆了一口氣，「像電影裡的男主角，有自己的夢想，真好。妳也有自己的夢想，真的很好。」

「那，你有自己的夢想嗎？」我望著他，他搖搖頭，「我不知道，不過，現在我有一個小小的夢想。」

「什麼夢想？」我真的好想知道。

「我想讓妳成功地吃下白木耳和杏仁。」他笑得促狹。

我嚇得倒退三步，「白木耳！你說有東西要研究，該不會就是在忙這個？」

黃傑冰點點頭，我差點要尖叫，「這麼噁心的東西，我怎麼吃得下去啦！」

他雙手叉腰，看來很得意，「我保證讓妳覺得好吃，當然，不會像我這麼好吃。」

我打他一下，「不好吃怎麼辦？」

「只好獻出我自己讓妳吃囉……」矮額，講這麼害羞的話，黃傑冰卻絲毫沒有降低音量，我也不客氣了，「我的意思是，你不好吃怎麼辦？」

黃傑冰笑得有點壞，「妳又還沒吃過，妳怎麼知道？」

「咳……」站在我們前方的中年婦人用力咳了一聲，回眸瞪我們一眼，我斂住笑容，該不會是我們講話太露骨，惹人不快了吧？

我瞥了黃傑冰的側臉，我真想不到，當初惜話如金的冰河男，骨子裡似乎相當地熱情啊……

因為我還要剪輯預錄好的節目，黃傑冰送我回學校。

他停好車，陪我走回研發大樓，一路上，我們輕鬆地聊著。

「最近收聽率怎麼樣？收看妳直播的人好多啊。」

「哪有你親自上陣，介紹蓉仁小館的影片多？已經有八千人按讚了啊。」

黃傑冰有點不好意思，我踮起腳尖揉亂他的頭髮，「感謝你提供的點子，本 DJ 的節目收聽率勢如破竹，五月份薛愛殺要我們學長每星期公布一次收聽調查報告，我和令妹的比數，已經來到黃金交叉。」

黃傑冰笑開了，但臉色又微微染上陰翳，「可惜，我還是聽不清楚妳的節目。」

黃傑兵踢著小石子往前走，我在心裡暗暗下決心，等我拼完這場副臺長生死戰，我一定要找一集節目，放慢說話速度，讓黃傑冰聽清楚，還要編播幾首代表我心意的抒情慢歌給他聽。

我們走過研發大樓前的一片海報牆，一幅新張貼的大海報，吸引我們的目光。

「二〇一八年畢業典禮·畢業生致詞代表·徵的就是你！最別開生面的畢業典禮，需要表達最特殊有創意的致詞代表……」

我推了黃傑冰一把，「你要不要參選畢業生致詞代表？」

他瞪大眼睛，「我？怎麼可能？」

我整個嗨起來了，我覺得這個主意超棒的，「你長得帥，考上臺大研究所，最近又在某位知名實力派的美貌 DJ 鼓勵下，表達能力突飛猛進，變得超厲害，有誰比你更適合？」

黃傑冰搖搖手，「不可能，不可能啦。」

「算了，又沒強迫你。」我再次把黃傑冰頭髮揉亂，不過，我這才深刻地感受到，畢業典禮將要來臨，這不就代表……我和黃傑冰常常見面的日子，即將告終？

「欸，你去臺北念研究所後，會不會想我？」黃傑冰說不能背對他，還要仰臉直視他，方便他讀脣，但我的心裡，擔心的烏雲湧現——他去臺北後，在美女如雲的首都，會不會……

「我會每個星期回來香城看妳，因為，我一定會想念蓉仁小館的菜色。」黃傑冰回答。

我輕捶他一記，「你是愛吃，還是愛我？」

「當然都愛。」他抓住我的拳頭，「臺北很多廣播電臺，也許，畢業後妳可以到臺北工作，這樣，我們就能天天見面……我查過了，News98 廣播電臺就在捷運古亭站附近，離臺大很近……」

我看著他的眼睛，原來，不是只有我在默默在意我們的未來……

我牽起黃傑冰的手，距離研發大樓門口只剩五公尺，但是，我要這五百公分的距離，每一步都是實實在在掌握的，滿滿的溫暖幸福。

❀

（「人生海海」和「黃傑冰」的 LINE 對話紀錄）

黃傑冰：「喂，今天晚上你家能讓我借宿一晚嗎？」

人生海海：「欸……不太方便。」

黃傑冰：「有女人喔？」

人生海海：「欸……你怎麼啦？」

黃傑冰：「我跟我爸媽大吵一架，為了我交女朋友這件事。」

人生海海：「這可喜可賀，有什麼好吵架？」

黃傑冰：「我媽問我妹，白苡茵的家庭背景。」

人生海海：「她家背景怎麼了？她姓白，身家超清白啊。」

黃傑冰：「我爸媽說，她們家是聽障，以後我和白苡茵的孩子一定也是聽障！」

人生海海：「啊聽障的孩子是會怎樣？」

黃傑冰：「我媽說……會讓父母很煩心……」

人生海海：「真的太過分了，你來，來來來哩來！是兄弟就要讓你來！管他什麼女人！看來我啜了，我還以為永漢街田馥甄的活潑進取，可以融化你爸媽的心。」

黃傑冰：「太感動了！兄弟！還有，是錯了，不是啜了。」

人生海海：「……」

黃傑冰：「別這樣，我又不是第一次糾正你錯字，別生氣，我直接開車到你家？」

人生海海：「你是黃傑冰嗎？阿海的好基友嗎？我是阿海的初戀女友，他能不能和我復合，就看今晚這一戰，你還要跟他講什麼嗎？給你們五分鐘。」

黃傑冰：「不了……大嫂好，晚安，我沒事的，祝你們有個愉快的夜晚……」

人生海海：「是我啦，不要理她，是兄弟怎能不照顧你。」

黃傑冰：「是那個店長吧？不行啦，你不是超想念她？我去白風家好了，在餐廳椅子上睡一晚，沒什麼的。」

人生海海：「真的嗎？」

黃傑冰：「真的。」

人生海海：「不要睡什麼椅子，去你女朋友的房間啦。」

黃傑冰：「大頭啦，快點回去找大嫂，春宵一刻值千金……」

第十四章　我聽見你

剪輯完節目，回到家，梳洗完畢，窗外下起暴雨，我趕緊衝去陽臺，今天老媽沒察覺暴風雨，我趕緊把晾乾的衣服都收下來，連同爸媽的衣物也先收進來。

我提著洗衣籃走進房內，才發現我的手機不住地滋滋震動。

我拿起手機，發現十分鐘前黃傑冰傳來LINE訊息，「我在妳家門口，妳家有空房間，可以借我住一晚嗎？」

我趕緊回傳，「怎麼了？」

「我和我爸媽吵架了，我實在待不下去，阿海家……有女人在，不方便。」黃傑冰的訊息嚇得我趕緊奔下樓開門，他車上沒有傘，廊簷遮不住大雨，他的頭髮和襯衫已經溼了大半。

「怎麼不在車裡等呢？」我心疼地看著他，暗暗的餐廳內，黃傑冰困惑地看著我。

這不像他平常的反應。

我上前撥開他左耳耳畔的濡溼黃髮，藍色電子耳沒掛在他白皙的耳殼上。

餐廳裡沒亮燈，他讀不到我的唇形，因此不理解我的話語。

「你的電子耳呢？」我打開燈，而後手比他的耳朵。

「摔壞了。」

「怎麼會？」黃傑冰沒回答，他淡淡地問：「伯父伯母呢？我是不是應該跟他們打個招呼？」

「呃……我想，不必了。」我訕訕地回答，黃傑冰很困惑，「不行啊，這麼晚來打擾，一定要跟他們說一聲的。」

暴雨淅瀝聲中，從樓上還是傳來碰撞與嘶吼的聲音，黃傑冰聽不見，但也感受到天花板上方，二樓地板的震動。

他再次困惑地看著我，我好想掩面大叫，但是我不得不跟他說明清楚。

我對上他的眼神，非常緩慢、一字一句地告訴他：「就是你想的那樣，我爸媽因為自己聽不見，所以不知道我都聽得見……因此，不用跟他們打招呼了，他們很忙。」

我覺得相當難為情，趕緊拉著黃傑冰上樓，幫他找了條乾淨毛巾，老爸的乾淨短褲，和一件以前參加營隊發的XL號T恤，把他推進浴室。

當他頭髮溼漉漉地從浴室走出，我才想到，我家並沒有空房間。

「沒關係，我睡沙發就可以了。」他一屁股坐上客廳沙發正中間，卻尖叫了一聲，整個人陷進沙發裡。

我感到很不好意思，卻還得記得放慢講話速度，「抱歉，沙發年久失修，有些塌陷，你如果睡在這裡，保證你閃到腰。」

黃傑冰不知所措，我抓抓頭髮，「呃，不然你還是來我房間好了，我不會對你怎麼樣的。」

第二次踏進我房間，黃傑冰仍然有點不好意思。

「地板又硬又冷，你會感冒的，你……睡床上吧，我真的不會對你怎麼樣的。」我根本不敢看黃傑冰。

黃傑冰乖巧地照做，緊縮在靠牆的一側，我僵硬地躺下，身軀緊貼著床的外緣。

「你習慣關掉所有的燈，還是留一盞小夜燈？」我問。

「留夜燈吧。」

於是，我扭亮床頭小小暖黃的燈。

「晚安啊。」雖然黃傑冰要我別背對他，這個時刻還是背對他好，以免尷尬。

黃傑冰沒回答，我才想起，他沒戴電子耳又閉上眼睛，根本聽不見我道晚安。

於是我轉身看看他，他僵硬地仰躺著，眼睛又打開了。

我輕輕拍他，「晚——安——」

他眼神炯炯發光，「白風小姐……」

「嗯？」

「我……可以……要一個晚安吻嗎？」他這眼神分明在討抱，我忍不住笑出聲，飛快地啄了他的嘴唇。

當我正要抽身躺回原來的位置，黃傑冰一把抓住我，捧著我的頭髮，輕輕地，慢慢地吻我，而後越吻越深，越吻越深……

我感覺我們兩個人的呼吸變得好粗、好急促、好灼熱，不知從什麼時候開始，我們兩個的身軀，已經緊緊貼在一起。

我伸手輕輕從他的T恤下緣探進，觸摸到他纖細但結實的身體，我的舉動好像觸動了什麼開關，黃傑冰抱著我的力道變得更大，將我緊緊地箍住，從我的嘴唇一路吻著我的耳畔、頸項，而後向下蔓延。

我覺得我整個人在他懷抱裡，像是一朵盛放的花，他貪婪地聞香，卻在緊要關頭嘎然而止。

「怎麼了嗎？」我腦袋一片慌亂，難道，今天小花圖案的內衣太幼稚，他不喜歡這種風格嗎？

「不行，沒有保障，我不能傷害妳。」黃傑冰重重地喘息。

「啊——」我抓頭髮大叫，我掩住臉，但想到黃傑冰需要讀脣才能識別我的話，我放開雙手，也放下矜持，艱難地擠出這句話——

「不，我有保險套。」

「妳怎麼會有？」他很驚訝。

我指著書桌上的包包，「流蘇花節……記得嗎？我很少整理包包的……」是的，金莎巧克力早就被我吃掉了，小熊和它手上的小東西還在包包裡。

小夜燈的燈光下，我看得出黃傑冰漲紅了臉。

「你去拿吧。」說完，我遮住臉，我還是想要保留最後一點矜持啊。

黃傑冰翻身下床，在我的包包裡翻找一陣，而後轉向我，「白風小姐，妳的包包好亂喔……我找不到……」

「啊——」我再次大叫，徹底拋開所有的矜持，「你過來給我躺好！我來找！」

黃傑冰像隻在馴犬學校表現優良結業的狗兒，迅速達成我的指令。

我在包包夾層中，找到小熊和它手中的紅色方形鋁箔包。

我回到黃傑冰身邊，七手八腳地照著以前看過健康教育影片的殘存記憶，和黃傑冰一起撕開這個紅色方形小包。

當一切就緒，黃傑冰遲疑了一下。

「怎麼了？」我仔細看著他的眼。

「我怕……我聽不見妳，不知道妳要的是什麼。」他解釋。

我伸手攀住他的頸項，「沒關係，你……請你以你的心，用整個身體，來聽見我。」

他點點頭。

窗外的暴雨下得更加劇烈。但是窗外的一切與此刻的我們，完全是兩個世界。

我們只聽見彼此的呼吸，心跳，脈搏……只聽見彼此在身體裡掀起的滔天巨浪。

天光透過窗簾照到我的臉上，我看見黃傑冰躺在枕頭另一側，長長的睫毛像天使的羽毛，我忍不住，輕輕吻上這層柔軟的眼睫。

「醒了？」他緩緩張開眼，眼神朦朧而困惑。

「嗯……你昨天晚上來我家，說你和爸媽吵架了，呃……然後……」我解釋，黃傑冰眨眨眼，眼睛裡仍舊蒙著一層水霧，我好想什麼都不要說，只把這隻小黃狗抱進懷裡，但，我怎麼覺得自己像酒後亂性還要煞費周章解釋啊？

黃傑冰眼神凝在我身上，溫柔一笑，「我都記得。」

我臉一熱，他的臉湊過來，在我耳畔輕聲吐露：「借過，我想上廁所。」

我趕緊挪動身軀，並不忘用棉被緊緊裹住自己。

黃傑冰快手快腳套上衣服，輕輕地開門走出去。

我趕緊照照鏡子，發現眼角粘了一坨眼屎，天啊，希望黃傑冰不要發現……

「啊——！」

「嘎——！」

兩個尖叫男聲傳來，比昨夜的雷聲還嚇人，我嚇得跳起來，第一聲尖叫顯然來自黃傑冰，第二聲尖叫的人顯然不知道自己發出了什麼樣的淒厲聲音，而我認得，那是老爸的聲音。

我以光速穿上衣服衝出去，只見穿著T恤和四角褲的黃傑冰，和只穿著吊嘎和四角褲的老爸，看著彼此大叫。

老爸看見我，衝回房裡拉出老媽，比手畫腳告訴老媽，昨晚黃傑冰在這裡過夜。

我努力解釋，因為黃傑冰和爸媽爭執，下著雨的夜裡無處可去，所以收留他一晚。

老媽眼珠骨碌骨碌打轉，「所以你們……」老媽手指上下交疊，我邊大叫邊比劃，「媽，妳太露骨了！含蓄一點！」

黃傑冰努力看著我的嘴脣，傻愣在一旁，這不能怪他，公共電視臺的「聽聽看」節目可不會教這個詞的。

老爸眉頭糾結，撫著下巴，「我很喜歡小黃狗，可是，你們會不會太早了？」

老媽推他一把，「還說，當年我才十九歲，比白風現在還小一歲，你怎麼不嫌早？」

老媽不理老爸，逕自問我：「有戴保險套吧？不要像某人，趁宿舍裡沒有人……」

我捂嘴，「爸，媽是在說你嗎？」

老媽聳聳肩，「是啊，所以，三個月後，我們結婚了，又半年後，妳出生了。」

老爸不好意思地摸摸頭，我趕緊拉著黃傑冰，對上他的眼，「快，先回我房間。」

老爸老媽繼續在原地話當年，我推黃傑冰一把，而後飛快地告訴爸媽：「第一節有課，先走啦！」

我和黃傑冰走出我家，一起搭了他的車進學校，一路上，他不發一語，路況明明非常平順，我的心卻顛簸不停。

車停妥後下車，我才發現，昨天匆忙找給他的T恤，上面寫著「全國高中生廣播營」，還畫了一隻超大的漫畫耳朵，和他的外型超級不搭。

我攫獲他的視線，正色吐出：「我爸媽……真不好意思……」

該死，認識黃傑冰之後，我這伶牙俐齒好像被拔光了，竟然常常有講不出話的時刻。

黃傑冰搖搖頭，「不，妳爸媽很好，總比我那對嫌聽障兒子麻煩的爸媽好……」

原來這才是他昨夜夜奔我家的原因！

我伸手環住他的腰，他也伸出修長的手臂圈住我，他垂下頭，黃褐色頭髮抵著我的肩窩。

「下次，我還可以……晚上去找妳嗎？」他低低地說，我抽出手搥他，這小色狗！

他握住我的拳頭，眼睛含著滿出來的笑意，「我沒騙妳，我很好吃吧？」

他眼神晶亮，滿心期待我的回答。

我只好正色嚴肅地宣布我的食用心得，「比白木耳好吃——」

黃傑冰肩膀一垂。

「我還沒說完，好吃一萬倍一億倍！」我忍著笑說完這句話，還在他臉頰上啄一下。

我的小黃狗，終於恢復燦爛千陽的笑容。

❀

（「人生海海」和「Happy Happy 小黃狗」的 LINE 對話紀錄）

腰酸背痛的人生海海：「兄弟，昨晚後來去哪？」

Happy Happy 小黃狗：「去白風家了。你怎麼改暱稱了？為什麼腰酸背痛？」

腰酸背痛的人生海海：「你又為什麼 Happy Happy 了？」

Happy Happy 小黃狗：「……」

腰酸背痛的人生海海：「……」

Happy Happy 小黃狗：「恭喜你和店長姊姊。」

腰酸背痛的人生海海：「恭喜你和白風。」

Happy Happy 小黃狗：「今天來我們店裡，我煮海鮮麵給你補一補。」

腰酸背痛的人生海海：「謝謝，你自己吃，我不需要……才怪！幫我把蝦子和蚵仔加好加滿！」

Happy Happy 小黃狗：「一定要的……我想白胖師也要一起吃……」

腰酸背痛的人生海海：「呃……看來我們香城區的居民，個個都很幸福啊，哈哈哈……」

第十五章　愛的危機

我揮別黃傑冰，踏著輕快的腳步，來到教學大樓，準備接受薛愛殺的屠殺……

不對，是教導。

我走在停車場到教學大樓的斜坡，平常覺得這段路沒有路樹，冬冷夏熱，但今天我覺得風景分外美好，陽光燦爛，路旁的小花也開得格外美麗。

回想起前一晚，總覺得身上有一股微妙細小的電流竄過……

「學姊，為什麼偷笑？」有人撲到我身上，原來是小愛。

「哪……哪有？」我強裝鎮定，希望小愛沒看出來我哪裡不一樣，她仔細地打量我，還拉拉我的頭髮，「唉唷，妳臉紅了，發生什麼好事嗎？」

一陣緊急煞車聲，我倆回頭一看，一輛寶藍色小車差點撞上一隻小黃狗。小狗嚇壞了，耳朵壓得扁扁，趴縮在馬路中間，凹嗚凹嗚地叫著，小小頭顱左轉右望，就是不知道要往哪走。

一個長直髮女孩下了車，她看了一下小黃狗，撥了一下長髮，我以為她會出手把牠抱到路旁，但女孩踹了牠一腳，「想死啊你！走開！」

小黃狗發出悲鳴，嗚咽地想逃開，又不知往哪裡逃，我和小愛趕緊上前，我抱起小狗，那女孩撥了瀏海，是彭祈雅，而車裡的駕駛，是黃玉清。

小愛怒吼：「妳幹麼踹狗啊？牠又不是故意的！」

彭祈雅冷冷地回答道：「誰叫牠擋路啦！」

「下次再這樣，小心我錄影上傳，全國愛狗人士都會來灌爆妳的 FB 塗鴉牆！」

車窗降下，黃玉清慘白著一張臉，語氣不悅，「祈雅，別欺負狗了，牠哪裡惹到妳了？快一點，我們要遲到了。」

彭祈雅撇撇嘴，抬著下巴上了車。

小愛看著寶藍色小車揚長而去，她手肘推推我，「學姊，我們一直小心黃玉清，但我覺得彭祈雅更恐怖。」

「怎麼說？」小愛撇撇嘴，「她不是喜歡孟勝學長嗎？但孟勝學長有個外校女友，是高中同學，兩人已經在談分手了，彭祈雅沉不住氣，找到她臉書，傳訊息跟她嗆聲欸。」

「妳怎麼知道？」我逗弄小狗狗，小愛答，「這件事在廣電系鬧開啦。」

「那孟勝學長的意思呢？他喜歡彭祈雅嗎？」我想起他曾經向我要思牧科大護理系第一美女顏熙慕的電話。

「應該沒有吧？就算本來有點意思，也被嚇跑了吧？」小愛聳聳肩，「重要的是，妳不覺得彭祈雅有點做事不擇手段嗎？而且她超不希望妳當副臺長，黃玉清不當副臺長，以她的能力，一定還可以闖出一片天，彭祈雅呢？她絕對不想待在妳手下，但是，除了電臺，大概沒別的地方可以去了，誰知道她會搞出什麼事。」

「這樣啊……」我拍撫黃狗，食指蹭蹭牠眉心一小撮的黑毛，牠漸漸放鬆，滿足地發出呼嚕呼嚕的聲音。

這是什麼狗呢？長得有點像小型的拉布拉多，該不會幾個月後，就長成一隻龐然大狗吧？我爸媽夜裡聽不見任何聲響，如果養隻狗幫忙看家，好像也不錯……

「學姊，妳在想什麼啦，現在不是跟狗狗玩的時候，我跟妳講很嚴重的事欸。」小愛急得跺腳。

「我知道啊，可是，她能怎麼使壞？我又沒把柄在她手裡。」我放下小狗，牠蹦跳地消失在草叢裡，中途還被飛舞的白色粉蝶吸引住目光，似乎忘了剛剛的驚嚇和恐懼。

看來安撫校園裡的小黃狗，和安撫我家小黃狗，道理是一樣的嘛。

❀

今天這堂課首先由孟勝學長報告，我和黃玉清兩組的收聽率比數，已經來到黃金交叉，黃玉清和彭祈雅臉色慘白，小愛和阿任跳起來，我沒有太欣喜，反而覺得，前面還有很長的一仗要打。

學長報告完畢，換薛愛殺語重心長。

「各位同學，相信這大半個學期裡，你們已經可以感受到，競爭帶來進步，帶來挑戰，讓你的腎上腺素狂飆，為了達成目標，可以想破頭、熬夜不睡覺，和組員磨到三更半夜，眼前的輸贏會讓你開心到上天堂、讓你難過到下地獄，但是，請相信我，這是以後你們回想起來，最珍貴的大學生活回憶。」

投影片上寫著大大的「競爭背後？」幾個字，薛愛殺的聲音和她強大的氣場仍然震攝住整個教室。

我忍不住猛點頭，這學期應該是我最累的一個學期，卻也是我收穫最豐盈的日子。

「各位在學生時代，應該多多體會這種腎上腺素飆升的感覺，我建議你們積極參加系上的體育活動，養成運動習慣，不只是鍛鍊身體，增加肺活量，你們在各種體育競賽中，會學習到，輸贏並不是最重要的，最可貴的是面對壓力的經驗，這可以幫助你們心臟變得更大顆，更可以幫助你們面對出社會後更嚴厲的競爭和壓力。」薛愛殺繼續鼓勵大家。

「可是教授，打球全身流汗，很臭欸，網球勉強可以啦，因為網球球衣短裙很漂亮。」彭祈雅慵懶的聲音傳來，大家都笑了。

經過了大半個學期，大家也沒那麼懼怕薛愛殺了。

薛愛殺冷冷看著彭祈雅，「妳可知道，多少女明星一天花兩、三個小時在健身房，連負重、深蹲、硬舉都練了，想要當一輩子美女，運動比醫美更重要。」

全班嘩了一聲。

薛愛殺敲敲桌面，「但是，有些競爭會讓你迷失方向，你們很多學長姊，進了電視臺，在高層惡性競爭的要求下，忘記自己為什麼要進電視臺，為什麼要做新聞，做節目。」

薛愛殺按了一下投影片，「本來最後一堂課才要向大家介紹獨立撰稿人和獨立記者，但是，我想在競賽結果出爐前，先讓大家認識這些，和廣播電臺不完全相關的媒體工作者。」

螢幕出現「一人辦週刊，尋回巴爾幹」新聞標題，一張堅毅的女性面孔。

「這是張桂越女士，張桂越曾經在電視臺負責歐洲線的新聞，因為採訪臺灣與馬其頓建交的新聞，開始踏入巴爾幹半島，她是臺灣少數的戰地記者。」

薛愛殺再次按投影片，螢幕出現 FB 的「韓半島新聞臺」專頁，一張照片，裡面的男孩看起來和孟勝學長一般大。

「這是只比你們大幾歲的楊虔豪先生，他是政治系畢業，自學韓文和新聞製播技巧，第一個以獨立記者身分長駐韓國的新聞工作者。」

「介紹這兩位體制外的媒體工作者，不是叫你們一定要當獨立記者，而是要大家想想，什麼是對你最重要的事情？這場競爭，如果你代表的那一方，輸了比賽，你打算怎麼做？」

薛愛殺一陣慷慨激昂，我胸口一陣熱，我忍不住猛點頭。

的確，我一開始為了節目而接近黃傑冰。

現在，我慶幸我沒有再利用黃傑冰，才得以一路接近他的心；如果輸了這場競賽，我還是要當個廣播人，我可以去地區性的中功率廣播電臺，從總機櫃檯小妹做起，我不信，櫃檯到播音室的距離，會比曾經我和黃傑冰的距離還要遠……

「咳咳咳……」一陣慘烈的咳嗽聲打斷我的浮想聯翩，還有全班對張桂越、楊虔豪等人故事的感動。

是黃玉清，「抱歉，不好意思。」她向全班致意。

薛愛殺皺起眉，「黃玉清，妳咳得有點嚴重，去看一下醫生，必要時休息三天到一星期，喉嚨是電臺工作者的性命，斷手斷腳半身不遂都可以主持廣播節目，但如果喉嚨壞了啞了，可就沒機會了。」

黃玉清咬了下唇，點點頭。

下課時，我走到黃玉清面前，給她一張甜點招待券，「我家有好喝的冰糖白木耳蓮子湯，聽說對氣管很好，我自己是完全不敢碰白木耳啦，但是喝過的都說好喝喔。」

黃玉清不可置信，「妳該不會在裡面下毒吧？」

我聳聳肩，「一般的毒藥，哪毒得死妳？」

黃玉清板著臉，但我看得很清楚，她把兌換券對折得方方正正，仔細地收進她的錢包裡。

❀

第二天，又是黃傑冰的打工日。

當我從學校回到家裡，他正往食物調理機丟入一把白木耳。

「又是白木耳——不要哇！」我尖叫。

黃傑冰沒反應，我撥開他左耳耳畔的頭髮，他果然還沒去修電子耳，我把自己的臉湊到他眼前，用力且放慢速度地把一個字一個字說清楚，「昨天薛愛殺的課，你已經充耳不聞了整整兩小時，怎麼還沒去修電子耳？」

「湊這麼近做什麼？薛愛殺的課我都『看』清楚了，大不了看妳的筆記嘛。」他笑咪咪地回答我，但眼睛卻專注看著調理機中的白木耳。

「這這這……這是學霸黃傑冰應該要講的話嗎？」我不敢相信，他繼續丟入一朵朵小白雲般的白木耳。

「我保證做出像我一樣可口的白木耳料理，妳什麼時候要試吃？」小黃狗先生嬉皮笑臉。

「試吃什麼？你還是白木耳？」我也不正經起來。

「一起吃也可以。」

我正要作勢搥他，感應燈亮起，黃傑冰大喊：「歡迎光臨！」

但是，黃傑冰沒像往常俐落地端上水杯和菜單，他僵在原地。

因為，進門的兩位女客，較年長的一位，捲髮完美，雍容華貴，穿著灰色系的小香風格套裝，不，我想那是正牌的香奈兒；她身旁的年輕女孩，穿著西裝外套和黑色包頭高跟鞋，兩位活像精品產業的女總裁和女特助。

是黃玉清和黃媽媽。黃媽媽耳畔鏤空水滴型耳環，亮晶晶地晃啊晃，好醒目。

黃玉清和黃媽媽撿了最前面的位子，黃媽媽從包包中掏出報紙，拍了拍座椅才落座。

她們二人，看到黃傑冰，倒是一點也不驚訝，看來可能是計畫好要來這裡。

黃傑冰僵硬地舉步向前，「兩位要點什麼？」聲音平板毫無情緒。

黃媽媽將菜單正反各看一遍，「這種小館，能有什麼好吃的？我就不吃了，是你妹妹說肚子餓了，才來這裡的。」黃媽媽看了黃玉清，「妞妞，就來個辣子雞丁吧，妳不是最喜歡辣子雞丁嗎？」

黃玉清一愣，黃傑冰面無表情地重述：「辣子雞丁一個，餐點現點現做，請稍待。」而後轉身離去。

黃傑冰已經可以獨當一面，他先爆香辣椒段和花椒，一陣噴香，但他將雞丁放進鍋子前，突然停手，另起一鍋，只放蒜頭和一咪咪花椒。

我偷瞄黃玉清和黃媽媽的互動，這兩人眼神沒對上，也沒交談，黃玉清手機響了，她起身講了一些話才回座。

黃媽媽視線在手機上，漫不經心地問一句：「誰打來的？」

「實習電臺的組員，我現在在競選實習副臺長。」黃玉清的聲音有點分岔，我才想起，昨天薛愛殺不是勒令她去看醫生，她到底就醫了沒？聽起來好像沒有好一點呀。

但黃媽媽忙著滑手機，似乎仍然沒察覺黃玉清的異狀，一雙和黃玉清非常相似的黑溜眼珠，仍停在手機上。

黃傑冰將沒有辣椒的辣子雞丁套餐端到黃玉清面前，黃媽媽抬眼看看他，又看看我們店裡牆上的手語互動示意圖，黃媽媽臉色一凜，「小傑，你什麼時候開始在這裡打工的？」

「這學期。」黃傑冰臉色如寒冰。

「你在學手語嗎？」黃傑冰困惑地看看她，黃媽媽聲量放大，「媽媽問你，你在學手語嗎？」

黃傑冰撩起左耳耳畔的頭髮，「妳別忘了，我的電子耳壞了。我聽不到妳說話，妳也很少跟我說話，所以我不習慣讀妳的脣形。」

黃媽媽氣急，轉頭對黃玉清說：「妞妞，把我說的話寫下來問妳哥哥！」

黃玉清掏出紙筆照辦，黃傑冰看了黃玉清寫下的問句，點點頭，「對，牆上這些手語互動示意圖就是我做的。」

黃媽媽敲桌子，「你考上研究所就鬆懈了嗎?你爸爸和我努力賺錢，讓你開電子耳，又做那麼多復健，就是要你融入主流社會，不是在這邊比手語搞小圈圈，這樣一點競爭力也沒有!」

黃玉清愣了一下，還是寫下黃媽媽的話。

黃傑冰讀後，冷冷回答道:「妳們只在乎競爭力，在乎過我喜不喜歡嗎?和聾人一起比手語，我覺得我可以暢快地表達，讓我面對健聽人更有信心，對我而言，手語是比英語更有用的語言!」

我環顧四周，還好，店裡沒有其他客人，我內心也為黃傑冰鼓掌，說得好!小黃狗!

但黃傑冰這句話顯然是把利劍，黃媽媽的表情瞬間暗淡下來，肩膀也沉下來，「你跟媽媽這樣講話嗎?你以前不會這樣子……」

這一霎時間，我對黃媽媽的同情值飆高，黃媽媽的眼神，和我青春期叛逆地要老媽「聽清楚我講的話」一樣，悲傷，無奈，卻又包容忍耐孩子的無知。

黃媽媽是不是也有什麼內心苦衷呢?

黃傑冰淡淡地回答道:「我以前只是不表達而已。餐點已到齊，祝您用餐愉快。」

「小傑，你!」黃媽媽生氣了，黃玉清停下筆，垂下眼睫，沒再寫下黃媽媽的話。

黃傑冰送完餐，躲進儲藏室，我跟進去，他正在解開圍裙的繫帶。

「白風，對不起，我得出去一下。」他看來非常頹喪。

我點點頭，接下圍裙，看著他從後門離開。

我走回餐廳內，黃玉清像自動餵食機器，面無表情，把食物一口口送進嘴裡。

「小姐，妳就是白小姐嗎?」黃媽媽叫住我。

「是的，黃媽媽好。」我努力擠出最甜美的聲音，黃玉清聽了眉頭都快皺成百褶裙了。還好，今天我穿的是好女孩風格的蘇格蘭格子裙。

「我們家小傑……妳是真的喜歡他嗎？」黃媽媽問。

我點點頭。

「我聽我家妞妞說，妳父母都是聽障？」

我挺直腰桿，點點頭，毫不遲疑。

「妳沒其他兄弟姊妹嗎？妳父母的病會遺傳嗎？」

我將腰桿挺得更直，「沒有兄弟姊妹，也不知道會不會遺傳，但，我有走過這條路的父母，我怕什麼？」

黃媽媽稍微收斂臉上的銳氣，「小傑不懂，我只是不希望他，走上和我一樣辛苦的路……」

「黃媽媽，我和黃傑冰是認真的，但我們還沒想那麼遠，但是我們也不是沒想那麼遠……」我舌頭有點打結，「總之，黃傑冰接觸聾人後，他變得比較願意表達自己，您有所不知，他還上校內廣播電臺介紹一位聾人打擊樂家……」

黃媽媽嘆了口氣，「小傑這孩子，最近都不跟我們說話了，我把修理電子耳的錢給他，他也沒拿，我問妞妞，到底哪裡可以見到他，妞妞才帶我來這裡，本來是想跟他說，他爸爸不是故意的，請他原諒爸爸，但是，不知怎麼搞地，就變成這樣……看來，我自己表達也有問題吧。」

她泛起一絲苦笑，拿出一個信封，「白同學……請妳幫我拿給他，今天出門前，他爸爸又加了五千塊進去……」

我默默接過信封。

黃媽媽開口，聲音不像一開始盛氣凌人，「小傑這孩子……他開第一隻電子耳手術時，他爸生意出了問題，還去開計程車補貼家用，我在拍賣網站耳環一雙雙地賣，賣到後來成為代理商，才湊齊他開電子耳的手術和復健費……」

我正要接話，黃媽媽轉頭看黃玉清，「妞妞，吃完了吧？我們走吧。」黃媽媽放下五百元，「不用找了。」

我看著黃玉清沉著臉，迅速抹抹嘴，跟在黃媽媽背後走出店門，我望著她們的背影，朗聲喊道：「謝謝光臨，歡迎下次再來——」

這是我十歲開始幫忙招呼客人以來，最讓我百感交集的一次。

黃玉清母女走出店門後，我趕緊傳 LINE 訊息給黃傑冰，「你媽已經回去了，可以回來了。」

十分鐘後，黃傑冰回到店裡，原來他剛才去阿海的店避風頭了，我硬逼著他收下黃媽媽的信封，開玩笑，這信封鼓鼓的，黃傑冰如果想靠打工來換新電子耳，可能得在我們店裡工作到地老天荒。

「收下的話，妳要怎麼獎勵我？」我的小黃狗又向主人搖尾要東西了。

「親你一下，可以吧？」

店門感應燈再次亮起，我和黃傑冰趕緊分開相互依偎的身體，齊聲大喊：「歡迎——」

一位穿著西裝外套的年輕女孩，她的身影讓我們自動噤聲。

是黃玉清。

黃傑冰愣住了，「妳怎麼又來了，媽呢？」

「她先回家了，我忘了拿手機。」

她走向剛才的座位，在座椅旁找回她的手機，卻似乎一口氣不暢通，「咳咳咳咳——」

黃傑冰端上一碗冰糖白木耳蓮子湯，「溫的，我知道妳不能喝冰的。」

黃玉清一臉倔強，「誰說我不能喝冰的？」

黃傑冰似乎在讀脣之前就知道黃玉清要說什麼。

「妳從小氣管就不是很好，從國小四年級起，妳就常拿健保卡偷偷去看耳鼻喉科醫生，冰的東西你少喝為妙。媽剛還幫妳點了辣子雞丁，她不知道，妳喜歡吃辣子雞丁，是因為她只會做這道菜。」

黃玉清仍然倔強地抿著嘴角，但眼光微微泛淚，她別開眼，不去看黃傑冰，默默地舀起白木耳蓮子湯，送進嘴裡。

我坐在黃玉清對面，「好喝嗎？我沒騙妳吧？甜點招待券有帶嗎？要不要再幫妳包一份外帶？」

「妳可以安靜一點嗎？」黃玉清看都不看我。

「妳哥正在研發白木耳新品，到時候要來試吃喔，不然這樣吧，下次我煮麵給妳吃，不是有句古詩說，『未諳翁食性，先遣小姑嚐？』」我故意湊近黃玉清，不知為什麼，我就是很想逗弄她。

「剛剛是誰跟我媽說，她還沒想那麼遠？」黃玉清仍然面無表情。

「嘖，」我忍不住搖頭嘆息，「果然即使咳到肺都快咳出來，還是阻擋不了妳的尖牙利嘴啊。」

「彼此彼此，恐怕妳被拔了舌頭，還是有辦法裝一個義舌來講話。」黃玉清毫不客氣地反擊。

我搖搖頭，撤退到工作檯，有這種小姑啊，我真得考慮以後是否真的要嫁給黃傑冰囉。

喝完整碗白木耳蓮子湯，黃玉清走出店門之前，黃傑冰提醒她，「記得自己去看醫生啊。」

她低眉走出店門，輕輕地飄下一句，「……我知道了。」

我轉頭看了看黃傑冰。

但願黃傑冰，能理解他爸媽的口是心非。

但願黃玉清和黃媽媽，能明白我早就明白的——黃傑冰在冷漠外表下，一如小狗般暖暖的心，和赤誠無矯飾的熱情。

❀

黃玉清似乎聽了哥哥的勸告，真的去看醫生，這幾天天氣有點熱，但總看見她拿一條美美的愛馬仕絲巾繞在頸項上；她這星期的節目也都交給彭祈雅，我倒是開始有點想念她的聲音了。

「忙完趕快回來吃午餐，我的白木耳新品要出爐了，妳一定要第一個試吃。」錄音完畢，我收到黃傑冰的 LINE 訊息。

「喂，我是白風，不是白老鼠。」我抗議。

小黃狗：「保證好吃。」

我：「有你好吃嗎？」

我看著自己的 LINE 對話記錄，忍不住想笑。

小愛的臉湊過來，「學姊，妳在笑什麼？」

我趕緊收起手機，「沒事，中午到我家吃飯，黃傑冰大廚有作品要發表。」

「學長真的喜歡做菜啊？」小愛問。

「是啊，」我點點頭，「我爸還任他使用家裡的食材練習，我媽說他超有天分。」

「不是因為丈母娘看女婿，越看越有趣？」小愛似乎還信不過黃傑冰的廚藝。

我搖搖頭，「在食物味道上，他們很嚴格的，我光是練習煮麵就煮了三個月，他們才讓我端出去給客人吃哩。」

小愛轉頭也拉了阿任，「阿任！你給我一起去，萬一我食物中毒，可以送我去醫院。」

我白了她一眼，「到時候別好吃到把我的份兒搶去吃。」

小愛倒是神情變得好認真，「傑冰學長有沒有考慮往烹飪界發展？臺中有位開法式餐廳的美女廚師，大學念臺大外文，後來才去藍帶學院學習做菜，學長光是憑那張臉，就有本錢大紅了……」

阿任也幫忙出主意，「廚師不是要取藝名嗎，像是阿基師……」

「那他就叫阿冰師，怎麼樣？」小愛回答。

「他是我的天菜大主廚，我已經慢慢習慣他是大眾情人了。」我嘆口氣。

小愛和阿任推我一把，「看來有人想以大嫂團出道上節目啦！」

「才不要，我要當電臺 DJ，沒有別的。」我重申自己的夢想，不知不覺間，已經到我家門口了。

黃傑冰已經換上新的電子耳，這次他選了科技銀的機型，頭髮微微撥到耳後，在溫暖的黃褐色髮絲之間看起來很醒目，他終於不再遮掩自己的特色。

「新的電子耳……很好看。」我稱讚他，他眼神晶亮，看起來也更有自信了。

「最新的型號哦，而且這次的調音師很厲害，我覺得我可以接受更快的語速，聽廣播也大致可以聽清楚了。」

「太好了。」我看到他笑瞇的眼睛，想到黃傑冰可以收聽我的節目，那我要在節目內容裡暗藏愛的密碼，他這麼聰明一定能解讀……

「要上菜囉！」黃傑冰準備就緒，端了托盤過來，好菜上桌。

「這是什麼？」我們三個湊近，托盤裡有三個小盤子，都盛著一份白色的慕斯蛋糕，上面有細碎的小黑點，那是芝麻嗎？旁邊還有水果切片的裝飾，小愛忍不住大叫：「哇，看起來好好吃喔！」

「我要開動啦！」我抬眼看黃傑冰，他滿臉盈盈笑意。

店門的感應燈亮起，爸媽也從市場補貨回來，老爸抱著一大個紙箱，我趕緊上前接過紙箱，黃傑冰趕上來又接過我手中的紙箱。

「在吃什麼？」老媽問。

我告訴他們，正在試吃黃傑冰開發的新品。

老爸笑咪咪地看著我們，他打開收音機，輕快的音樂流瀉在店內。

「現在時間十二點整……」哇，老爸正好轉到我們香城之聲呢！

平常這時刻店內已經開始有人聲，但是天氣漸漸炎熱，大學生從校內移動到校外的速度變慢了些，也有不少人選擇在校內餐廳或便利商店打發一餐，夏天中午的生意總是比較差一點，我該怎麼幫忙老爸老媽，拓展夏天午餐的生意好呢？

熟悉的聲音傳來，「歡迎收聽今天的〈香城忽然一週〉，我是節目主持人彭祈雅，我的另一半黃玉清，今天仍然因為感冒養病而不克上節目，我們一起祝她早日康復哦……」

我內心也希望黃玉清早日康復，我有點懷念她硬撐著講冷笑話的知性聲音。

彭祈雅的聲音繼續放送——

「接下來播放一週的香城大事。校園歪風，爭奪實習電臺副臺長寶座，白姓節目主持人不惜以美人計吸引校草級嘉賓上節目。」

黃傑冰轉頭看我，眼睛瞪得大大的，小愛和阿任回頭看我，嘴巴張得好大。

「怎麼請不動！不管用什麼方法，一定讓黃傑冰乖乖坐進我的錄音室！黃傑冰那麼帥，就算我用美人計，我哪裡犧牲了？」廣播裡的聲音，極其熟悉。

這是我自己的聲音，怎麼回事？我何時說過這些話了？

「學姊，這是流蘇花節直播慶功宴……妳在啤酒屋裡說的，這有剪接過，但意思差不多……」小愛解釋。

我看向黃傑冰，他臉色發白，我從來沒有像現在這一刻，希望他最好聽不見，我不該堅持要他去換電子耳的……

我拉住他的袖子，覺得自己快要哭出來，「小黃狗，你聽我說，那時我喝醉了，那不是我的本意！」

「歡迎光臨！」黃傑冰完全忽略我的話，視線彷彿穿透我，看不見我，他逕自招呼進門的客人，甚至比平常還要笑臉迎人，更主動和客人攀談，我完全無法見縫插針，逮住機會和黃傑冰解釋，小愛和阿任顯得好尷尬。

「怎麼了?」老媽看我白著一張臉，我搖搖頭，這一切要怎麼解釋?

好不容易捱到下午兩點，店內已經空無一人，黃傑冰卸下圍裙，向爸媽道別後，直接走出店門。

我怎麼感覺，他走出店門，就不會再回來?

「小黃狗！小黃狗！」我追出去，黃傑冰仍然繼續向前走。

「黃傑冰！」我大聲喊他名字，「你要我答應你，永遠不要背對你，現在你怎麼可以背對我，不聽我解釋?」

黃傑冰慢慢轉過身，「廣播裡這些話是妳自己說的吧?」

我點點頭，眼淚已經失去控制，不停地流下來，「我真的曾經想邀請你上節目，我也不否認一開始是因為這樣而接近你，但是，後來我就打消這主意了，真的！小愛可以證明！」

黃傑冰淡淡地回答，口氣回復到初識時的森冷，「她是妳的好姊妹，怎麼可能不幫妳證明?」

我腦海裡用力搜索，應該還有別的證人，是誰?但腦袋裡亂糟糟如稻草堆，根本理不出頭緒。

黃傑冰看我愣在原地，他張開嘴，冷冷地說：「我以為我只有聽力障礙，視力完全沒問題，沒想到，其實我還有鬼遮眼的毛病。」

他頭也不回，直挺挺往前走，背影散發一股寒氣，如同會行走的冰雕。

我回到店裡，屬於我的那一盤白色小蛋糕還在桌上。

「學姊，妳還好嗎？」小愛和阿任擔心地看著我。

我拿起叉子，眼淚撲簌撲簌流下來。

我還沒試吃黃傑冰苦心創作的新品，還沒告訴他我的感受和試吃心得呢。

我切下一小塊蛋糕，送入口中，細緻綿密的慕斯，我真的吃不出白木耳的味道，我的味蕾拚命要往腦袋傳達，這一塊蛋糕非常香甜卻不膩口，口感Q彈細緻，好吃得不得了，我超想知道黃傑冰是怎麼做出來的……

但是，我的腦袋只肯承認一種味道，一種訊息。

只有鹹鹹苦苦，眼淚的味道，心痛的訊息。

❀

接下來的幾天，無論我傳了多少 LINE 簡訊，寫了落落長的 Email 辯解我的意圖和心情，我都沒收到黃傑冰任何回應。

我焦急地等待，卻也知道我的等待可能都是徒然。我悶悶地吃飯、上課、錄音、睡覺，除此之外，我什麼也沒做，就是不停地編寫 LINE 訊息和 Email，然後在傳送之前，把它們刪除掉。

「小黃狗是不是不舒服？」老媽問我，「他請假好幾天，問他是不是生病了，什麼時候可以回來上班，他說不知道。」

我垂著頭，不知該怎麼回答，老媽扳起我的臉，強迫我看她雙手翻飛，「你們兩個，是不是吵架了？」

我點點頭。

「哪有不吵架的情侶啦，別擔心，不是有句諺語嗎？」老媽在紙上寫下「床頭吵床尾和」六個字，我苦笑一下，我聽力沒問題，視力更是一點零，我怎麼可能讀不出黃傑冰心意已決？

好不容易再次捱到星期二。

早上出門前，我看著梳妝臺前的小盒子，打開來，裡面一條精緻美麗的蒲公英鏈墜，我猶豫著，還是把它戴在頸子上。

我好希望黃傑冰明白我的心意。

「恭喜啦，今天終於可以說了，妳的收聽率已經壓過黃玉清了。」孟勝學長在上課鐘響前偷偷告訴我，「但是，彭祈雅在節目上攻擊妳，妳的粉專已經被灌爆了，妳怎麼都不回應？」

我愣愣看了手機的粉絲專頁管理程式，已經有三百多則留言了，我這幾天根本沒有心情看。

我還是動手看了 LINE，我最想聯絡的人，在我傳的訊息旁，只有小小的已讀標示，沒有任何新的訊息流向我。

「看妳好像什麼都不管，危機處理很重要啊，小姐！」孟勝學長急了。

「哦。」我仍然看著手機畫面中的「已讀」字眼。

「喂喂，白苡茵，學長在講，有沒有在聽？」孟勝學長跳腳，「妳看黃玉清，在第二天就啞著嗓子上節目，在節目中為組員的表現道歉，表示沒有意圖直接攻擊白姓主持人，她的粉專下面，有兩百多個表示支持的留言欸。」

「唔。」

「再唔唔喔喔下去，妳就要輸了這次的副臺長選舉啦！」孟勝學長氣呼呼地走了，我無意識地抬眼看看四周，正好不偏不倚接收到一個憤恨的眼神，是彭祈雅。

「她大概討厭孟勝學長主動找妳講話吧。」小愛在我身旁落座，聰明的她目睹並瞬間理解了這一切。

「因為這次事件，她被薛愛殺和學長約談了，能夠和學長關室密談，她倒是很高興。」小愛附上八卦，但是我完全無感。

小愛絮絮叨叨地說著，但我心裡只盤算著一件事，黃傑冰這樣的好學生，不可能缺課，下午的表演藝術概論課，如果見到黃傑冰，我要說什麼？我還能說什麼？

「學姊，週五要約已經畢業一年的前任校草學長，表演藝術系的賈文常錄音，我幫妳收集好他的傳奇事蹟了……」

在小愛的嗡嗡嗡碎嘴聲中，薛愛殺進了教室。

「今天要上的課，和原本課程大綱不一樣，從品牌管理改成危機處理，相信大家都懂為什麼。」

薛愛殺淩厲地看了大家，而後才再次開口。

「彭祈雅同學表示，這是她個人的行為。不管臺內各個節目怎麼競爭，你們的槍口要一致向外，搶走我們聽眾的，不是同個電臺不同時段的節目，而是手機、iPad、FB、Dcard、Instagram 甚至手遊。」

彭祈雅低下頭，但我真的不知道，她是否誠心悔過。

薛愛殺語氣嚴厲，「黃玉清的危機管理是做得最好的，白苡茵以不變應萬變是一種做法，但是在風浪稍微過後，一定要發表一篇恰當的聲明稿，知道嗎？至於彭祈雅，罰妳一個月不准進錄音室。」

我點點頭，我不變應萬變，並不是因為我處變不驚，而是我忙著向黃傑冰發送愛情的聲明稿啊！

「廣播電臺的危機有很多種，最常見也是最應該避免的，就是主持人口誤，不管是有心還是無意，你永遠不知道，是誰在收音機那頭聽見了你的話，打電話來電臺抗議……

「另一種是現場 Call-in 時打來鬧場，有的聽眾把 Call-in 熱線當成生命線，主持人要適度安撫並迅速結束……

「還有一種危機是物理性的，也就是因為設備問題，廣播聲音出不來，身為節目主持人，尤其是小電臺的 DJ，一定要會基本的故障排除，還有會自己重新啟動自動播出系統……」

薛愛殺講了非常多案例，不愧是在廣播業界經驗豐富的老師，臨時換講題都能端出這麼豐盛的課程資料，我看見同學們飛快地在筆電上打字做筆記，我卻只能在筆記本上胡亂畫圈圈，腦袋根本無法吸收課堂上的資訊。

我看著講臺上幹練豔麗的薛愛殺，心裡對她喊話——

薛悟方副教授啊，您可以教教我，愛情的危機，我該怎麼處理呢？

✿

隨便嗑了便利商店飯糰後，看了一百次手機，終於盼到下午的表演藝術概論。

我戰戰兢兢，提前去化妝室打理外貌，我拍拍身上的黑色長洋裝，聽說道歉時服裝暗淡些可以顯示內心的悔意，我輕輕刷了睫毛膏，塗了唇蜜又用面紙擦拭掉，還是看起來蒼白沒精神比較好吧，也許黃傑冰會心疼——

我看著鏡中的自己，為自己的卑微感到難過，如果黃傑冰絲毫不覺得心疼，那我該怎麼辦呢？

我走進教學大樓一〇五室，感覺好像走上刑場。

一走進教室，我就看見黃傑冰，坐在一排三人長桌的正中央，他左右都已經有人坐著，我只能選他背後的位子落座。

「白苡茵同學，不好意思啊，我坐到妳男朋友旁邊了，跟妳換位子吧！」黃傑冰旁邊的男同學認出我，他趕緊起身並向我賠不是。

我看了黃傑冰，他看也不看我一眼。

「啊，沒關係，不用了，我……我還要幫我學妹占位置，我有事和學妹討論。」

我苦笑地揮手解釋，男同學很不好意思地坐下，整堂課，黃傑冰都沒回頭看我。

下課鐘響，薛愛殺踩著響亮的高跟鞋聲撤退，黃傑冰站起身，抄起包包就走出教室。

我追出教室，「黃傑冰！」

他沒回頭。

我當他是因為背對著我所以聽不見，我追上前，拉了他袖子。

他轉頭看我，眼神淡漠。

我快要哭出來了，「對不起，真的對不起，你不要生氣，我們的開始也許是我故意的，但是，過程中的一切我都是真心的！你不要不理我嘛！」

黃傑冰唇角抽動了一下，我這才看到，他的眼睛發紅，嘴唇乾裂脫皮，這幾天，他有睡好嗎？我只想著要傳達自己多難過，卻沒想到……他應該也不好過吧？

「你……身體還不舒服嗎？我知道你這幾天請假……」我好想摸摸他的唇，而他的眼睛像蒙上一層水霧，他望著我，乾燥的嘴唇微啟，好像想說些什麼。

「是黃傑冰！」三個女生嘰嘰喳喳走過。

「那是他女朋友嗎？就是電臺說那個使用美人計的女生……」

「他們還在一起啊？如果是我，早就跟她分手了！」

看來我們的事情早已變成學校裡的大八卦，聽到女孩們的議論，黃傑冰眼中的水霧瞬間凝結成冰。

完蛋了。她們的話，戳中了黃傑冰的痛處。

他淡淡地拋下一句話，「我要怎麼分辨妳說的話，是真心還是刻意欺騙？還有，以後妳會不會再騙我？」

他咬了嘴脣，轉身離開。

我痛苦地蹲下身軀，小愛從教室飛奔而出扶起我，「學姊、學姊，妳沒事吧？」

我搖搖頭，把頭埋進膝蓋流眼淚，我只知道，愛情的危機處理課，我被死當了，這將一路擋修，而且，我恐怕沒有重修的機會了。

❀

（「人生海海」和「黃傑冰」的 LINE 對話紀錄）

人生海海：「聽說你和永漢街田馥甄吵架了。」

黃傑冰：「你怎麼知道？」

人生海海：「整個永漢街商圈都知道。」

黃傑冰：「誰講的？白苡茵嗎？」

人生海海：「她感冒了，兩天沒出家門，要怎麼到處講？是他家常客張大嘴阿姨。」

黃傑冰：「她怎麼了？還好嗎？著涼了嗎？」

人生海海：「依我看，這是心病，打點滴也沒用，只有小黃狗的眼淚才有用。」

黃傑冰：「我……可是，你知道，她騙過我，我怎麼知道，她是不是裝病？」

人生海海：「她老爸心急地送她去急診吊點滴時，我正好要買宵夜所以路過她家，白苡茵發燒到沒辦法講話，我還幫她爸跟計程車司機講去哪家醫院！這要怎麼裝！像你這樣冷漠的人，不用點心機，是要怎麼接近你！我不覺得她有錯！」

黃傑冰：「吊點滴？燒退了嗎？」

人生海海：「是退了，可是……」

黃傑冰：「可是什麼？」

人生海海：「聽說整個人有魂無體，一直睡，我很想請白爸爸帶她去收驚……」

第十六章　噤聲時光

我張開眼睛，只覺得頭好痛，嘴巴發苦，意識一點一滴地回到我身上，原來我穿著睡衣躺在家裡的床上。

我一陣頭痛，我想起來，那天在學校看著黃傑冰頭也不回地離開，回家後，一向健康的我，就開始全身忽冷忽熱，耳朵深處也隱隱作痛。

半夜老爸帶我去掛急診，他急躁地跟值班醫師比手畫腳，因為我從三歲後就不曾發燒超過三十九度，更因為他擔心，我耳痛的症狀代表我會步上耳聾的後塵；而我，只好一邊吊點滴，還得一邊翻譯手語給醫生聽。

我拍拍臉，努力從渾沌回到現實，卻只能無比清晰地想起，黃傑冰從起霧到結冰的眼神，一股強烈的痛楚襲來。

叩叩叩！老媽打開房門，我還聽得見聲音嘛，老爸可以不必擔心我聽力了。老媽端了一碗熱騰騰的什錦麵進門，但是我的胃部湧上一股酸氣，我根本沒有食慾。

「媽，今天幾月幾號？」

「妳躺了兩天了。」

我趕緊找出手機，插上充電線，老媽在旁邊怒氣沖沖地比劃，「自己沒吃東西，就急著餵手機！」

我無暇理會老媽，我趕緊看 LINE 訊息，黃傑冰依舊沒回我，而小愛的十幾則 LINE 訊息和十通未接來電，把畫面塞得滿滿的。

「學姊，拜託回一下，感冒好了沒，今天下午要和賈文常錄音，到底要不要幫妳取消啊？」

我趕緊衝進浴室梳洗，抓了手機換了衣服就出門，留下老媽氣呼呼地向老爸告狀。

「看她這樣，感冒應該好了。」出門前，我只瞥見老爸這樣比手畫腳安慰老媽。

❀

我騎著腳踏車一路狂奔到研發大樓，衝進實習電臺辦公室。

「喂，白苡茵，妳的聲明稿是不打算發了嗎？妳要冷處理嗎？」孟勝學長喊我，我只得向他擺擺手，「學長對不起，等我錄音結束再跟你說！」

我跑進錄音室，小愛和傳說中的前任校草賈文常學長，已經在等我，「對不起對不起，學長，那……我們五分鐘後開始？」

學長親切地點點頭，看起來沒有校草的傲氣。

我趕緊示意小愛，「等下妳跟我一起進去，我感冒躺了兩天，資料都沒看。」

小愛點點頭，「趕快臨時抱佛腳，妳臨場反應這麼快，沒問題的啦。」

我戴上耳機，調整了麥克風，「學姊，妳忘了這個。」

小愛遞給我一頂毛茸茸的紅色耶誕帽，是我的錄音室祕密武器！

我接過帽子，戴在頭上，突然，喉嚨好像哽住了什麼。

我想起，曾經在夜晚的錄音室，我為緊張不安的黃傑冰，戴上這頂帽子。

那時，我們是多麼想要向對方靠攏……

「苡茵學姊，學長，小愛，要開始了，請先試音。」阿任打斷我的思緒。

賈學長瞇起眼，拋出一個頂級校草的帥氣笑容，湊近麥克風，「喂喂，喂喂，麥克風試音。」

我也湊進麥克風，只覺得帽子好像孫悟空的緊箍咒，箍得我頭痛不已，耳畔有一陣低頻的白噪音，說大不大，說小不小，我發聲想蓋住這噪音，卻發現這噪音來自我自己。

「我……我……」一個電臺 DJ 被耳鳴影響聽覺，這該如何是好？我看著麥克風，只覺得冷汗直流，小愛和賈學長驚詫地望著我。

阿任問我：「學姊，妳還好吧？妳看起來氣色很糟欸……」

我只能一直跟學長道歉，「學長，小愛，對不起……我身體還是很不舒服，小愛，今天妳得幫我代打了，拜託妳了……」

❀

「學姊，今天還是不可以嗎？再這樣下去真的不行啦，苡茵信箱沒有苡茵，像什麼話啦！」

小愛傳 LINE 訊息問我，我已經接連請她代班兩次，她倉促上陣的結果，那一週，我們輸給黃玉清和彭祈雅，兩組的比數再次來到黃金交叉點。

「你們不要一直一上一下，看的人很緊張欸。」宣布收聽率時，孟勝學長沒好氣地警告我們。

彭祈雅一臉得意，黃玉清則是一臉無奈，看她的樣子，大概知道自己哥哥和我之間，絕對沒什麼好事。

我搖搖頭，把孟勝學長、小愛、彭祈雅、黃玉清的臉趕出腦袋，暫且不管收聽率，現在節目能撐下去就不錯了。

第一次耳鳴發作後，我馬上去看醫生，吃了好幾輪抗生素，但昨天再次給醫生檢查後，醫生一臉困惑，「沒什麼異常啊，耳膜早就沒有紅腫了，大概是睡眠不足太累囉。」

醫生好心地退還我掛號費，我只好摸摸鼻子回家。

小愛已經快撐不下去，無論如何，我得趕快恢復我的聲音，把「苡茵信箱」的DJ 白苡茵找回來。

我按下手機的錄音鍵，深呼吸，閉上眼睛，白噪音般的耳鳴還是出聲干擾我，但我還是試著練習發聲說話。

「各位聽眾朋友大家好，喂喂，摸西摸西，Hello……您撥的電話無法接聽，已為您轉入——苡茵信箱……」

我按下暫停鍵，聽了自己的錄音，不知是不是受耳鳴影響，媽啊，聲音乾澀不圓潤，而且疲軟無力，講話慢吞吞，我自己都不忍心聽下去。

我再次對著手機朗誦了自己節目的開場白，我假裝不在意耳鳴，我飆快速度，回到以前每分鐘兩百字的語速，但這次講太快了，到後面有點喘，講完最後的「苡茵信箱」四個字，我已經氣絕到快往生。

不行！這不是我！我一定要再次上節目！

我深吸一口氣，腦袋裡卻突然湧上關於黃傑冰的各種畫面。

初見面時，被我嚇到如受驚小鹿的模樣。

學期初，冷冷拒絕我各種提議的模樣。

看見食物，眼神晶亮，如同小狗搖搖尾巴的模樣。

親吻時紅潤的嘴脣，擁抱時纖細的臂膀……

我曾經以為廣播是我此生唯一的戀人，現在，我因為這位戀人，弄丟了自己最初的戀愛對象。

「小愛，我連自己的節目開場白都念不好，我……我大概永遠無法上節目了……」

我丟了一則 LINE 訊息給小愛，把自己沉沉地扔入床心，只有睡眠可以讓我暫時忘記，被廣播和初戀兩位戀人遺棄的傷痛。

我內心還有更深的恐懼，我不敢告訴爸媽我有莫名其妙的耳鳴症狀，也思忖要不要找小愛陪我去大醫院檢查什麼核磁共振，如果我中耳炎早已痊癒，那會不會是……腦袋長什麼壞東西？

到了不得不出門的時刻，我才收拾書包，如同行屍走肉般扛著包包，騎著腳踏車出門，今天要和小愛、阿任開會，但是，走進電臺卻無法錄音的我，沒有任何用處，和大型不可回收的廢棄物，有什麼兩樣呢？

我故意繞了遠路，腳踏車行經行政大樓前，我停好車，無聊地看著公布欄，烏克麗麗公演、話劇公演、美術系成果展……各系所社團期末成果發表會海報占領了公布欄，其中一張小小的學務處公告，抓住我的視線。

聖仁大學畢業典禮‧畢業生致詞代表‧甄選結果公告

正取：歷史系黃傑冰

備取：戲劇系林冠舞

本校畢業典禮日期訂於六月十六日舉行，歡迎畢業生與在校生踴躍參與。

我的心砰砰跳不止，黃傑冰何時去參加甄選？而且他選上了！實在太厲害了！

「哇，黃傑冰要上臺致詞啊？」

我轉頭，是誰，把我的心聲說出來了？

我看見兩名女孩，並肩站在我身後。

一名女孩滿眼愛心，似乎等著獻花獻吻，另一名女孩推了她一把，「沒啦，他要放棄，我們系的冠舞學姊被學務長祕書找去開會，準備致答詞演講稿了。」

「冠舞學姊？好熟的名字，她是不是西非迦納志工團的團長？我看到她表演非洲舞募款。」

「對，就是她，畢業典禮結束後五天就要出發囉。」

我的心一沉。

黃傑冰甄選上又放棄，退縮回他自己的繭裡，大概是因為我的緣故，他也整整兩個星期沒來打工了……

「不要說了，那不是白苡茵嗎？」戲劇系女孩發現我了。

「白……白蟻？在哪裡？」

戲劇系女孩推了另一名女孩，「那是黃傑冰的女朋友啦，不過我不知道他們還有沒有在一起……」

兩位女同學迅速撤退。

我舉步向前，經過學務處門口「時時注意服裝儀容」的鏡子，我看到鏡中只有一個，垂著眼角與嘴角的苦情女孩。

我心事重重地垂著頭，繼續往前走，一雙黑色包頭高跟鞋突然出現在我的視線，「哦，抱歉！」

我抬頭一看，是薛愛殺的祕書。

「妳是應外系的白苡茵同學吧？」祕書姊姊真是好記性，我點點頭。

「副臺長選舉還順利嗎？」祕書姊姊關心地問，我苦笑搖搖頭。

「加油喔。」她端著玻璃茶杯要走回學務處，「請等一等！」我叫住她。

「請問……歷史系黃傑冰真的放棄擔任畢業生致答詞嗎？」

祕書姊姊推了眼鏡，「他是想放棄，我叫他再想想，下星期一會正式拍板確定。」

我謝過她，等她走進辦公室，才把憋了老半天的那口氣嘆出來，舉步走向實習電臺所在的研發大樓。

我和小愛的角色對調了，小愛變成節目 DJ，我變成整理訪談企劃的助理，小愛哭喪著臉，「學姊，拜託妳快回來，我發現，我真的沒有妳這麼愛講話，男人會精盡而亡，我一直錄音一直錄音，會語盡而亡啊！」

阿任保持一貫的冷靜，「學姊的耳鳴絕對是心病，心病還要心藥醫啦。」

小愛拍桌，「我去殺了黃傑冰，挖出他的心給學姊吃下去。」

我苦笑，「這真的不是黃傑冰的錯，說真的，我也很後悔，我怎麼那麼多話……」我看看小愛和阿任，這兩個人始終站在我身邊挺我，我自己現在卻像一灘爛泥……

我忍不住悲從中來，抱住小愛，「我自己輸了副臺長選舉，滾出電臺就算了，我對不起你們兩個，妳們選了我這一組，之後如果被廣電系同學排擠，該怎麼辦？彭祈雅不會放過你們的。」

小愛再次拍桌，「我才不想跟彭祈雅一組！如果妳被踢出電臺，我也要出去，大不了去賣藥電臺實習，來賺實習學分！」

阿任開始烙臺語，「來，小愛止瀉劑，一定有效，孕婦、老人、小孩都可以吃，有兩千萬產品責任險，絕對安心！快打這支電話，控八控控……」

他話還沒說完，已經被小愛推一把，「我賣止瀉劑，你只能賣壯陽藥啦！」

我看著這對歡喜冤家，對自己喊話。

——白苡茵，快點想想辦法，一定一定要重回錄音室啊！就算不為自己，也要為小愛和阿任著想啊！這兩人臺語並不是太輪轉，一定會被賣藥電臺開除啊！

「午餐我請客，我回去包便當給你們，想吃什麼？」我主動提議：不能錄音，除了開會做企劃案，我至少還有買便當的功能。

「紅燒獅子頭！」、「招牌什錦麵！」兩人開始點菜了。

「沒問題！」我趕緊傳 LINE 給老媽，交代她先打包食物，還要加碼小菜。

回到蓉仁小館，我從店門外看見一個高高的黃髮男子身影，被張大嘴阿姨挽著手，一定是黃傑冰！張大嘴阿姨看到他，總是像粉絲狂攬著韓星偶像拍照！我興奮地衝進店裡，才發現，啊，這男子比黃傑冰精壯些，他不是黃傑冰，是高叔叔。

我還是趕緊打招呼，「高叔叔好。你……染頭髮了？很好看。」

高叔叔看了我，又四處張望，「咦，在你們店裡打工的那位小黃狗呢？今天沒來啊？」

「呃……」我不知該怎麼解釋，張大嘴阿姨放開高叔叔的手臂，對他比手畫腳，將我和黃傑冰戀情破局的前因後果，解說給高叔叔聽。

張大嘴阿姨怎麼知道這麼多事？肯定是老媽講的；但老媽怎麼知道我這麼多事？我真為她過人的情報收集能力感到驚奇。

自己的私事被公開感覺很差，但是不必開口解釋，有人幫忙推出手語版的懶人包，總比自己親自上陣解釋，來得輕鬆一點。

高叔叔一臉錯愕，搔搔頭髮，不知怎麼接話才好。

「高叔叔你別擔心，我外號是永漢街田馥甄，追我的人可多了！」我故作開朗。

高叔叔嘆口氣，「追妳的人多不多，我不清楚，但是妳真正放在心上的，恐怕只有那一位。」

「呃……」看來高叔叔雖然是聽障，視力可是好得不得了。

「不過，不管怎麼樣，妳一定要繼續在廣播電臺上講話。」高叔叔神情懇切。

「咦，為什麼？」

他嘆了口氣，「我和 Elsa 分手後，其實我還是沒錯過她的節目，雖然我常常跟不上也聽不懂，但是，聽到她的聲音，我就覺得很心安，我相信，只要她還能上節目，她就是好好的、平安無事的。」

「可是……」我越說聲音越小，「我不確定小黃狗是否在乎我平安無事……」

「即使因為爭執分開了，他是個善良的男孩子，他不會希望妳水深火熱，沒有他就像下地獄。」高叔叔倒是篤定。

老媽已經打包好我要外帶的食物，「趁熱趕快帶去給小愛他們吃。」

我謝過高叔叔，心裡溫溫熱熱的。

高叔叔聽說我和黃傑冰鬧翻的原委，還答應我，要當我最後一集的節目來賓，我們敲好畢業典禮當天十一點半到電臺錄音。我盤算著讓鄧佩玲往前挪，直接對決黎憶星，我的所有節目來賓都是上賓，沒有上下駟之分。

當然，在這之前，我得重新踏進錄音室……

揮別高叔叔後，我又回頭看一眼他帥氣的身影，是啊，黃傑冰大概再也不理我，但是，他不會希望我過得如同行屍走肉……

我騎上腳踏車，初夏的豔陽已經曬得腳踏車握把發燙，我感覺太陽的威力從手指穿透我的皮膚進入身體，我一定，一定會重新戴上那頂紅色耶誕帽，走進錄音室，打開麥克風……

停好腳踏車，進入研發大樓前，我掏出手機，打開 LINE，深吸一口氣，而後開始迅速打字。

「嗨，最近好嗎？不回我沒關係，只是有件事情想跟你說。」

「請你千萬別放棄擔任畢業生致答詞。你好不容易勇敢走出來，請堅持下去，不要因為我，而又開始封閉自己。」

「之前的事……真的真的，對不起。」

「我會好好過日子，希望你也是……」

我每打好一個句子就頭也不回地送出，我不管黃傑冰怎麼看我，我只希望……他能接下畢業生致答詞這個工作，讓自己的大學生涯，除了當個冰山校草、除了當高冷學霸，除了雅思單字，除了考試，和除了短暫地被白風吹亂的戀情，還能有多一點，不一樣的回憶。

❀

小愛吃著麵，阿任大嗑紅燒獅子頭，我則忙著用手機打字，他們停下筷子，打量著我，「學姊，在忙什麼啊，快吃嘛，多吃點妳才有力氣復出啊。」

我搖搖頭，「別吵，我正在撰寫道歉啟事。」

「道歉什麼？」他們搞不清楚狀況，我頭也沒抬，「上次彭祈雅的爆料事件啊。」

他們兩人大驚，「隔了那麼久！學姊，妳終於要採取行動啦？」

而後趕緊打開手機，連上我的 FB 粉絲專頁，看我寫了什麼。

小愛很擔心，「學姊，妳該不會要發表引退宣言吧？」

「不會的。」

我打開粉絲專頁，這是事件後我第一次仔細瀏覽粉絲專頁，黃傑冰的粉絲和我的支持者，早已在留言區互相叫罵起來了……

而這是我，遲來很久的道歉信。

【道歉啟事】

苡茵在實習電臺香城之聲副臺長選舉中，遭彭姓同僚於節目中披露的錄音，實際上是電臺同仁慶功宴中的酒後戲言，茶壺中的風暴鬧到外頭，造成各位支持者的困擾，真的非常不好意思，也感謝各位支持者在這裡不離不棄地為我辯護。至於苡茵和黃同學的感情，實屬私人事件，苡茵造成的傷害，絕非我此生可以彌補，如果可以重來，苡茵絕對不會為了電臺節目接近黃同學，然而接近了他，才知道，這位校草、學霸的內心，比外表更美。過程中苡茵是真心相待，雖然結果並不甜美，傷害也已鑄成，這是苡茵二十年人生中最懊悔的事，最大的損失就是失去這個美好的靈魂。如果苡茵造成黃同學粉絲的不滿，也請見諒，苡茵絕無傷害黃同學之心，請各位姊姊妹妹幫幫忙，如果有人能再次靠近黃同學，請安慰他所有所有的傷。

最後，只希望各位同學能回到自己的生活，快樂地把握大學生活，苡茵也盡最大的力氣，希望黃同學幸福快樂，鵬程萬里。

白苡茵

＃聽說道歉要露出XX是常識

＃但我沒有只好露臉了

＃人生最真誠的一句對不起

＃黃同學不給我 FB 帳號無法 tag 他

＃香城之聲

「這哪裡是道歉啟事，根本就是向黃傑冰告白嘛……」阿任丟了筷子。

「我真沒想到，學姊妳這麼純情。」小愛嘆了口氣。

我的貼文底下開始湧出留言，一開始有人酸，「是怎樣，裝可憐就可以停止被批嗎？」其他人則幫我回文，「這麼擁護黃傑冰，還不快想辦法接近他，坐在這裡罵白苡茵，對妳一點幫助也沒有。」

我苦笑，看著電臺辦公室另一頭的錄音室，看著裡頭的麥克風和主控機，剛開學的時候，我深深覺得，回到錄音室的路，隔著黃玉清和薛愛殺兩個大型路障，似乎比登上玉山主峰的路要艱難且漫長，現在我覺得，我自己內心的障礙，恐怕比喜馬拉雅山還高了。

但是，我已經上路了，而且開始爬了一小段，我相信，我一定會到得了那裡。

我傷害了黃傑冰，可不能傷害另一位戀人啊。

有一位按讚的粉絲 Un Chien Jaune，他的大頭貼是越南河粉湯的照片，應該是個想念家鄉味的外籍生吧？他貼了一個留言，「苡茵 DJ 加油，早日回歸，其實，我很想念妳的聲音。」

我一定會努力的。

❀

我包下了錄音室以外的所有前置和後續工作，寫節目企劃，發 Email 聯絡後續要上節目的嘉賓，寫監聽表（被我聽到黃玉清吃螺絲兩次，科科），上網收集主持人所需要的各種資料，肉搜節目來賓的各種故事……

這一天，當我忙完，已經是晚上八點了。

我的腳步聲在空曠的研發大樓中迴響，各個系辦公室都已暗燈，走廊也陰陰暗暗，只有幾間年輕教授的研究室，從門縫底透著光。

我腦海裡湧起各種恐怖的校園傳說，但這些意念又迅速地沉沒下去。是有什麼好怕的啦？我現在只怕爬不上前往錄音室的喜馬拉雅山山路啦！才怪！

我加快腳步走出研發大樓，牽出腳踏車，一腳踹起車架，準備以最快的速度離開校園回到溫暖的家，這時，草叢傳來一陣聲音。

「嗷嗚嗚嗚嗚嗷嗷……」

我嚇到喊不出聲，只能在心裡拚命念：「阿彌陀佛阿彌陀佛阿彌陀佛……我們聖仁大學是佛教大師創辦的優質大學……怎麼會有鬼……請大師法力加持……」一邊緊抓著繫在包包上的大甲媽祖護身符，「親愛的媽祖，雖然我爸媽是求我順利當選副臺長，但是可以請您幫幫忙，先保住我的命嘛？現在、立刻、馬上……」

「嗷嗷嗷嗚嗚嗚……」

鬼叫聲又傳來，這次我聽清楚了，不太像電視電影中的鬼，比較像……小動物的哀號？

我靠近草叢，一隻小小的狗，被一個小小的紅白塑膠袋套住頭，掙脫不開，地上散落了香雞排的骨頭殘渣。

這隻小狗，大概聞到雞排香味，從垃圾桶挖出塑膠袋，卻把自己套牢了。

我上前抓住小狗，幫牠扯開塑膠袋，路燈下我看清了，牠頭頂有一撮小黑毛，牠是上次被彭祈雅踹了一腳的小黃狗，牠長大了一點點，卻也瘦了一點，應該常常吃不飽吧？

「我第二次救了你，要怎麼謝我？唉唷，不用了，別這麼客氣，你和你的同類，好好過日子就好。」

我揉揉小黃狗眉心的一撮黑毛，輕輕把牠放回草地，「好了，姐要回家了，再見，不要讓我救你第三次啊！」

「嗷嗚嗚嗚……」小黃狗輕輕的聲音好像啜泣，牠抬起臉，路燈下黑溜溜的眼睛好圓好可愛。

好像某個人。

好想帶牠回家……

好想帶某個人回家……

我搖搖頭，「不行，姐不能帶你回家，我家……不夠大，沒地方讓你玩。」

「嗷……」

小黃狗向前一步。

「不行，不行啦，我爸媽聽不見你叫，如果你肚子餓，他們不知道要餵你，姐又得常常往學校電臺跑……」

「嗷嗷……」小黃狗再向前一步，小巧的尾巴搖啊搖。

「不行不行啦……」

我嘆了一口氣，「是說，也沒什麼好不行的啦……」

我一把撈起小黃狗，把軟軟的牠放在腳踏車前的掛籃，「坐好喔！可別讓我再救你一次！」

我跨上腳踏車，盡可能騎慢一點，避開坑洞和路面凸起，生怕不小心害小黃狗從掛籃中彈跳出去，一路上，小黃狗安安靜靜，好像很安心。

回到永漢街，我先過家門而不入，繞了幾圈，終於在阿海的店附近，看到一家寵物用品店。

「妳是永漢街田馥甄哦，我常去你家外帶。」漂亮的女店員正在幫一隻白色馬爾濟斯吹頭髮。

「我想請問一下，自己幫狗狗洗澡，要用什麼特殊的清潔劑嗎？」我拍拍小黃狗，小小的腳掌已經在我衣服上踩出黑印子了。

「妳是說沐浴乳吧？」女店員輕笑，「妳的小狗啊？」

「應該算吧，在學校撿到的。」我看著小黃狗，「我的」小狗嗎？這個說法讓我的心裡湧起一股暖暖熱熱的電流……

女店員忙完白色馬爾濟斯，教我怎麼幫狗狗洗澡，還給我動物醫院的名片，叮嚀我要帶狗狗植入晶片和檢查健康情形。

她推薦了幼犬專用的飼料，還送我一副藍色的項圈，回家後，我七手八腳幫小黃狗洗完吹乾後，輕輕幫牠戴上。

真的是隻漂亮的小黃狗呢！

和我的……我以前的小黃狗一樣……

「以後，你就和我一起睡吧！」我捏捏小黃狗小小肥肥的掌心。

「還有，你要叫什麼名字？白小汪？Lucky？Happy？」小黃狗別過頭，似乎很不滿意。

「來福？來旺？唉唷，狗的名字好難想喔！」小黃狗仍然不看我，到底想怎樣嘛！

我賭氣，「這個也不好，那個也不好，不然叫你小黃狗，怎麼樣？」

小黃狗轉過頭來，乾脆地「汪！」一聲。

「好……你就叫小黃狗……」我抱著小黃狗，胸口一陣暖暖熱熱的氣息往上湧。

我想找人說話。

我想和人們分享，小小生命在手中的溫熱和感動。

我一愣，我已經好一陣子，沒有這麼想講話的衝動了！

現在時間已經晚上十點，我不敢自己踏著夜路回電臺，於是我對著鏡子稍微整理一下頭髮，打開手機的粉專管理程式，按下攝影機圖案的「開始直播」。

「現在時間晚上十點，這裡不是香城之聲實習廣播電臺，但是，我在這裡，為大家帶來一小段深夜的苡茵信箱……我要分享的，是一個小鮮肉的故事喔！牠的名字，叫做小黃狗，顧名思義，他是一隻小的黃狗……」

我抱起小黃狗，讓大家看看牠可愛的模樣，我也放慢速度，咬字力求清晰，一邊謹慎地聽著自己的發音，耳鳴聲消失了！

我也想起來，不久以前，我曾發願，要讓某個人聽清楚我在電臺節目的聲音。

雖然他可能不會聽我的廣播，但我不會停止向這位隱形的聽眾，訴說心裡的話。

當十分鐘直播結束，我看到 FB 回饋給我的數字一共有五百多人一起觀看了這段直播影片。

「真的好久沒聽見苡茵 DJ 的聲音了！」

「想念妳的直播！」

我看見一則則留言湧出。

還有之前曾給我鼓勵的外籍生 Un Chien Jaune，「歡迎回來，終於。」

是的，各位聽眾，我白苡茵，不華麗也不重磅地回歸了。

第二天早上，我走出房門，心想要怎麼向老爸老媽介紹新家人。

老爸揉著鼻子，「家裡有個特別的味道，不像人。」

老媽沒好氣地捏他手臂，「不是人，難道是鬼？」

老爸的鼻子太靈了，我只好自首，把小黃狗抱出來，牠熱情地舔著爸媽的腳丫子，馬上收服二老的心。

「牠叫什麼名字？」

我雙手食指交錯成十字形，右手食指在額頭上舉起又放平，又雙掌打開，兩首拇指各自放在太陽穴上，其他四指抖動。

爸媽嘴巴張得好大。

老媽抖著手指回答我：「人類的小黃狗說今天會回來，開始工作……畢竟他真的很喜歡下廚，也很有天分，我不希望他放棄……」

我淡淡地回答，「喔……那很好啊，他的上班時間還是一樣嗎？」

「一樣……」

「我知道了……」

我盤算著，這一天是星期五，他中午就會來打工，我得一路等到晚上店裡打烊再回家，才能避開他。

於是我叮嚀爸媽，「小黃狗的碗要隨時保持八分滿，免得牠餓了汪汪叫，你們聽不見而吵到店裡其他聽得見的客人。」

「知道啦，吵死啦，學費很貴，還不快給我去學校——」爸媽擠眉弄眼又揮手做出驅趕狀，讓我強烈接收到他們的不耐，「最好我吵得了你們啦！」我忍不住笑了，經歷了這一切，我爸媽，仍然是可愛的爸媽啊……

❀

（「YC」和「黃傑冰」的 LINE 對話紀錄）

YC：「嗨。」

黃傑冰：「抱歉，你是哪位，怎麼會有我的 LINE 帳號？我不加好友，謝謝。」

YC：「我黃玉清。」

黃傑冰：「不是詐騙吧？」

YC：「信不信隨便你。」

黃傑冰：「……黃小姐，有必要這樣嗎，我在妳隔壁房間裡，為什麼不當面講？」

YC：「這種話，我沒辦法當面說。」

黃傑冰：「什麼話？」

YC：「白苡茵.mp3　檔案大小：9.6MB」

黃傑冰：「這什麼？」

YC：「哎呀，你自己聽就知道了啦！」

黃傑冰：「到底是什麼？」

黃傑冰：「妳之前是不是有偷偷去教學大樓一〇五，看我和白苡茵上『表演藝術概論』？」

YC：「你怎麼知道？」

黃傑冰：「自己的妹妹，我會認不出來嗎？」

YC：「我只是去確認，她對你是認真交往，不是在騙你。」

黃傑冰：「那妳確認了嗎？」

YC：「你眼睛有病嗎？她眼裡都是你，你看不出來嗎？要我幫你預約眼科檢查視力嗎？」

黃傑冰：「這麼毒，妳果然是我妹，不是詐騙……」

第十七章　遙遙相望

我再次回到錄音室，小愛毫不眷戀代班 DJ 的寶座，「經過這一次，我覺得，我還是比較適合當記者或是企劃。」

一切彷彿回到從前，但我知道，有些事情，再也不一樣了。

比如我撿來的幼犬小黃狗徹底融入我家，吃飽喝足，才沒幾天，小肚子都長出來了。

比如我心裡默默避開黃傑冰在我家打工的時間。

比如我的說話速度變慢了。

有人嫌慢，覺得不似以前活潑，但更多聽眾表示喜歡，「感覺得到白 DJ 的沉穩和成長，我會繼續支持妳，懷挺。」

死忠粉絲 Un Chien Jaune 這麼留言，這位外籍生，中文滿好的，還會融入韓劇常用的 Fighting 勒。

還有一點不一樣，就是每星期二下午的表演藝術概論教室裡，兵分兩列的教室長桌中，黃傑冰固定選擇第一排左邊長桌最中間的位子，我固定坐最後一排右邊長桌最右邊的位子。

就像那個什麼星和什麼星，永遠一個升起，另一個落下。

我上網查了，是天蠍座和獵戶座，我就說嘛，大一的西洋文學概論課中，好像有聽過這樣的故事。

在希臘神話中，獵人奧瑞翁的致命弱點是毒蠍子，所以永遠互不相見。

而黃傑冰，就是我的致命弱點啊。

「已經學期末了，還沒報告的同學，請繼續努力，如果要參考前面同學的報告，黃傑冰、白苡茵和莊愛潁這組的最值得學習，同學們可以上教學網頁去回顧錄音檔案。」

表演藝術概論課堂上，薛愛殺褒獎了我們一番，班上同學們視線先集中在左前方的黃傑冰，又轉向教室右後方的我，而後他們收回視線，彷彿不忍心讓我們太尷尬。

我低下頭，在筆記本上亂塗亂畫。

我只想知道，黃傑冰是否接下畢業生致答詞代表？

我聽小愛說，戲劇系林冠舞學姊確定會擔任致答詞代表，這樣一來，黃傑冰就不會上臺致詞了。

我只能從別人嘴裡聽到他的消息，因為，那些發自我的 LINE 訊息，標示了小小的已讀，後面就沒再出現任何新訊息了。

但是，知道了又如何？時間已經是五月底，校門口的鳳凰木開始冒出一點點的豔紅花朵，六月十六日就是畢業典禮了，終究，他要離開這個校園了。

❀

自從我回歸後，收聽率急起直追，活潑逗趣的彭祈雅被薛愛殺禁止進錄音室，黃玉清形單影隻，根本不是對手，我們組再次追上黃玉清小組打成平手。

這一週，畢業典禮前一週，重頭戲來了，本校傑出校友黎憶星要上黃玉清的現場節目；原本以為彭祈雅還沒解除麥克風禁制令，黃玉清會驚慌失措，沒想到，她大膽提出險招，向薛愛殺提案，將節目延長二十分鐘，開放現場 Call-in，「非常好，很有 guts，黃玉清同學，我相信妳撐得住場面。」薛愛殺讚不絕口。

小愛叫我無論如何都要打進去，捏著鼻子變聲問一個無法回答的難題，讓大家尷尬，誰叫彭祈雅在節目中對我人身攻擊。

「不好啦，這樣是讓我們實習電臺尷尬蒙羞。」我反對。

「學姊，妳幹麼這麼善良啦？」小愛嘆了口氣，「我們應該和她們嗆聲，來互相傷害，誰怕誰啦？」

六月七日這一天，實習電臺全員守在錄音室旁，黎憶星和她的帥哥老公一起走進電臺辦公室，那一秒，我們全部都倒抽一口氣，屏住氣息，而後爆出一陣讚歎聲，熱烈掌聲中，薛愛殺代表實習電臺全體，獻花給黎憶星。

「好帥喔……」

「好像韓星徐康俊……」

「憶星學姊好美……簡單的白T恤牛仔褲，就穿得好像GAP的模特兒，怎麼辦到的？」

「氣場，氣場啊！」

「為什麼憶星學姊這麼好命，長得漂亮、會唱歌、老公高富帥？」

有同學這樣感嘆，但是，我讀過黎憶星的訪問，她也曾經是個魯蛇，和她哥哥守在北門街的破舊古董店，畢業後當過一段時間研究助理，之後每個月除了唱幾場婚禮表演，完全沒有其他收入，但是，突然有一天，她參加了音樂劇《穿樂吧！一九三四女孩》甄選，一躍而成為女主角，沉潛多年突然躍升而為天邊最閃亮的新星。

阿任、小愛和我，在小會議室內，關起門聽著實況播出錄音室內的訪談內容。黃玉清不愧是黃玉清，完全做足功課，挖出許多黎憶星的事蹟，逼得黎憶星頻頻嬌呼：「天啊，妳怎麼連這種事情都知道！」黃玉清更是放下慣常的拘謹與嚴肅，和黎憶星、徐康俊，不對，是黎憶星老公林揖辰，三人簡直像是在個小客廳自在閒聊。

黃玉清，妳進步了——我在心裡由衷佩服黃玉清的努力。

「謝謝傑出校友黎憶星小姐，林揖辰先生，現在，各位觀眾，你們準備好了嗎？趕快播打以下 Call-in 專線，〇三五——三八五……」

「學姊，快！」黃玉清還沒念完專線號碼，小愛就先撥通手機，督到我面前。

我沒來得及拒絕，已經聽到電話那頭彭祈雅的聲音，「喂，歡迎 Call-in，請問怎麼稱呼？」

彭祈雅不能和黎憶星、黎憶星的帥哥老公一起坐在麥克風前，只能幫忙接 Call-in 電話，她一定氣死了。

我捏起鼻子，「我是……我是小白……小白兔。」

「小白兔妳好，待會就為您接通給主持人，現在轉過去了喔！」

「我是主持人黃玉清，小白兔妳好！」黃玉清的聲音，以些微的時間差，一前一後在電腦和手機話筒中。

天啊，自從拼進實習電臺後，我就沒再 Call-in 過了，好緊張……

「小白兔也在收聽我們節目啊，能否先關掉廣播呢，以免有回音。」黃玉清的聲音傳來，小愛趕緊示意阿任關掉筆電的網路廣播。

「玉清 DJ 您好，憶星學姊您好，很帥的林先生您好，我要問……」

「嗯？」我可以想像，黃玉清和黎憶星應該都不自覺得身體前傾，等待我的問題。

可是，我要問什麼啦！？

小愛急得瞪大眼睛，她打開手中的紙條，示意我趕快照著念——「可曾面對同行或同劇演員惡性競爭？遇到了該怎麼處理？」但我遲遲無法念出來……

「小白兔小姐？」黃玉清的聲音透出疑惑，但她隨即應變，「呃，好像是連線失敗，我們轉接下一位……」

「等等！我還在！」我深吸一口氣，問出我最想知道的事情。

「請問憶星學姊，人生中有沒有想道歉卻無法道歉的對象？面對這種遺憾，該怎麼處理，謝謝！」問完我趕緊掛了電話。

「學姊！妳忘了變聲了啦！」小愛推我一把，阿任重新打開廣播程式，我們三人擠進電腦前，明明廣播程式沒有畫面，但我們太想知道黃玉清怎麼應對，黎憶星怎麼回答。

「嗯……」黎憶星停了一會兒，以充滿感性的聲音開口。

「我很懂這個感覺，我一直很想向我表姐道歉，高中時我害她騎腳踏車受傷，手指骨折傷了神經，從三歲就開始學鋼琴的她，再也不能彈鋼琴，這種損失，我一輩子也賠不起，從那之後，本來要考師大音樂系的我，就遠遠逃離音樂夢，一直到二十五歲這一年……發生了很多事，讓我知道，我更需要道歉的對象，是十八歲到二十五歲的我，我用自以為好的方式贖罪，卻對不起我的天賦和夢想。所以，小白兔學妹，無論如何，都不要讓往後的自己，對現在的自己，感到抱歉。」

小愛、阿任和我，安靜下來。

「太感人了。」直到下一位 Call-in 者瘋狂表示她對黎憶星的愛戴，阿任才開口。

「本來要衝康，結果變成神助攻，學姊妳好樣的。」小愛推我一把。

「我實在沒辦法……沒辦法像彭祈雅那樣使用奧步嘛……」我的額頭抵在桌上，其實我也有點懊惱。

小愛上前抱住我，「好啦，這就是我對妳死心塌地的原因，妳就是這麼善良……」

「吼，天氣越來越熱了，別抱我啦，我還要經營我的粉絲專頁。」我在 FB 粉絲專頁寫下：「今天香城之聲星光閃閃！聖仁大學傑出校友黎憶星的專訪，大家都聽了嗎？為黃玉清 DJ 的表現喝采！苡茵也有 Call-in 噢，你們猜猜，哪一個是我？」

有個人很快地搶頭香留言，好像是「蓉仁小館」的官方帳號，難道，這個人是黃傑冰？但我還來不及看清楚，這則留言已經被刪除。我眨了眨眼，真正搶頭香的，是那位 Un Chien Jaune。

「妳是小白兔，問她有沒有最想道歉對象的那位。」

我想，是我太想念黃傑冰，所以產生幻覺，以為他會來我的粉專吧，於是我趕緊回覆並 Tag 這位忠實聽眾，「Bingo！知我者 Un Chien Jaune 是也，對了，你的名字到底怎麼念？你是哪國的外籍生？越南對吧？你的名字念起來好像——安賢鍾！還是你是韓國人，我可以叫你歐巴嗎？」

Un Chien Jaune：「不會念啊？妳不是應外系的嗎？」

我：「應外系又不是翻譯機製造公司，不是二十六個英文字母任意排列組合，我都能猜出來的～」

Un Chien Jaune：「是，我知道了。」

啊，好像有點僵，我趕緊追加一則留言，「請問 Un Chien Jaune 是哪一系啊？」

Un Chien Jaune：「拉板凳看好系～」吼，有夠不正經啦！

錄音完畢，實習電臺全員也在門口歡送黎憶星和她的帥哥老公，當人群散去，我攔住黃玉清，「恭喜啦，這場節目超成功，收聽率恐怕要刷新這學期香城之聲開播以來的紀錄了。」

黃玉清沒回答我，一雙黑眼看起來並不因為成功而驕傲，哪像旁邊的彭祈雅，在原地又叫又跳，好像她才是主持人，更像中了樂透，或者才剛剛被蘇志燮或孔劉求婚。

心理素質超強的黃玉清，只定定看我，「妳看起來很好嘛。」

我抓起髮尾檢查分岔，「是怎樣，我不能好嗎？勝不驕敗不餒，況且這場比賽，我還沒完全輸啊，這一週就算妳贏，下週暑期停播前最後一週，還是可能我贏，這樣我們就平手，薛愛殺還得想出新的評分方法來讓我們拼輸贏呢。」

黃玉清冷冷回答道：「我意思是，妳看起來比另一隻好。」

「另一隻？誰啊？」我忽然間領悟，「你哥怎麼了？他不好嗎？」

「好不好我不知道，我只知道，他除了打工，幾乎整天關在房門裡，以前他就很自閉，但至少偶爾會在客廳廚房晃來晃去，現在待在自己房裡，根本不知在幹麼……」

黃玉清的話，讓我平復已久的心情，再起波瀾。

他過得不好嗎？怎麼可以這樣？我的心又糾結在一起。

當天晚上，回家時，我看著小黃狗的碗，碗裡空空，但小黃狗已經趴著歇息，一臉吃飽喝足樣。

我逮住老爸，「不是說要讓小黃狗的碗保持八分滿嗎？碗空了欸！」

「別擔心，小黃狗會餵小黃狗。』

「蛤？」我倒退三步，「那小黃狗知道，這隻小黃狗叫小黃狗嗎？」

「知道啊。」

「他怎麼說？」我很擔心黃傑冰不喜歡。

「很可愛，但是哪有我帥——他是這樣說的。」

老爸拍撫肚子，我轉頭私下問老媽，黃傑冰最近過得可好。

「有時候會看著遠方，好像在想什麼。」

「他還喜歡做料理嗎？」

「很喜歡啊，小黃狗還設計出一道新菜，蔥燒雞腿排，好吃喔。人類小黃狗做好時，小黃狗還一直搖尾巴討著要吃。」

「那就好……」

黃玉清說黃傑冰關在房裡，到底在忙什麼？

大概是背雅思單字吧？畢竟，之前因為我和打工，耽誤了他準備考試。

❀

（「人生海海」和「黃傑冰」的 LINE 對話紀錄）

黃傑冰：「喂，阿海，你和那位女店長，到底是怎麼和好的？」

人生海海：「就……一個眼神對上，她眼睛紅紅的，說她想我，老子也眼睛酸酸的，一把抱住她……」

黃傑冰：「好爛喔，你在演偶像劇啊？對正常人而言，一點參考價值都沒有。」

人生海海：「你要參考什麼……你哪裡正常了？」

黃傑冰：「我知道，我是聽障，一點也不正常。」

人生海海：「你不正常的地方不是耳朵，是你太冷漠。」

黃傑冰：「我這不就在問你，要怎麼跟女生和好？」

人生海海：「靠，終於，你要跟永漢街田馥甄和好！我以為你會記恨二十年！」

黃傑冰：「你可別直接跑去告訴她。」

人生海海：「怎麼可能？『對不起，歐巴好想你』這種話，要你親口說才有效。」

黃傑冰：「這種話我哪說得出口啦？」

人生海海：「你是怎麼決定要和好的？」

黃傑冰：「就……我本來就覺得，她應該不是故意的，但是拉不下臉……我妹給我聽了她手機裡的錄音，白風確實在清醒狀態下跟她保證，不會邀請我上節目。我之前一直以為她只是找不到適當時機開口邀請我，聽了錄音才知道，她很早就打算放棄邀請我上節目了。」

人生海海：「果然是永漢街田馥甄！這個好女孩，我沒看走眼！」

黃傑冰：「好啦，到底要怎麼和好？」

人生海海：「既然這樣，要戲劇性一點。」

黃傑冰：「戲劇什麼？我不要演偶像劇。」

人生海海：「做一件讓她徹底感動的事吧！秀出你的真心！你不是認識她好姊妹？趕快找她商量一下！」

黃傑冰：「那你做了什麼讓店長姊姊感動的事？」

人生海海：「我讓她感動一整晚……」

人生海海：「吼，你又開始已讀不回……」

第十八章　白風小姐

六月十六日這天，天氣非常好，藍天裡沒有一絲白雲，襯著校門口豔紅的鳳凰花，是個典型的畢業天，門口有不少攤商在兜售花束和小熊，看著包裝精美的花束和禮盒花，我好想買一束……

但是，要送給誰呢？

畢業典禮這一天，應該與我無關，我應該在家裡準備語言學概論的期末考，十一點半再到電臺去預錄高叔叔的專訪即可，但是，小愛的緊急求救電話，逼我起床。

「學姊——今天我要在現場直播中連線畢業典禮現場，我爭取了好久，才搶到這個工作，彭祈雅可想死這個工作了，她不能進錄音室，又不甘心只在主控室當藏鏡人，但是……我肚子好痛……妳能不能幫幫我去現場直播?拜託了，目前閒置人力裡，不用訓練就可以上場的，只有妳了！」

我當然只得一口答應小愛，並且在十五分鐘內趕出門，我先去電臺報到，彭祈雅眼睛發亮，「那我去現場!主控室讓給妳!」

看她開心模樣，我開始懷疑，是不是她在小愛食物裡下藥，但是，昨天晚餐小愛是和我一起吃我家的便當啊，我們都是吃新的蔥燒雞腿排口味，小愛說她可以飽到第二天中午，晚上肯定沒辦法吃宵夜，那為什麼她有事，我沒事?

孟勝學長搖頭，「不行，彭祈雅比白苡茵更熟控機，白苡茵的現場反應比彭祈雅好，彭祈雅妳還是待在主控室。」

我猛點頭，對，不能讓彭祈雅去現場，不要給她發出聲音的機會，誰知道她又會搞什麼鬼。

我緊緊揣著手機和收音設備，且每隔三秒就檢查手機的訊號和電力是不是滿格，為了怕出狀況，孟勝學長還塞了一顆充飽電的行動電源給我，在現場我會接起由彭祈雅從主控室撥打給我的電話，以口述方式報導畢業典禮的實況，並將精彩的演講錄音剪輯在稍後的新聞播出。

我走進學校大禮堂，深吸一口氣，禮堂門口還高掛著應屆碩士班金榜題名的榜單，「錄取臺灣大學歷史研究所．歷史四．黃傑冰」的字樣，更是高掛在第一排，以粗體字標示。

但是，歷史系聽說因為廢系停招，座位在二樓最角落的位置……我不禁感到一陣難過。

黃傑冰成績這麼好，他應該是歷史系的代表吧？不知黃傑冰帶著什麼樣的心情，在這個典禮場合，領了畢業證書，由校長將他的學士帽流蘇由左邊撥到右邊？

我好想偷偷去看他，卻怕被他發現……

「誒客喜ㄎㄩ寫ㄇㄨㄚ～白大 DJ。」一個操著奇怪語言的女生，要我讓讓，我轉頭，是我們應外系的同學。

「Victoria……」我看著她捧著好大一束橙色波斯菊。

「是，白大 DJ 同學。」她撥了撥頭髮，我忍不住搖搖頭，「借過就借過，妳講那什麼話啊？」

「Excusez-moi，法文的 Excuse me，白大 DJ，懂嗎？」

「噢，對了，」我想起來了，「妳的第二外語是法文……」

Victoria 撥了瀏海，「拜託，白大 DJ，妳是應外系的，對各國語言就算無法樣樣精通，至少也要略懂略懂，Un Chien Jaune 不是韓國名字，是法文，懂不懂？」

我看著那把巨大的橙色花束，猜想這一束花要不要八百元，「噢，想不到妳有追我粉絲專頁，受寵若驚……原來那是法文啊，是什麼意思？」

「一、隻、黃、狗，A yellow dog，懂嗎？」

我彷彿遭到雷擊，「妳再說一次！」

「一隻黃狗，OK？Au revoir，再見，白大 DJ，我去獻花給我直屬學姊了。」Victoria 轉身踩著高跟鞋離開。

我在原地石化了三秒，馬上覺醒，衝往二樓的歷史系座位區。

我怎麼這麼遲鈍，怎麼這麼懶，如果我早一點順著好奇心，查一下 Google 翻譯，我就不會錯過那一隻黃狗了……

我飛奔上二樓，看見那張熟悉的臉，也看見黃爸爸和黃媽媽。

我躲在柱子後面，現在我該露面嗎？眼前黃爸爸怒氣沖沖指著黃傑冰。

「我剛剛遇到獅子會香山分會的會長，他女兒舞蹈系要畢業，他跟我說，歷史系停招了，要廢系了，怎麼搞的？這種事難道不用通知學生家長嗎？歷史系系主任在哪裡？怎麼把一個系經營成這樣子？還好你考上臺大研究所，不然今天我哪有臉來這裡！」

黃傑冰一臉淡然，「停招只代表這個科系不會再有新生，這不代表我們這些畢業生，不會有未來。」

黃爸爸拉了一下領帶，依舊身穿香奈兒套裝的黃媽媽拉住他，「好了，爸爸，不要這樣，很多人看。」

黃爸爸重重地吁了一口氣，黃傑冰似乎感覺到我的視線，往我這看過來，我嚇得倒退一步，躲回柱子後面。

「各位同學，畢業典禮待會就要開始了……」歷史系的班代像趕鴨子一樣，把同學們趕去集合，我趁機逃開，心臟跳動得好厲害，好厲害，好厲害……

原本我為臨時的連線任務而有點緊張，現在我卻只想著，要怎麼跟黃傑冰，重新連線呢？他自稱一隻黃狗在我的粉絲專頁留言，應該就表示，他願意原諒我了吧？是吧？

「聖仁大學，一百零七學年度，畢業典禮，典禮開始——奏樂——」

典禮在九點準時開始，彭祈雅會在十一點整準時打電話給我，要我總結畢業典禮的精彩活動，問題是，校長致詞和貴賓致詞冗長又無聊，校長還規避了中文系和歷史系停招的事實，接下來陸續頒發博士班、碩士班和學士班畢業證書，我在快要打瞌睡中還是發現了，歷史系的代表並不是黃傑冰。

而且，畢業生入場後，我就沒再看到黃傑冰，黃爸爸和黃媽媽也焦躁地在家長座位區東張西望。

我趁著頒發證書的冗長儀式，溜到歷史系座位區，只聽到黃媽媽責怪黃爸爸，「都是你，這種大日子這樣怪小傑，他當然要鬧脾氣，你就不能忍耐一下嗎？上次也是直接打小傑一巴掌，把他的電子耳都打壞了，這也就算了，萬一讓他聽力更惡化，要怎麼辦？」

黃爸爸似乎感到不好意思，一直抓頭髮，「知道了……他到底跑到哪裡去啦？」

「心有聖仁，圓夢精彩！讓我們一同觀賞由聖仁大學一〇七級畢業生聯合製作的感恩影片。」司儀宣布播放影片，我趕緊到司令臺前就定位，待會還要錄下畢業生致答詞的內容，戲劇系的林冠舞學姊據說擅長舞蹈，她該不會用一段熱舞來致詞吧？那我是不是要在香城之聲 FB 上直播呢？我心裡一邊盤算著，一邊還是不放棄用眼睛搜尋黃傑冰的身影。

心不在焉地看完畢業影片，司儀宣布，「畢業生代表致畢業感言——請歷史系黃傑冰同學，代表致詞——」

我再次感覺如同雷擊，周圍也一片轟然，我聽見貴賓席有人竊竊私語，轉頭一看，是薛愛殺為校長解釋，「原定要上臺致詞的戲劇系林冠舞同學，下週要參加迦納志工團，但是因為迦納簽證遲遲辦不下來，臨時決定趕今天的飛機緊急去中國大陸的迦納領事館辦理……所以就換人代打啦。」

校長有點困惑，「黃傑冰……不是那位很有名，有點聽障的同學嗎？」

薛愛殺自信一笑，「黃同學才是原本正取的畢業生致答詞人選，他因為私人因素放棄資格，三天前林冠舞同學決定去辦迦納簽證，我們學務處就緊急聯絡黃同學，我們會選擇他，表現絕對讓人眼睛一亮，請校長放心。」

而後，我看到黃傑冰穿著學士服走上臺，我趕緊打開手機錄影功能和手中的收音設備。

「校長、各位貴賓、各位師長、各位家長、各位同學，大家好，我是歷史系應屆畢業生黃傑冰。」

黃傑冰眼神掃視臺下，掠過我時，稍微停了一下，綻放一朵我好久沒見的笑容。

而後，他好聽的嗓音，透過麥克風，擴散到禮堂的每一個角落。

「我是配戴人工耳蝸的重度聽覺障礙學生，我畢業自一個不會再有新生的科系。」

我倒抽一口氣，黃傑冰破題方式勁爆，更令人議論紛紛的是，他一邊以口語致詞，一邊以翻飛的手勢，同步以手語翻譯自己的話語。

「原本我是一個封閉的人，原本我以為，安安靜靜地努力用功就可以了，不要讓別人知道我聽障的身分，不要讓別人發現我的不同，感謝聖仁大學，讓我經歷人生的轉折，讓我遇見特別的人，讓我知道，我不必怕自己和人不一樣……

「歷史學界曾有位前輩說過，歷史學就是綿密的圖書館工作，和對人類社會的普遍了解，在大學前三年半，我只做到前面這一項，最後半年，我才勇敢踏出象牙塔，了解人類社會，同時明白，阻擋我和人們溝通的，不是我的聽覺障礙，而是我不敢表達我自己……

「曾經我因為我的科系不會再有新生與未來，而感到加倍徬徨，現在我知道，我們還有我們自己的未來……」

黃傑冰的致詞，像一波波浪潮，打醒所有因為典禮沉悶而昏昏欲睡的人們，也讓所有人豎直背脊，聽他坦白且真誠的話語。

已靜音的手機跳出 LINE 訊息，是彭祈雅，「典禮進行到哪裡？可以連線了嗎？」

我趕緊回覆，「畢業生致詞中，這個致詞超勁爆……等致詞結束，就可以連線了。」

臺上黃傑冰已經感謝完師長和家長，「我已經決定，放棄臺大歷史研究所的入學資格，我目前正在努力學法文，打算先去念語言學校，然後申請法國的藍帶廚藝學院……」

臺下嘩地掀起一片聲浪，聲浪之後是潮水一般的掌聲。

「他除了打工，幾乎整天關在房門裡……」我想起黃玉清的話，我想起 Un Chien Jaune 這個名字，原來，他在苦練法文……果然學霸就是學霸，同時練手語學法文也不會燒壞腦子……

我抬頭看二樓歷史系座位區，黃爸爸和黃媽媽站起身，我看見黃媽媽掏手帕擦眼淚。

「我的致詞到這裡，現在，我將準備去香城之聲實習電臺預錄人物專訪，如果各位對我的轉變和心路歷程有興趣，別忘了準時收聽，暑假前最後一次『苡茵信箱』節目——為什麼是這個節目呢？因為，這節目的主持人，應外系二年級的白苡茵同學，就是她這位聾人家庭的健聽子女，鍥而不捨地靠近我，暖化了我這座冰山，帶我認識她了不起的聾人廚師父母，他們信任我，疼愛我，給我機會學習料理，我才知道，和人溝通是這樣喜悅，我才知道，可以真誠地表達自己，是一件多麼棒的事——」

我張大嘴，黃傑冰彎腰深深鞠躬，「謝謝聖仁大學，謝謝這一切！」

他走下臺，撥開擋住視線的流蘇，黑色學士袍讓他像一陣黑色旋風。

全場來賓都站起來，熱烈的鼓掌聲已經不是潮水，而是滔天巨浪了。

黃傑冰走向我，牽起我的手，畢業典禮後來還有什麼我全都不知道了，我只知道，我一邊哭，一邊和他走出禮堂大門。

❀

在大禮堂外，我擦了眼淚，掏出手機，「先給我五分鐘……」

我想立刻牽起他的手，但是，在這之前，我是實習電臺的 DJ 白苡茵。

彭祈雅接通了電話，「好，我轉給新聞主播黃玉清，就開始連線囉。」

黃玉清的聲音響起，「現在，我們請記者白苡茵，為我們做畢業典禮現場報導。」

我眼角還掛著一滴眼淚，聲音卻歡愉到想笑，「今年聖仁大學畢業典禮，有了不一樣的亮點，本屆應屆畢業生致答詞代表，是歷史系四年級黃傑冰，他具有聽障生的特殊身分，以口語和手語同步致詞，難能可貴的是，他這學期才開始學習手語，就能以手語流利致詞，並且勇於學習新語言法語，為本校同學示範了勇往直前、把握未來的精彩身影……他還當場宣布放棄臺大研究所的入學資格，準備去法國讀語言學校，將來申請就讀藍帶學院以繼續學習廚藝……」

手機話筒那頭，黃玉清遲疑了三秒才開口，「的確是非常激勵人心的致詞，我們謝謝特派記者白苡茵的現場連線報導……」

黃玉清的聲音依然清冷而專業，但是聽覺敏銳如我，感覺得到她微微的哽咽。

我掛了電話，看著眼前好久不見的黃傑冰，我終於回到，在喜歡的人面前手足無措的，女大生白風。

黃傑冰笑著看我，「嗨，白風小姐，真的好久不見。」

我的眼淚又從眼角爆流出來。

他溫柔地為我拭去眼淚，「好了，別哭了，我畢業典禮，妳竟然沒送花給我？」

「對……對不起……」我左右張望，還好，花束還沒全部賣光，但我掏掏口袋，翻遍了背包，糟糕，我沒帶錢包出門。

「對不起啦，誰叫你沒通知我……」我又想哭了。

黃傑冰笑瞇了眼，「那，妳送我那個。」

我順著他的手勢，看到路邊一叢蒲公英，它們比同類慢了好幾拍，現在才長出蓬蓬的羽絨種子。

我拉起黃傑冰的手，走向那一叢蒲公英，一起蹲下身，用力吹這把蒲公英羽絨種子。毛茸茸的小種子們，在我們的氣息中騰空飛起，像一個個超小的熱氣球，越飛越高，載著夢想和勇氣，往未來出發……

「走！去錄音室吧！」黃傑冰拉起我的手。

「你有位來賓可以一起對談，你願意嗎？」我先制止著他。

「誰啊？雷正隆嗎？不行，有他就沒有我。」黃傑冰耍起任性，我伸手撥亂他學士帽上的流蘇，「是高叔叔啦。」

「嗯，帥度和我差不多，合格。」黃傑冰擺出一副勉強同意的表情，我忍不住推他一把，「切！」

黃傑冰拉近我，在我額上印上一吻，而後把我緊緊圈在懷裡，「白風小姐，我真的，真的好想妳。」

往電臺的路上，黃傑冰告訴我，黃玉清傳給他一段錄音檔，證明我早就不打算利用他——居然是未來的小姑幫我們破冰，我實在太意外了。

而這場完全在計畫之外的預錄節目，意料之外的精彩，不僅完全沒有 NG，黃傑冰和高叔叔一起和聽眾分享了很多聽障生的甘苦談和電子耳的糗事，也分享他學習廚藝的趣事，像是他為我設計的潤喉蛋糕，用的可是有機香水白木耳和頂級南北杏，他試了不下數十種食材，才想到可以用馬達加斯加香草和甜白酒漬橘皮，來調和白木耳和南北杏特有的氣味。

這一次，我是一個微笑旁聽的錄音室女主人，是有史以來最輕鬆的一次，不必拚命想話題，不必拚命帶氣氛，只要讓這場歡樂的錄音氛圍，繼續順暢流動……

這場錄音太成功，分為上下集播出，而且，收聽率勝過黃玉清專訪黎憶星那集，在學期末電臺結束播出前，創下香城之聲開播以來，不，是整個聖仁大學實習電臺開播以來的最高收聽率。

以原來的計算方式來看，我和黃玉清，比數完全相同，那麼，誰能擔任實習電臺的副臺長？

如果以「誰比較常得到較高收聽率」來評分，是黃玉清勝利。

如果以「平均收聽率」來分勝負，則是我贏。

薛愛殺和孟勝學長想了很久，實習電臺全體同學也吵了很久，薛愛殺甚至提報到校務會議上討論，但結論一再延宕，同學們焦躁不安，彭祈雅和小愛天天吵架，似乎只有黃玉清和我，心如止水地看待這一切——

「謝謝妳，幫我向妳哥證明我的清白。」我由衷感謝黃玉清，眼前的她啜了一口純喫紅茶，天啊，我們在學校便利商店相遇，竟然會一起湊御飯糰第二件八八折，真難想像，我們這兩個死對頭，居然有這麼和睦相處的一天。

「沒什麼，彭祈雅衝康，我欠妳一次，這只是還債而已。」她專心在筆電上打字，不太理睬我。

「那……以後妳要叫我大嫂欸，我會對妳好一點的。」我向她示好，她瞥了我一眼，淡淡開口，「這麼有把握？我哥長這麼帥又會做菜，去法國一定大受歡迎。」

我想起各國美眉包圍黃傑冰的畫面，趕緊甩甩頭，「我有特別的魅力，我不擔心……」

黃玉清抬眼看我，撇撇嘴，不置可否，我瞄了一眼她的筆電螢幕，嚇！螢幕上竟然是一群上空肌肉男的合影。

「妳這矯情的賤……」想到她是我未來的小姑，我趕緊改口，「親愛的玉清小姑，這照片是哪來的？妳喜歡肌肉男模喔？口味這麼重，真是看不出來……」

黃玉清臉上波瀾不興，「這是紐約 A&F 服飾店旗艦店，我只不過要用來做宣傳策略分析的期末報告，研究他們運用男模做性感行銷的起始和衰落。」

嘖嘖，做報告還順便欣賞男體……我敢打賭，她長長的眼睫、冷冷的外表底下，一定是澎湃的激情——她和她哥哥一樣，都是休眠的火山遇上冰河時期，就被人當成真的冰山啦。

今天就先放過這位未來的小姑，我開口問一個我擔心已久的問題——

「欸，妳爸媽真的支持他去法國學廚藝嗎？我擔心你哥對我只是報喜不報憂。」

黃玉清點點頭，「當然支持啊，說真的，我爸媽很高興，終於看到聽力受損以前，那個有點搞笑、個性比較明朗的他。」

「那就好……」我拍拍胸口，吐了一口氣，但是，我腦海裡再次冒出各國美眉巴著黃傑冰的畫面。

不行不行，我一定要去買件美美的法式內衣，讓他知道，平胸妹有平胸妹的魅力……

「關於副臺長選舉……」黃玉清淡淡地提起。

「我已經知道要怎麼做了……」我站起身，黃玉清一臉驚詫，「蛤？」

「我要去找薛愛殺，一起來吧，玉清小姑！」

（「白苡茵」和「Un Chien Jaune」的 Facebook Messenger 對話紀錄）

系統訊息：你們現在可以使用 Messenger 互相聯繫。

白苡茵：「你終於加我好友了。」

Un Chien Jaune：「中午要吃什麼？還有，我就在妳旁邊，為什麼要用 Messenger 跟我講話？」

白苡茵：「因為，我需要你為我做一件事，掛穩交。」

Un Chien Jaune：「那是什麼……好害羞，是新的姿勢嗎……」

白苡茵：「你在講什麼鬼啦！是在 Facebook 個人狀態頁面設定『和白苡茵穩定交往中』啦！」

Un Chien Jaune：「在哪裡……怎麼設定？」

白苡茵：「你不知道？你這個山頂洞人！手機拿來！沒設定好，飯都不准吃！」

Un Chien Jaune：「好啦，我找到了。」

（一分鐘後，Un Chien Jaune 的 FB 個人頁面）

Un Chien Jaune 的感情狀態：和白苡茵穩定交往中♥自二〇一八年開始

終章　甜蜜季節

盛夏八月，豔陽下，我們實習電臺全員在北海岸的一所國小，舉行新一屆的幹部訓練營。

孟勝學長看起來非常開心，這次營隊結束，就代表他正式卸任，他已經在實習電臺留名青史——史上因為制度變革，任期最久、做事最勞碌的實習副臺長。

小愛看起來也樂不可支，因為她當選新聞組副組長；阿任呢，當然就是新聞組副組長的專屬工具人啦。

休息時間，我們一起坐在海邊的防波堤，赤腳踢啊踢，看著藍色的海浪一波波捲向岸邊，美斃了。

阿任則在一旁很緊張，深怕小愛掉進消波塊的縫隙之中。

我看看手錶，「好啦，我們該回去了，新任副臺長要上臺致詞了。」

小愛看看我，「是啊，終於走到這一刻，感覺這個學期，好漫長啊……」

「我們請新任副臺長，上臺對全體幹部說說話。」孟勝學長宣布。

我撥撥頭髮，看著黃玉清挺直腰桿走上臺。

黃玉清首先一鞠躬，「謝謝全體同學的支持，謝謝我最好的競爭對手白苡茵同學，退出競技場。」

所有同學看看我，我微笑，把手圈成喇叭狀，對黃玉清喊話：「妳比較有遠見，有布局，比我更適合當副臺長，我只想當個快樂的 DJ！」

黃玉清點頭微笑，「我們也恭喜本校傑出 DJ 白苡茵同學，破格錄取進入環球廣播電臺實習。」

我看著黃玉清，她今天雖然仍舊穿著招牌西裝外套，好歹搭配了韓式包頭和帆布鞋，總算多了點學生專屬的青春氣息了。

是的，我放棄實習副臺長競選資格，不是因為向黃玉清報恩，也不是我懼戰，而是，我終於明白我只想永遠待在廣播最前線，對麥克風線路另一頭，看不見的聽眾說說話。

如果當了副臺長，我勢必得花很多時間在策略與經營，不可能如此放鬆地和聽眾哈拉兼裝瘋賣傻了。

而黃玉清雖然不是個最受歡迎的 DJ，卻無疑是最有經營能力的副臺長。

於是，我和黃玉清的廣播戰爭，就這樣畫下一個完美的句點。

開訓儀式後，黃玉清找我攀談。

「下午的課程交給妳了——節目企劃這樣 Play，整個七月，妳都跟著廣播金鐘獎最佳女主持人許安喬實習，真正的廣播電臺訓練果然更加紮實，妳整個人看起來都不一樣了，更成熟，更從容，也更耀眼了。」

我抓抓頭髮，等等，這真的是黃玉清嗎？黃玉清會吐出這種讚美之言嗎？

「妳哥是把做壞的甜點都餵給妳了吧？怎麼嘴變這麼甜？」我全身起雞皮疙瘩。

黃玉清一個招牌白眼，沒好氣地答，「怎麼可能，當我是狗啊？」

我放心下來，這才是我熟悉的黃玉清，我在心裡暗暗竊笑，小黃狗的妹妹，當然也是……

其實我超緊張，我的課程安排在薛愛殺的課程「最初的夢想」之後，但我一直拿捏不準該有的尺度——薛愛殺這麼殺，哪適合「最初的夢想」這種溫馨療癒的課程名字？她這堂課到底要賣什麼膏藥啊？

如果我和她一樣殺，大概馬上會有一半的實習生嚷著退出實習電臺；如果我太溫和，又怕臺下這群大一升大二的小菜鳥學不到東西。

「各位同學，雖然廣播式微，廣播這兩個字，仍然離不開濃濃的『夢想』兩個字……」

沒想到，課堂上，薛愛殺一點也不殺，她堆著滿臉甜笑，語氣輕柔。

「學姊，她是不是被什麼東西附身了啊？這是我們的學務長嗎？」在國小教室最後一排，小愛低聲問我。

我點點頭，「日據時代設立的海邊的國小，是鄉野奇譚典型的場景啊！」

「都不是，」阿任推了眼鏡，本來以為他會舉出科學化的數據，說明薛愛殺沒有被任何靈體附身，他卻露出詭譎的笑容，「我看見一個高高帥帥的男生載薛愛殺來，剛才我去大門口旁邊的超商買飲料，碰巧目睹。」

「吼，真的假的？」小愛差點跳起來。

「真的很帥喔，很像竹野內豐。」阿任得意地抖抖腳，彷彿還有更大的祕密等著說出口。

換我差點跳起來，「該不會是……上次和黃傑冰一起錄節目的高義襄？」

阿任猛點頭，「對對對，就是他。」

我看著臺上溫柔的薛愛殺，高叔叔是用什麼方法和薛愛殺復合，讓冰雪女王回到人間，施展語言的魔法與聲音的魅力呢？我超想知道。

講臺上，薛愛殺笑咪咪地開口。

「以下是我第一次在節目中辦 Call-in 點歌，其實我也緊張得要命，但是，別忘了，聽眾可是打敗多少人，在微乎其微的機率中成功打電話進來，他比你更緊張。」薛愛殺按下電腦播放鍵，一個偏中性的女聲傳來，毫無疑問，這是年輕許多的薛愛殺。

「歡迎聽眾朋友們再次收聽飛碟廣播電臺，晚間十一點的『一二三開始說愛你』，我是節目主持人莎莎，現在我們歡迎聽眾朋友們點歌，第一位聽眾是——」

等等，這聲音、這片頭，怎麼這麼熟悉？

「莎莎姐姐好！我叫白風。」一個嫩嫩的小女孩聲音傳來。

「白風小姐，妳的聲音聽起來好……好萌喔。」

小女孩回答，「我今年八歲！」

「好，我們歡迎這位八歲的小聽眾，請問妳要點哪一首歌，送給誰？」

我有點哽咽，低低地說出歌名——〈隱形的翅膀〉。

果然小女孩回答，「今天是我生日，我要點〈隱形的翅膀〉送給我自己。」

莎莎問：「白風小妹妹，妳為什麼要點這首歌？誰是妳的隱形翅膀呢？」

「我就是爸爸媽媽的隱形翅膀……」

「為什麼呢？」

小女孩的聲音變得更大，「我的爸爸媽媽聽不見聲音，常常要我幫忙打電話，爸爸說我好像他的翅膀，沒有我，他可能沒辦法做這麼多事情……」

「妳真的好棒，莎莎姐姐也有個很好的朋友，耳朵聽不見，很辛苦呢——各位聽眾朋友！讓我們一起祝這位勇敢的白風小妹妹，八歲生日快樂！」

「哇！」臺下的同學鼓掌，「好可愛的小妹妹喔！」

我呆在原地，咬緊嘴脣，小愛戳我，「學姊，薛愛殺變溫柔了，反而把妳嚇成這個樣子？」

薛愛殺笑咪咪地望著臺下的實習生，「各位同學，你們對著主控室麥克風說出來的每一句話，都可能變成一顆種子，種出遙遠未來裡，一株廣播的幼苗，不信的話，白苡茵——」

我舉手答有，薛愛殺問：「白苡因，妳告訴大家，這是哪一年的廣播節目？」

我毫不遲疑，「二〇〇六年。」

大家議論紛紛，「苡茵學姊怎麼會知道？」

「因為，這個小女孩就是我。」我看著薛愛殺，眼淚幾乎溢出眼眶。

薛愛殺點點頭，霎時間，我明白這一切的前因後果。

在副臺長改選大會上，我自爆身世，她認出我，所以才給我再次競選實習電臺副臺長的機會。

我真的沒想到，薛愛殺其實是這麼溫柔的一個人。

而薛愛殺這堂課走柔性路線，那麼，我的課堂上，可以好好地示範整個七月，我在當紅 DJ 許安喬底下所受到的磨練啦！

❀

傍晚放飯時間，不論實習生、幹部，都像餓鬼一樣，瘋狂搶便當，還嚷著不夠吃，晚上要去逛夜市，這時，有人敲了教室的門，是這所國小的保全，「聖仁大學同學，你們社長在哪裡，有訪客喔！」

黃玉清站起來，「是副臺長，不是社長。」但保全員不理會她，保全叔叔背後，有三個人現身。一個纖瘦高眺的黃髮男孩，兩手提著蛋糕紙盒，旁邊還有一位男人和一位貴婦。是黃爸爸、黃媽媽和黃傑冰！

「我們是新任副臺長的家人，給大家送慰勞品來了。」黃媽媽親切地和大家打招呼。

黃玉清接過第一批紙盒，我們趕緊幫忙接過，並大聲道謝。

黃玉清有點不好意思，「是哪家貴婦甜點店買來的？看起來好好吃。」

「都不是，是你哥自己做的，他說要幫這群未來的 DJ 打打氣，還有保養滋潤喉嚨。」黃媽媽笑容可掬。

已經有人迫不及待地打開來看，是改良版的白木耳南北杏蛋糕！

黃媽媽另外還帶了一個保溫便當盒，「還有，妹妹啊，這是媽請妳哥哥教我做的，不辣版本的辣子雞丁，其實媽只會做這個，也喜歡妳滿足地告訴我好吃的樣子，我才有勇氣下廚一直做……」

黃玉清紅了眼睛，是怎樣，今天大家都走溫馨療癒路線，我可要到外頭看一看海邊的星空，是否什麼行星和星座連成了奇怪的天象。

黃傑冰佇在一旁，他臉上掛著溫暖笑容，等著我脫隊和他到海邊堤防旁散步一回，我當然趕緊牽起他的手。

傍晚時間，夕陽即將沉沒入海，在堤岸旁放射嫣紅光芒，我深深吸一口氣，美景和美男在身旁，實在是太幸福太幸福了。

「這是妳專屬的。」他給我另外一個紙盒，我打開一看，裡面也是一塊白木耳南北杏蛋糕，不同的是，蛋糕上面有兩片心型巧克力，一黃一白，交疊在一起。

「白的是白巧克力，黃色呢，就是白巧克力加上橘子果醬做成的。」

黃傑冰有點不好意思，「這個甜點，我還沒取名字，幫我想一個吧。」

「當然要用我的名字命名啦——甜蜜的白風季節，怎麼樣？」我提議。

黃傑冰點頭微笑，「好名字。」

我坐在堤防上，一邊享用我專屬的「甜蜜的白風季節」，一邊告訴他，薛愛殺和高叔叔復合的八卦。

「唔。」黃傑冰怎麼聽起來很淡然？

「你這反應很異常欸，該不會，你早就知道了？」我戳他一記，「還不趕快從實招來？」

「親我一下，我就告訴妳。」他擺出小狗眼神。

我不服，「等你說完，我就親你一下。」我雙手叉腰，黃傑冰僵持了三秒，他舉雙手投降。

「是高叔叔問我，怎麼跟妳復合，我說阿海教我，要做一件讓女生徹底感動的事。」

「什麼事？」我很難想像，有什麼事可以撼動薛愛殺。

「高叔叔說，當初會決裂，是因為薛愛殺的家人對他投了不信任票，薛愛殺夾在家人和愛人之間，壓力很大，所以他主動拜訪薛爸爸、薛媽媽，兩老已經老花眼了，他帶了這些年來保存的薛愛殺新聞剪報，念給二老聽……」黃傑冰聽起來很得意。

「哇嗚……竹野內豐為愛朗讀，當然馬上降伏薛爸、薛媽、薛愛殺！」讚歎一陣後，我看著黃傑冰，「是說，你今天怎麼堅持三秒就放棄？當初是誰一整個月不理我？」

黃傑冰看著我，眼神非常溫柔，「我就快要去法國念語言學校了，當然得早點投降，把握我甜蜜的白風季節啊……」

我心裡一陣酸澀，他似乎知道我心裡想什麼，伸出手，手掌緊緊包住我的手。

海邊的天空已經布滿星星，我其實不會辨認星座，也找不出牛郎星和織女星，只能默默祈求星星們——

請守護我們這一段，即將越洋的愛情。

三個月後。

「耶誕節，我會回去，等我。」黃傑冰說。

我慵懶回答，「等你回來幹麼？」

「等我做料理給妳吃啊。」

我看著手機 LINE 視訊鏡頭裡的黃傑冰，他變得更加開朗，拗口的法文也學得很好，因為時差關係，可以視訊的時間有限，我們只要獨自在自己的居處，就會打開視訊，即使不講話，也陪著彼此做家事、看書、分享音樂。

此刻是臺灣時間凌晨一點，巴黎時間傍晚七點，今天剪了一個下午的專訪後製，配音了三個廣告，我的眼皮已經沉重至極。

「親愛的，我要去洗洗睡嘍，晚安。」我噘起嘴，準備給遠端的黃傑冰一個晚安吻。

「妳可以把手機帶進浴室，我陪妳洗澡啊……」黃傑冰臉不紅氣不喘，這是他第二次這樣提議。

「拜託！手機接觸水氣，壞了怎麼辦？我在環球電臺實習的時薪比在麥當勞打工還低，買了新手機，就沒錢買機票，明年四月就不能去法國找你了！」

「跟妳說過很多次，機票錢我出嘛。」他又擺出可愛的小狗眼神。

「你出機票錢，我還是要自己再出機票錢去一次！」我很堅持。

「為什麼？」黃傑冰偏了偏頭。

我臉頰熱燙，「視訊陪我洗澡算什麼，我要你真的陪我一起洗……」

啊啊啊，我怎麼講出這種話，趕緊關掉視訊鏡頭，臉頰又紅又熱。

隔著九千八百五十五公里的距離，我們各自在自己的專業領域努力且辛苦耕耘，但是從來不覺寂寞。

因為，白風，沒有國界，我相信我的心意可以穿越空間距離，緊緊繫住黃傑冰。

因為，我的小黃狗，始終以他的心聽見我，聽見我無盡的思念和愛。

❀

「到捷運古亭站旁邊，羅斯福路二段一百〇二號。」我閃進車門，迅速交代計程車司機，而後打開包包，翻出今天要訪問的來賓資料，一邊看手錶，深怕趕不上錄音時間。

「小姐，妳好面熟，妳從公共電視上車，妳是主持人，還是主播啊？」司機向我攀談。

「我是手語主播。」我微笑點點頭。

「額，妳會講話！」司機轉頭看我一眼，又回到前方路況，「不好意思，我以為手語節目主播都是只會手語，不會講話，妳的助聽器很厲害喔。」

「我是健聽人，我爸媽是聽障，手語等於是我的母語。」我笑著解釋。

司機又問我：「那妳等一下是去廣播電臺當特別來賓嗎？羅斯福路二段一百〇二號我知道，是News98 電臺。」

「我是節目主持人啦。」我回答。

前方紅燈亮起，司機緊急煞車後拍了一下大腿，「等等，妳是……妳是五點到七點的『苡茵信箱』，對不對？我聽過妳的聲音！我好喜歡妳！恭喜妳得到今年的廣播金鐘獎！妳戴了一頂紅色耶誕帽上臺領獎，對不對！」

想不到搭計程車也可以遇上我的鐵粉，於是接下來的路途上，司機大哥不斷分享他載過的名人，我也丟開資料，放鬆腦袋和心情聽他講，難得我可以停下來不必說話。

「妳很忙齁，這樣趕場會不會很累？」他很擔心地問。

我微笑搖頭，早上是手語主播，傍晚是廣播電臺 DJ，這樣的雙語人生，雙軌生活，我很喜歡。

至於待會兒要專訪的來賓，沒看資料也沒關係，我早已對他瞭若指掌。

他在大學畢業典禮當天，放棄臺大歷史研究所錄取資格，當眾宣布打算去法國念語言學校。

他在法國藍帶廚藝學校和斐杭迪法國高等廚藝學校學習廚藝，拿下所有料理和甜點烘焙師的相關證照。

他的工作經歷涵蓋法國巴黎、新加坡和美國加州那帕谷的米其林星級餐廳。

他在返臺前更以一款創意甜點，榮獲國際甜點競賽大獎。

顯赫資歷不算什麼，重點是今年剛滿三十歲的他，長相斯文俊秀，一雙動人的小狗眼神，保證男友力爆表。

更特別的是，他是重度聽力障礙，能走到今天，需要的不只是正常分量的努力。

好菜、天菜、勵志元素兼備，於是，近日返臺的他，在媒體界掀起「最新美男大主廚來了」的耳語，尤其在以女性為主體的餐飲線記者，人人都想專訪他，或者跟他一起學做菜……醒醒吧！

我丟開資料，他早就有女朋友了，這是業界還不知道的八卦。

為什麼我這麼清楚？就是因為他一路洗菜、切菜、做菜，我們才會分隔兩地長達八年的時間啊！

我撥撥頭髮，黃傑冰總算不負我八年沒劈腿、沒棄守，一下飛機就要來上我的電臺節目。

我趁司機大哥不注意，撥開鎖骨上的蒲公英項鍊，偷偷拉開洋裝領口，嗯，我和小愛精挑細選的法式必勝內衣，完美！剛在公視梳化間拜託相熟的化妝師幫我化了完美妝容，沒有更完美的了。

但是，交通問題打壞了我完美的計畫。

先是飛機誤點，又是高速公路大塞車，當黃傑冰拉著行李箱走進錄音室，我臉上的妝，早就花了，預錄節目也不得不變成直播節目。

更可惡的是，黃傑冰一見到我，沒把我抱起來轉圈圈，反而被洶湧而上的電臺同仁團團圍住，還一一笑容可掬地為她們簽名拍照。

我滿肚子火，要不是得進錄音室錄直播節目，我早就衝上前，把他手上的原子筆給折斷。

我戴上有點破舊的紅色耶誕帽，再怎麼火大，只要戴上這頂帽子，進了錄音間，我就不再是氣呼呼的女朋友白颪，是專業的電臺 DJ 白苡茵。

「主持人妳好。」黃傑冰笑咪咪地看著我。

我冷漠地回答，「黃先生你好，待會兒請多多指教。」

「直播倒數十秒。」負責控機的執行製作小陳比手勢告訴我。

「白小姐，我會緊張，可以把妳的紅帽子借我嗎？」黃傑冰眼神晶亮地望著我。

我忍著不去擁抱他，別過頭，「不行。」

「妳不怕我講不出話？」他擺出萌萌的表情。

「看你剛剛對那堆迷妹，倒是不會緊張到講不出話啊。」

黃傑冰愣了一下。

執行製作小陳舉起手，「直播倒數三秒鐘，三、二、一……」

我瞬間切換表情，聲音愉悅明朗，「又是下班塞車時間，擁擠的車陣，疲憊的心情，就打開苡茵信箱，收聽一些愛的留言，歡樂的訊息吧！我是節目主持人白苡茵，今天要對不起各位聽眾了，因為我們要專訪一位天菜大廚，他剛剛在電臺辦公室已經掀起一陣宋仲基來臺才有的旋風，他可能會為大家介紹很多好吃的料理，大家在車陣裡餓肚子，是要怎麼辦啊～」

整場專訪，除了請他分享廚藝之夢的酸甜苦辣，我也不時挖苦黃傑冰，「你在巴黎求學，有沒有很多法國美女投懷送抱啊？」

「沒有。」黃傑冰苦著臉，執行製作小陳看著黃傑冰，對我搖搖食指，表示我太超過了。

我才不管哩。

「一回臺灣就這麼受歡迎，有沒有很開心啊。」我又問。

黃傑冰回答，「也沒有。」他的表情很無奈，似乎感覺到我的怒氣，卻不知道我為什麼生氣。

「那麼，請問黃傑冰大廚，回臺灣第一個想吃的食物，是什麼呢？」我看著訪綱。

他很認真地回答，「沒有第一個想吃的食物，倒是有第一件想做的事。」

「什麼事？」該不會要回蓉仁小館抱一下我爸媽，順便吃我爸做的菜吧？這些年，我爸媽給他寄過各式罐頭泡麵，就怕他在異鄉想家了或餓著了。

這小子，還算有點良心嘛。

接下來，是 Call-in 時間。

小陳把電話轉過來，「第一位是，任太太？改稱妳莊小姐？喔……好的，莊小姐妳好，有什麼問題想問我們的天菜大主廚？」

這莊小姐的聲音有點耳熟，而且我認識一位同時也是任太太的莊小姐，不管啦，大概又是一位迷妹，只會問什麼時候在哪裡開餐廳，或是可以索取簽名照吧，我轉著手中的筆，趕快錄完吧，我真的好累了。

「我想問的是——白苡茵 DJ，妳願意嫁給黃傑冰嗎？」這位莊小姐聲音很亢奮。

咚！我手中的筆掉下來，在安靜的主控室造成巨大的聲響，該死，這是直播節目啊！

還有，她問的是什麼問題啊？

黃傑冰卻看來一點也不驚訝，他從口袋中掏出一只天鵝絨盒子，他對著麥克風，緩緩開口。

「各位聽眾，我現在手裡有一個盒子，你們如果在節目現場，會看到我打開它，拿出放在裡面的東西，那是一枚蒲公英花朵造型的銀戒指，我剛回來，還沒開始工作，無法買太昂貴的鑽戒，但是，這是我請巴黎的老銀飾師傅做的，是要給一位特別的人——」

我張大嘴，小陳嘴巴張得更大，可以直接塞進一支麥克風，我想講些什麼，卻什麼都講不出來。

「白苡茵小姐，或者我該叫妳，白風小姐——謝謝妳，是妳對廣播的熱情，引領我走向追夢之路，如果沒有妳，就沒有我得獎的甜點『甜蜜的白風季節』，從現在開始，我們一起創造更多的夢想，讓往後的人生，都是甜蜜的白風季節，好嗎？」

「嫁給他！白風小姐！嫁給他！」小陳丟開專業，站起身來在主控室裡大喊，我雙手掩面，無法言語。不管了，我不管這算不算直播事故，我也不管明天會不會被叫進臺長辦公室痛罵。

淚眼朦朧中，黃傑冰單膝跪地，為我戴上戒指，他的笑容，比盛放的蒲公英更溫暖更可人。

「白風小姐，妳願意嗎？」黃傑冰看我遲遲無法回答，擔心地望著我。

我用力吸了鼻子，好不容易擠出一絲聲音，「Oui——」

黃傑冰一臉錯愕，「威？威武的威？」

我跺了一下腳，「Oui，法文的『是』，我願意我願意我願意嫁給你啦！」

「太好了！」黃傑冰站起身來，緊緊擁抱著我，我聽見小陳熱烈鼓掌，我聽見，我們又笑又哭的聲音，透過麥克風，如一陣白風，迴盪在整個播音室裡……

✿

（「人生海海」和「黃傑冰」的 LINE 對話紀錄）

人生海海：「我聽到廣播，我哭了啦。兄弟，恭喜你要結婚惹。」

黃傑冰：「有件事要請你幫忙。」

人生海海：「一定兩『力』插刀。幹，那個字到底怎麼打？」

黃傑冰：「是兩『肋』。」

人生海海：「不管啦，你要我幫什麼忙？」

黃傑冰：「兄弟，你可以當我的伴郎嗎？」

人生海海：「可以嗎？我已經結婚了欸。」

黃傑冰：「在國外，伴郎是新郎最好的朋友，已婚也可以當，這個角色非你莫屬。」

人生海海：「嗚嗚嗚，那當然，我願意我願意！」

黃傑冰：「幹，不要回答得好像我在跟你求婚。」

人生海海：「我呸，你跟我下跪求婚，跪一百年我也不會答應的！」

黃傑冰：「都已經三個小孩的爸，還當店長了，不要這麼幼稚好不好！」

人生海海：「你才幼稚！」

人生海海：「不要又已讀不回啦！」

人生海海：「黃傑冰！你這永遠不變的幼稚鬼！你要讓永漢街田馥甄幸福一輩子喔，不然整條永漢街都不會放過你的！」

番外　妳的專屬 DJ

白苡茵和黃傑冰遠距離戀愛的第一個冬季，那個耶誕節，其實他們並沒有順利共度佳節。

黃傑冰早就訂好機票，他所在的城市已經下起白茫茫的初雪，白天在語言學校上課，晚上在一家口碑很好的家庭餐館擔任不支薪的學徒，避免荒廢廚藝，也加強基本功，生活過得忙碌而充實，但他的心早就飄回那個有白苡茵的島嶼……

計畫卻臨時生變。

「白凪，對不起，真的很對不起！」視訊電話這端，黃傑冰不停道歉。

「沒關係啦！」白苡茵尾音揚起，聲音故作開朗，臉上的笑容卻很僵硬。

「老闆邀你加入親戚開的米其林星級餐廳，在耶誕季檔期擔任助手，表示你已經累積了不少實力，現在正是驗證所學，還有從實務中鍛鍊的好時機，對你申請進入藍帶廚藝學院一定有幫助……」她抹抹眼角，嘴角彎起一個漂亮的弧度，「我說真的……我？哈哈哈，我只是眼睛裡跑進沙子，沒事的啦！」

黃傑冰看著視訊通話中紅著眼的白苡茵，心裡的難過和歉疚，像是比例失衡的巧克力醬一樣，濃稠得化不開，讓人吞不下去。

他該怎麼彌補失落的女友一個團圓佳節呢？

關掉視訊通話，白苡茵揉揉眼睛，深吸一口氣後，走進錄音間。

今天她得訪問一位最近出書的兩性作家，這對代班 DJ 而言，是千載難逢的好機會，她一定要在作家面前刷滿存在感。

戴上耳機，喬好麥克風角度，她暫時放下對小黃狗的牽掛，和兩性作家聊開了；當白苡茵請示作家，如何維持愛情的熱度，作家笑咪咪表示，「愛情的火熱取決於神祕感，而神祕感來自讓人無法捉摸，和出人意表……」

白苡茵腦袋空白了三秒——神、祕、感？怎麼沒有人告訴她這三個字很重要？

她想到，她曾經打趣問小黃狗，「如果用食物來比喻我，你會用什麼菜？」說著，還遞出湯匙當作麥克風。

「Pizza 吧……坦率、熱情、平易近人、美味！有什麼料都清清楚楚寫在臉上。」小黃狗這樣回答，當時白苡茵覺得很滿意，也很得意自己是個 Pizza 情人，此刻在錄音間卻覺得寒毛直豎。

自己像是二十四小時不斷放送的廣播電台，打從在湖邊見面，就追著黃傑冰哇啦哇啦敞開自己，「神祕感」和自己絕對沾不上邊啦。

白苡茵越想越擔心，小黃狗說要幫忙餐廳做耶誕季大餐，該不會是藉口，實際上是被哪個法國妹子撿回去當老公，要趁耶誕佳節帶去見父母親戚吧？

「苡茵 DJ？」兩性作家發現白苡茵沒接話，愣了一下，白苡茵趕緊大笑三聲掩飾尷尬，把心中對異地戀的疑慮活活埋了，繼續把錄音間的氣氛炒熱……

❀

巴黎的冬天，天色暗得早，黃傑冰忙累了一天回到住處，發現日籍室友廣田正在用 iPad 追劇。

他好奇地問：「你在看什麼？」

「最近交了一個韓籍女友，為了多跟她溝通，我開始看韓劇啦！這部不錯喲，《我的大叔》，女主角用手機的竊聽 APP 監聽男主角，聽著聽著就愛上他了，我女友說，這是因為男主角聲音太好聽了，好像整天在收聽男主角的廣播 DJ 秀。」

黃傑冰聽了，用力拍腿，廣田嚇了一大跳，「怎麼了，黃桑？」

「我知道了，我要準備一份特別的禮物，送給我的女朋友！」黃傑冰奔回房間，於是他除了學語文、學做菜、整理料理筆記，每天還多了一些功課：錄音和研究聲音剪輯軟體。

一個月後，白苡茵收到一份來自法國的禮物，打開一看，是一台全新手機，白苡茵喜孜孜換了 SIM 卡、移轉 LINE 帳號，自拍好幾張照片傳給黃傑冰，用得很上手；第二天，當她依照平日習慣，戴著耳機聽著音樂，度過從學校到校外電台的車程，她才發現，手機的音檔資料夾，內建了一個名為「WhiteWindRadio.mp3」的聲音檔案。

她好奇點開來聽聽，是一段男生的聲音。

是她很熟悉的男聲。

曾經，這個聲音有點青澀緊張，總是音調平平，咬字偶爾失了準，但現在，這聲音已從男孩徹底轉變為男人，發音咬字清晰，聲音略低，而且很有磁性和餘韻。

身為專業的廣播人，白苡茵覺得，這聲音毫無疑問是個有魅力的蜜糖嗓音。

她好嫉妒他身邊的人，可以時時刻刻聽到這聲音。

他是這麼開場的——

「這是 FM 一千點九七，歡迎收聽白風之聲廣播電台，早安，我的白風小姐，現在巴黎時間早上六點，我是你的專屬 DJ 小黃狗，為妳播報我一天的生活。」

「綁啾。」一個洋人的聲音傳來。

「綁啾，」小黃狗的聲音繼續，「Je voudrais une café noir et un croissant, merci beaucoup……」

天啊，白苡茵讚歎，小黃狗講起法文，獨特的音韻經過他的唇齒來演繹，變得更加迷人好聽；背景好像有些聲音，逐漸放大，白苡茵仔細聽。

那是咖啡機器呼呼運轉聲和蒸氣噴出聲，爵士音樂聲，杯盤輕微碰撞聲，人們的交談聲，白苡茵眼前好像有了活生生的畫面，好像看見巴黎咖啡館中，獨自享受早晨時光，蓄勢待發，準備開始一天的黃傑冰。

「這是我在咖啡店點早餐的實況，我的早餐是可頌配黑咖啡，妳的早餐還是白胖師的手捏飯糰，搭配妳和小愛、玉清一起團購的咖啡掛耳包嗎？還是蓉仁小館隔壁美而美的火腿起司三明治，配溫豆漿紅茶？無論是什麼口味的早餐，我好希望可以和妳一起吃早餐……」

DJ 小黃狗稍微停了一下，「接下來，安排一首點播歌曲，點歌之後我們沒有廣告，請安心收聽，這是巴黎咖啡店的小黃狗，點給台灣美而美早餐店裡的白風，想告訴她，有早餐又有思念的歌曲很不好找，這首歌，阿超的〈給親愛的〉。」

這是白苡茵覺得陌生的歌手，但輕柔的小提琴聲音響起，她瞬間被歌聲和歌詞收服。

親愛的現在你還醒著嗎？凌晨四點的天空微微亮著，
突然好想到那間早餐店，陪你喝一杯冰豆漿，
你說好嗎？出發好嗎？
可惜你，住在另一個城市，靠近海邊的天空，也亮了吧？
原諒我突如其來的衝動，這是因為想念吧，這麼久沒你在身旁……

白苡茵全身起了雞皮疙瘩，黃傑冰總是這樣，不撩妹則已，一撩就是直球丟往心裡。

「接下來的節目，要為我專屬的唯一聽眾介紹，我上課的路。這條路有百分之九十的石板路，會經過三個地鐵站，早上起來，有流浪漢，有酒醉的人們，還有每天都不一樣的天光。」

白苡茵聽見隆隆隆的地鐵聲音，小鳥晨起嗚囀啁啾聲，皮鞋輕擊石板路面的聲音，還有黃傑冰「呃，有狗屎！」的暗罵聲。

白苡茵對巴黎這個城市，原本沒有特別的嚮往，但是現在，這城市對她有不一樣的意義，因為她的愛人，在其中生活著。

「接下來，為我的白風介紹我最害怕的口說課，老師是 Monsieur Jean，讓妳聽聽他罵人的聲音。」

一個雄渾的聲音出現，「&@＊$&@＊#……」

白苡茵聽不懂，黃傑冰恰到好處地接話，「他意思是，你們這些人，耳朵和舌頭壞掉的話，先去修理好再來上課，不要浪費語言學校的學費！」

竟敢罵姐的小黃狗？白苡茵正要查詢語言學校電話去抗議，黃傑冰的聲音，再次溫柔傳來。

「別擔心，經過妳的訓練，我已經知道語言是溝通工具，而且字面上的資訊意義只占百分之七，我知道 Jean 老師是為了我們好，所以每天送他我們餐館裡做的甜點，他罵人的強度，已經從十分降到六分嘍，我遲早會攻略這座活火山，讓他變成一個親切可人的好老師。」

白苡茵這才放下心頭重擔，接下來，她聽見剁剁剁的切菜聲、嘩啦嘩啦洗菜聲、巴拉巴拉的法語，還有，所有人、各國腔調匯聚成好大聲的"Oui, chef."(是的主廚)。

原來這個單元，是小黃狗傍晚的學徒時光。

「這餐館的老闆夫妻也有個女兒，和妳一樣大眼睛又漂亮。」黃傑冰的聲音繼續播報，白苡茵嚇得頭髮都要豎起來，只聽見一個中性的女聲，和一連串高速的法文。

「哈哈哈，嚇到了嗎？」黃傑冰繼續，「別擔心，她是個帥T，她說的是，『Jason，別讓你的女朋友見到我，我怕我把她掰彎了，她會愛上我，我會很困擾的。』」

白苡茵懸著的一顆心，終於放了下來，繼續收聽這個她專屬的廣播節目。

黃傑冰放慢說話速度，「我在巴黎已經四個月又十五天，也代表我離開妳身邊這麼多天了，每一天都是新的挑戰，每天都不同，唯一相同的是，我從來沒有停止想妳……我總是想，好想能讓妳親眼看到，我在這個新世界所看到的一切。

「妳是廣播人，也許聲音的渲染力，比照片影片更讓妳有感覺。我的話沒有那麼多，如果妳是Pizza，我就是不知道哪種口味的湯包，包什麼，外表看不出來，只有妳勇於試試看味道，還不怕燙口……

「嗯，在遠距離的日子，不能直接抱抱妳，表達我的想念，只想藉這個機會，當妳的一日DJ，悄悄對妳說，我愛妳，謝謝妳出現在我的生命裡。今天的節目就到這裡。最後，為妳點播一首，范瑋琪〈悄悄告訴你〉，祝妳有個美好的一天。」

輕柔的歌聲傳來。

那顆心，還一直守候沒離去，
走遍了全世界，還是你最親密，
記得嗎？你最愛的歌，讓我再唱起，
讓我們相遇，要悄悄告訴你多愛你，

悄悄告訴你，多愛你……

白苡茵抹抹眼淚，好不容易熬到當天晚上的視訊時間，她迫不及待打電話給黃傑冰。

「妳終於聽見我的廣播節目了？」黃傑冰又緊張又期待。

白苡茵先將感動的淚水一次釋放，才抽抽噎噎地說：「誰想得到，當時一看到我就逃，只肯跟我講『謝謝』、『我要走了』的小黃狗先生，居然有為我錄製個人廣播秀的時候……嗚嗚嗚……」

「獎勵妳聽完本人的廣播，現在黃大DJ恭喜妳抽中小禮物，我等一下寄一個檔案給妳，我先去上課了。」黃傑冰害羞地快閃。

什麼？什麼獎品？黃傑冰居然還會送贈品這一招？

贈品是一個聲音檔案，還有一個說明文件。

「請先設定好明天起床的鬧鐘時間，並選定本檔案為鬧鐘鈴聲啊，不准先偷聽鈴聲內容。」

白苡茵乖乖照辦，設定好鬧鐘，蓋好小被被，乖乖躺平——雖然她本人被形容為一目了然的Pizza，壓抑好奇心和耐心的能力她還是有的，不然她是怎麼等到這冰山融化的？

✿

第二天早上，隱隱約約的輕音樂聲音，白苡茵從夢境中緩緩睜開眼睛，又再次閉上。

冷冷的天，身旁沒有小黃狗，只能把枕頭抱緊處理了，白苡茵翻滾一圈，啊啊啊，昨夜也許是反覆播放黃傑冰的一人 DJ 秀，她夢裡出現滿滿的他，傲嬌的他、害羞的他、熱情的他……她好像和他還在同一個空間生活戀愛，她哪裡捨得起床面對現實呢？

一個男聲傳來——「白風，起床嘍，昨天晚上有夢到我嗎？」

白苡茵嚇得跳起來，這不是自家小黃狗的好聲音嗎？他在哪裡？

「不要賴床嘍，乖，再五分鐘不起來，我就要搔癢癢；再十分鐘不起來，我就大聲說，我最喜歡妳身上哪個部位，反正妳爸媽聽不到……」

哎唷喂呀，白苡茵趕緊按掉鬧鈴，原來昨晚設定的鬧鐘鈴聲，其實是小黃狗親自錄製的「叫床」鈴聲，她在暖暖被窩中啞然失笑，往後每天，她都會在這幸福的鬧鈴聲中醒來，冬日早晨也不再痛苦啦。

曾經，視語言表達為畏途的黃傑冰，早已明白，心的聲音是無遠弗屆的風，無論他和白苡茵在何時何地，都能悄悄地告訴彼此——

親愛的，我很想你。

後記

常有人問我，這個故事的由來，嗯，它始自一場二〇一六年在新竹影像博物館的聾人影展。影展短片揭露了聾人的辛苦生活，然而更讓我震撼的，是觀眾，他們絕大多數是聾人。理論上，映後座談現場，除了主辦單位請來的手語口譯，應該是不會有什麼聲音的，不是嗎？

但我錯了。

聾人們手語翻來飛去，有人隔著兩三排觀眾，遙遙比著手語溝通，也有人對著手機，用LINE和另一位聾人比手畫腳視訊。而且比手語是一件非常用力的事，他們彷彿用盡全身力氣和臉上肌肉，陳述自己想表達的事。

現場的氣氛是安靜的，但我感覺空氣裡，有非常非常多有力量的聲音。

我真的驚呆了，一向沉默寡言的我，可能從來沒有過這麼強烈的表達意願。於是回來後，我收集了些資料，讓女主角白苡茵(白風)，誕生在一個無聲卻很用力表達的家庭。

「白風」這詞其實不是我創造的，是馬雅曆法的印記之一，有白風力量的人，原始力量就是有強烈的溝通渴望。

這個故事就是在談愛與溝通，聽得見與聽不見，說得出與說不出，想表達和不肯表達，如同兩個世界，要造一道橋來串連彼此。

然而，當我收集好資料，開筆寫了兩萬字，我遇到一個大挑戰。

當時，我十四年的愛情、七年的婚姻，因為長期以來的失衡，爆發了非常嚴重的問題和衝突，那是一道很嚴重的撕裂傷，有長達一、兩個月的時間，每天就是吵架、哭泣和寫日記，並且勉強打起精神來照顧稚兒。

那時我忍不住質疑自己，對愛情失去信心的我，還有可能再寫愛嗎？

但我還是寫了，而且白苡茵和黃傑冰這小倆口，好像有了自己的意志，在我原本的大綱底下，像起乩一樣，很多甜蜜到讓我有點不好意思的互動細節，一直從我手中流洩出來，在這一字一字的寫作過程中，我發現，原來我對愛仍然想要保持信心，保持渴望。

這個發現，支撐我去修復傷痕累累的關係，我也才抽絲剝繭地發現，另一半在過去十幾年裡，曾經用盡各種說不出口的言語，來表達他的愛，來督促我成長，但年輕的我從來沒聽懂，才造成關係終究失去平衡，需要破壞並重建。

後來，故事完稿、參加比賽，歷經漫長的時間，這個故事成了一本書，真的要謝謝華文創作大賞的評審們、POPO編輯們，特別是曾給我鼓勵的章敏編輯，和規劃統整漫長編務的尤莉編輯；謝謝支持勉勵過我的文友們、讀者們、三次元朋友們，以及始終用自己的方式愛我、支持我寫作的另一半。

我相信，這個曾經深深療癒我的故事，或許也能溫暖安慰一些，符合這故事頻率的接收者。

願我們都能勇敢去愛，真誠傾聽在我們周圍空氣中的愛的聲音。

花聆（云端）

國家圖書館出版品預行編目資料

只想悄悄對你說 / 花聆作 . -- 初版 . -- 臺北市 :
POPO 出版 : 家庭傳媒城邦分公司發行 , 民 107.08,
面 ; 公分 . -- (PO 小說 ; 28)
ISBN 978-986-95124-9-7(平裝)

857.7 107012106

PO 小說 28

只想悄悄對你說

作　　者／花聆
企畫選書／簡尤莉
責任編輯／簡尤莉、吳思佳
總 編 輯／劉皇佑
行銷業務／林政杰
版　　權／李婷雯

總 經 理／伍文翠
發 行 人／何飛鵬
法律顧問／元禾法律事務所　王子文律師
出　　版／城邦原創 POPO 出版　城邦原創股份有限公司
台北市中山區民生東路二段 141 號 6 樓
電話：(02) 2509-5506　傳真：(02) 2500-1933
POPO 原創市集網址：www.popo.tw　POPO 出版網址：publish.popo.tw
電子郵件信箱：pod_service@popo.tw
發　　行／英屬蓋曼群島商家庭傳媒股份有限公司城邦分公司
聯絡地址：台北市中山區民生東路二段 141 號 11 樓
書虫客服服務專線：(02) 25007718・(02) 25007719
24 小時傳真服務：(02) 25001990・(02) 25001991
服務時間：週一至週五 09:30-12:00・13:30-17:00
郵撥帳號：19863813　戶名：書虫股份有限公司
讀者服務信箱 email：service@readingclub.com.tw
城邦讀書花園網址：www.cite.com.tw
香港發行所／城邦（香港）出版集團有限公司
地址：香港灣仔駱克道 193 號東超商業中心 1 樓
email：hkcite@biznetvigator.com
電話：(852) 25086231　傳真：(852) 25789337
馬新發行所／城邦（馬新）出版集團 Cité(M)Sdn. Bhd.
41, Jalan Radin Anum, Bandar Baru Sri Petaling,
57000 Kuala Lumpur, Malaysia.
電話：(603) 90578822　傳真：(603) 90576622
email：cite@cite.com.my

封面設計／苡洎婷
印　　刷／漾格科技股份有限公司
經 銷 商／聯合發行股份有限公司
電話：(02) 2917-8022　傳真：(02) 2911-0053

□ 2018 年 (民 107) 8 月初版　　Printed in Taiwan.
□ 2021 年 (民 110) 9 月二版 3 刷

定價／ 280 元
 ISBN 978-986-95124-9-7